Yaro

Die Geschichte eines Samurai

© 2023, Schwatke Wolfgang
Herstellung und Verlag:
BoD – Books on Demand, Norderstedt
ISBN: 9783734744082

Einleitung

Das Buch erzählt die Geschichte von Yamato Ichiro, der in der Mitte des 17. Jahrhunderts in Japan lebte. Ichiro, der seit seiner Kindheit Yaro genannt wurde, wuchs in dem kleinen Dorf Satama auf. Als Sohn eines Fischers verlebte er dort eine unbeschwerte Kindheit, bis diese durch außergewöhnliche Begegnungen ein jähes Ende fand.
Diese Erlebnisse führten dazu, dass er die Kampftechniken der Samurai erlernte.
Durch besondere Umstände wurde er dann als Samurai an den Hof seines Lehnsherrn, des Daimyo der Präfektur Tagai, gerufen. Dort erlebte er bedrohliche Momente, die er auf bizarre Weise mit seinen geistigen Fähigkeiten und körperlichen Fertigkeiten überstand.

All dies geschah in der Zeit nach der legendären Schlacht von Sekigahara im Jahr 1600, als unter dem Shogunat der Familie Tokugawa eine neue Ära begann.
Die Tokugawa führten fortan ein strenges Regiment über Japan, wiesen die Daimyo in ihre Schranken und beendeten die Zeit der Feudalkriege. Unter ihrer Führung erlebte das Land eine kulturelle Blüte, die als Edo-Zeit bis in die Mitte des 19. Jahrhundert bekannt ist.

Die Tokugawa setzten fort, was der Heerführer Toyotomi Hideyoshi (1536-1598), der noch heute als eine der herausragenden Persönlichkeiten der japanischen Geschichte gilt, in der Azuchi-Momoyama-Zeit begonnen hatte.
Er reformierte das zerrissene Reich.
In diesem Zusammenhang stieg die Bedeutung des Schwertadels und damit der Samurai in der Gesellschaft enorm und hielt über Jahrhunderte an.

Die im Buch vorkommenden Personen und Orte sind frei erfunden.

Bei den Personennamen wurde wie üblich der Familienname dem Vornamen vorangestellt.

Orte der Handlung

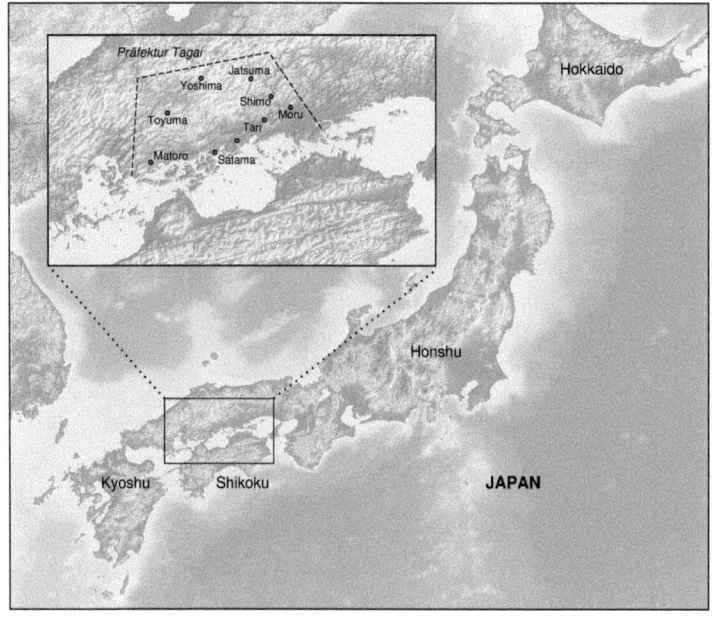

Etwa drei Tagesritte von Jatsuma, der Hauptstadt der Präfektur Tagai, entfernt, lag fast an der Südspitze der japanischen Hauptinsel Honshu an einem Binnensee, dem *Setonaikai*, der kleine Ort Satama. Reisende erreichten den an einer weit auslaufenden Bucht gelegenen Ort, wenn sie die fast parallel zum Seeufer verlaufende Nationalstraße von Tari nach Mataro benutzten und von Tari kommend an der einzigen Abzweigung nach links, also nach Süden, abbogen.

Waren sie nach der Abzweigung noch etwa eine Stunde zu Fuß unterwegs, so konnten sie nach der letzten Anhöhe des Weges den Anblick des Dorfes Satama genießen, das eingebettet zwischen sanften Hügeln und dem See vor ihnen lag. Im Hintergrund war die Insel Shikoku zu sehen, die an dieser Stelle den Binnensee vor den Strömungen des Pazifiks schützte.

Der schöne Anblick weckte den Wunsch, sich an diesem anscheinend ruhigen, von der Welt abgeschiedenen Ort für kurze Zeit niederzulassen und in der zweistöckigen Herberge rechts am Ortseingang einzukehren. Folgte man dem Weg, der nun bergab durch den Ort führte, bis zu seinem Ende, gelangte man direkt an das breite Kiesufer des Binnensees, an dem einige Boote zum Fischen bereit lagen.

Der anfängliche Weg mit seinem fest gestampften Lehmboden verbreiterte sich im Ort zu einer Hauptstraße, die während der Erntezeit und auch in der Regenzeit von den Transportkarren der Bauern befahren werden konnte. Ein Teil der Ernte der Bauern und Fänge der Fischer musste in das Vorratslager des Speicheramtes im Ort transportiert werden, um dort für die Dorfgemeinschaft eingelagert zu werden oder, wie in allen Dörfern und Städten, für den

Lehnsherrn, den Daimyo, bereitgehalten zu werden, um im Kriegsfall die Soldaten ernähren zu können.

Beiderseits der Hauptstraße bogen vereinzelt kleine Gassen ab, die zu einfachen Wohnhäusern aus Holz und Stroh führten, meist mit kleinen Gemüsegärten. Ebenso zu vereinzelten Werkstätten, in denen handwerkliche Arbeiten wie Töpfern, Schmieden, Weben und auch das Brennen von Sake im kleinen Rahmen ausgeübt wurden. Das Dorf war von lichten Wäldern umgeben, die die Bauern durchqueren mussten, wenn sie ihre Wiesen und Felder, die unmittelbar hinter dem Wald lagen, mit Reis, Weizen, Hirse oder Gemüse bestellten oder an den Hängen der Hügel kleine Mengen Tee anbauten.

Knapp zweihundert Häuser zählte das Dorf, das durch die zum See führende Hauptstraße geteilt wurde. Obwohl Satama eher klein und strategisch unbedeutend war, kannten viele Reisende den Ort. Die meisten von ihnen waren Händler, die ständig unterwegs waren und sich hier von den Strapazen ihrer Reisen erholten. Denn es hatte sich unter den Händlern herumgesprochen, dass es in Satama eine große Herberge gab, in der sie essen und übernachten konnten.

Diese war nicht nur für ihr gutes Essen bekannt, sondern auch dafür, dass die Reisenden dort die Abende und Nächte in weiblicher Gesellschaft verbringen konnten, um ihre guten Geschäfte mit viel Sake zu feiern. So war es nicht verwunderlich, dass sich im Laufe der Zeit viele auswärtige Händler in der Nähe des Gasthauses niederließen, die den Reisenden Dinge des täglichen Bedarfs anboten, Würfelspiele veranstalteten, Geld zu hohen Zinsen verliehen oder sich für Aufträge aller Art gegen Bezahlung zur Verfügung stellten.

Die meisten der dort geborenen Dorfbewohner, die mühsam von Landwirtschaft und Fischfang lebten, mieden nach

Möglichkeit den Kontakt mit diesen Menschen, weil sie eine andere Lebens- und Erwerbsweise hatten. Sie zogen es vor, die umliegenden Hügel für den Reisanbau und die flachen Ebenen für den Ackerbau zu nutzen, denn die Böden waren fruchtbar und bei gutem Wetter auch ertragreich. Auch die Fischer hatten meist einen reichen Fischfang, um ihre Familien zu ernähren oder damit Handel zu treiben.

Sie fischten entweder in der Dunkelheit mit Hilfe von angeleinten Kormoranen, indem sie brennende Fackeln an ihren Booten befestigten, um die Fische anzulocken. Die Kormorane schnappten dann nach den neugierigen Fischen, konnten sie aber nicht schlucken, weil ihre langen Hälse mit Schnüren zusammengebunden waren. So konnte man ihnen die Fische wieder leicht und unbeschadet aus dem Schnäbeln ziehen. Andere Fischer fuhren weiter in den See hinaus, um die Fische mit Netzen zu fangen.

◇

Einer dieser Fischer war Yamato Kenji, dessen Familie vier Generationen zuvor das Dorf Satama mitbegründet hatte und seitdem vom Fischfang lebte. Deshalb lag das Wohnhaus der Familie Yamato am Ende des Dorfes in unmittelbarer Nähe zum Wasser. Das aus Holz, Bambus und Stroh errichtete Haus war traditionell auf Stelzen gebaut, um sich so weit wie möglich vor den Erschütterungen der ständigen Erdbeben zu schützen. Auch weil durch die ständige Luftbewegung zwischen Erde und Hausboden die Raumtemperatur niedrig gehalten werden konnte, was die auf dem Boden schlafenden Menschen in den warmen Sommernächten als angenehm empfanden.

Das Haus hatte Wohnräume mit Kammern, ein Wohnzimmer und ein Empfangszimmer. Alle Räume befanden sich auf einer Ebene. So auch der Küchenraum, dem Daidokoro, der von außen über niedrige Stufen vom ebenerdigen Eingangsraum, dem Doma, zu erreichen war. In dem Doma befand sich die gemauerte Feuerstelle, die Kamado. Schiebetüren trennten die mit Binsenmatten ausgelegten Räume voneinander. Eine kleine Veranda, die das Haus umgab, führte zur Toilette, die am hinteren Teil des Hauses errichtet war.

Für seine Arbeit benutzte Kenji ein eigenes, längliches Holzboot, das er entweder stehend mit dem Ruder vorantrieb oder, wenn der Wind es zuließ, mit einem kleinen Segel steuerte. Im Haus lebte er mit seiner Frau Riko und seinen drei Kindern Mohito, Maiko und Ichiro. Dort wohnte auch Yuki, die seit Jahren im Haushalt arbeitete und manchmal bei der Erziehung der Kinder half. Zu ihren Aufgaben gehörte es auch, dem Nachbarn Okimoto Muso täglich mittags und abends Essen zu bringen.
Muso war seit Jahren Witwer und fast erblindet, so dass er seinen Alltag nur schwer allein bewältigen konnte. Da er schon als junger Mann mit Kenjis Vater zum Fischen auf den See gefahren war, bestand eine so enge Verbindung zur Familie Yamato, dass es für Kenji und Riko ein Bedürfnis war, Muso wo immer möglich zu unterstützen und ihm so sein schweres Leben zu erleichtern. So überließ ihm Kenji das Haus, welches er von seinem Vater geerbt hatte, solange er wollte.

Der älteste Sohn Mohito half seinem Vater bereits mit siebzehn Jahren bei der Arbeit und begleitete ihn zum Fischen auf den See. Die zwei Jahre jüngere Schwester Maiko half mit 18 Jahren der Mutter im Haushalt, während der jüngere Bruder Ichiro mit 17 Jahren kurz davor stand, die Dorfschule zu verlassen. Dort hatte er Lesen, Schreiben und Rechnen gelernt und war in die Weisheiten des Konfuzius eingeführt worden. Sein schon älterer Lehrer Shioda Morihito gab sich große Mühe, die ihm anvertrauten Schülerinnen und Schüler auf das Leben vorzubereiten, ihnen geduldig die Dinge des Lebens verständlich zu erklären und sie über die Tugenden zu belehren, die einen guten und achtenswerten Menschen auszeichnen. Ausgehend von den Lehren des Konfuzius erläuterte er das anständige Leben in der Gemeinschaft, das Verhältnis zwischen Mann und Frau, zwischen Herrn und Untergebenen, aber auch zwischen Lehrer und Schüler. Um diese Regeln nicht zu vergessen, mussten die Schülerinnen und Schüler die wichtigsten Weisheiten des Konfuzius auswendig lernen und täglich zur Einstimmung auf den Unterricht gemeinsam singen.

Während Mohito mit seinem Vater die gefangenen Fische für den Verkauf vorbereitete oder beschädigte Netze reparierte und Maiko mit ihrer Mutter neben Näharbeiten auch kleine Holzkäfige für Insekten wie Grillen herstellte, traf Ichiro sich mit seinen Freunden Yoshi und Haru, um die Gegend zu erkunden. Ichiros Freunde nannten ihn Yaro.

Sie trugen meist das traditionelle japanische Jimbei, das aus einem Oberteil und einer dazu passenden kurzen Hose aus Hanf oder Baumwolle bestand. An besonders warmen Tagen streiften sie barfuß in ihren blau gefärbten Jimbei durch die lichten Wälder der Hügel. Dort suchten sie nach geeigneten, stabilen Ästen, mit denen sie ihre imaginären Schwertkämpfe gegeneinander austrugen. Dann eiferten sie den Samurai nach, deren Geschichten über ihre angebliche Unbesiegbarkeit auch in ihrem kleinen Dorf erzählt wurden und denen die Kinder voller Ehrfurcht lauschten.

Weniger martialisch ging es zu, wenn sie im Schilf nach Fröschen suchten oder flache Kieselsteine so ins Wasser warfen, dass sie auf der Oberfläche hüpften, bis sie versanken. Yoshi konnte die Kieselsteine am besten werfen. Er freute sich dann riesig und drehte übertriebene Siegerposen. Was die anderen scherzhaft mit abfälligen Handbewegungen als

Glück abtaten. Kein Wunder, denn der Name Yoshi bedeutet „Glück".

◇

Wenn Reisende das kleine Dorf Satama aus der Ferne erblickten, schien es ruhig und weltabgeschieden in der sanften Landschaft zu liegen. An sonnigen, wolkenlosen Tagen verweilte manch ein Betrachter an seinem Aussichtspunkt, um sich am Anblick der hellgelben Felder, der dunkelgrünen Wälder und des dahinter liegenden blauen Sees zu erfreuen.

So eingebettet in eine schöne Natur, die den hier lebenden Menschen ein einträgliches Leben ermöglichte, entstand leicht der Eindruck, sich an einem Ort der Glückseligkeit zu befinden, der von politischen Ereignissen und persönlichen Schwierigkeiten weitgehend verschont blieb. Dieser Eindruck entsprach jedoch nicht dem tatsächlichen, harten Leben der Landbevölkerung.

Denn jahrhundertelang litten die Bauern und ihre Familien unter der Herrschaft ihrer Daimyo. Diese waren lokale Fürsten mit Großgrundbesitz und entstammten meist dem Buke, dem Schwertadel. Sie standen unter der Aufsicht und Macht des Shoguns, der Japan regierte, und hatten sich seinen Anweisungen zu fügen.

Es kam aber auch vor, dass dessen Herrschaft nicht stark genug war, um die Daimyo zu zügeln. Dies führte dazu, dass viele Daimyo ihre Lehen selbstherrlich und unabhängig regierten. Dies war charakteristisch für die Maromachi-Zeit, in der die Daimyo ständig untereinander Kriege führten, um ihre Besitztümer zu vergrößern oder andere persönlichen Streitigkeiten auf dem Schlachtfeld auszutragen. Sie stellten eigene Armeen auf und hielten sich Samurai als Vasallen, die ihren Lehnsherren bedingungslose Gefolgschaft

und damit Treue bis in den Tod versprachen.
Die Samurai waren als hervorragende und gnadenlose Krieger nicht nur bei ihren unmittelbaren Gegnern, sondern auch beim einfachen Volk gefürchtet. Denn sie durften mit ihren Waffen Menschen aus niederen Ständen aus nichtigen Gründen töten, ohne dafür je zur Rechenschaft gezogen zu werden.

Dennoch kam es vor, dass sich Feudalherren trotz der Treueschwüre aus verschiedenen Gründen von ihren Samurai trennen wollten oder mussten. So zum Beispiel, wenn ein Daimyo in einer Schlacht unterlag und der siegreiche Daimyo dessen Samurai nicht in seine Gefolgschaft aufnehmen wollte oder aus finanziellen Gründen nicht konnte. Dann standen die betroffenen Krieger ohne Verdienste und Aufgaben auf der Straße. Sie mussten nun bei Kaufleuten oder Händlern um Arbeit bitten. Bei Gesellschaftsschichten, die sie zuvor als Samurai ihrer Lehnsherren nur verächtlich wahrgenommen hatten.

So kam es nicht selten vor, dass Samurai, die sich aus Stolz nicht zu niederen Arbeiten überwinden konnten, lieber gelegentliche Dienste als Krieger annahmen, bei denen sie private Streitigkeiten ihrer Auftraggeber mit dem Schwert in deren Sinne gewaltsam zu lösen hatten.

Diese nun herrenlosen Samurai nannte man Ronin oder Roshi oder auch 'Wellenmänner', die ziellos durch das Land getrieben und wie Wellen an unbekannte Ufer gespült wurden. Einzeln oder in Gruppen überfielen sie Dörfer und zwangen die Bewohner unter Androhung von Gewalt, ihren Lebensunterhalt zu sichern.

◇

Ein solcher Ronin war Kakuro Akito, genannt Kano, der vor einiger Zeit überraschend mit seinen Gefolgsleuten im

Dorf Satama auftauchte und es aufgrund der geringen Gegenwehr wie selbstverständlich unter seine Kontrolle brachte. Er tat dies auf subtile Weise, indem er den Bewohnern seinen Schutz anbot und im Gegenzug einen nicht unerheblichen Teil der Einnahmen aus der einträglichen Herberge für sich verlangte. Sein Angebot war so eindringlich und drohend vorgetragen, dass dem bisherigen Wirt Sukana Aoi nichts anderes übrig blieb, als auf die Forderungen des Ronin einzugehen.

Tatsächlich verhinderten Kano und seine Gefolgsleute wenige Wochen später einen Überfall auf das Dorf durch eine Horde von Banditen, die seit Jahren in fast regelmäßigen Abständen das Dorf überfielen, um die Dorfbewohner auszurauben und zu tyrannisieren. Kano vertrieb mit seinen Männern die Räuber, nahm ihren Anführer gefangen und ließ ihn mit seinem Schwert qualvoll sterben. Offenbar sprach sich Kanos martialisches Auftreten in den umliegenden Dörfern herum, so dass ähnliche Überfälle auf das Dorf Satama seitdem ausblieben.

Kano zeigte in den Zweikämpfen große Geschicklichkeit im Umgang mit seinem Katana, dem japanischen Langschwert, so dass die Dorfbewohner durch seine technischen Fähigkeiten und seiner körperlichen Überlegenheit immer mehr eingeschüchtert wurden und in einen Zwiespalt gerieten.

Einerseits waren sie froh, vor äußerer Gewalt geschützt zu sein, andererseits fürchteten sie sich vor den unberechenbaren Gewaltausbrüchen Kanos und seiner Kumpanen, die gelegentlich die jungen Frauen des Dorfes belästigten und manchmal auch überfielen.

Auch den langjährigen Ortsvorsteher Yamaguti Ren bedrohten sie immer wieder, wenn er im Auftrag der Dorfbewohner Kano furchtlos gegenübertreten musste, um ihn wegen seines ungezügelten Verhaltens zur Rede zu stellen. Unter diesen Umständen herrschte im Dorf eine ständige

Angst vor der latenten Gewalt, die das tägliche Leben beeinflusste und die Lebensfreude der Bewohner lähmte. Zumal die Hoffnung auf eine Befreiung aus dieser Knechtschaft sehr gering erschien.

◇

Wie so oft waren Yaro und seine Freunde Yoshi und Haru an einem warmen Sommertag im Wald unterwegs und verbrachten anschließend ihre Zeit mit Schwimmen am See. Sie liebten den harzigen, leicht modrigen Geruch des Waldbodens und die frische Brise, die vom Meer über den See wehte und sie wie ein sanfter Lufthauch berührte. Die Freunde, die sich seit ihrer Kindheit kannten und mochten, genossen die Sonnenstrahlen und die Wärme, die vom Boden in ihre Körper strömte und sie träge und müde machte.
So lagen sie scheinbar reglos da, bis Haru überraschend fragte: „Könnt ihr euch vorstellen, wie das Leben jenseits des Meeres aussieht? Denn so wie das Wasser unseres Sees von Land umgeben ist, so könnte es auch mit dem Meer sein und dass dort am Ufer Menschen leben wie wir."
Yoshi blinzelt mit einem Auge in die Sonne und antwortet: „Könnte sein. Aber werden wir es je erfahren?"
„Und wenn wir es wissen, was haben wir davon?", fragt Yaro in die müde Runde.
Haru richtete sich auf und antwortete: „Unser Lehrer, Herr Shioda, hat immer erwähnt, dass es nie falsch ist, viel zu wissen. Es ist die Kunst, sagte er, sich das Leben mit seinem Wissen zu erleichtern. Denn wenn man etwas gelernt hat und mehr weiß als andere, bekommt man vielleicht schneller eine bessere Anstellung."
„Gerade für dich, Yaro", sagte Yoshi mitfühlend zu ihm, „ist das wichtig. Denn Haru wird später einmal die Fischerei seines Vaters übernehmen und ich werde wahrscheinlich die Felder meines Vaters bestellen. Aber bei dir ist das an-

ders, Yaro, denn dein großer Bruder fährt schon mit deinem Vater zum Fischen auf den See. Da bleibt für dich nicht viel übrig und wir werden wohl nie in andere Gegenden des Landes kommen."
„Ja, was wird mir dann in unserem Dorf an Arbeit übrig bleiben?", seufzte Yaro.

„Frag doch mal Herrn Sano in der Lagerverwaltung, ob er dich nach der Schule einstellen kann. Denn du hast eine schöne Handschrift und kannst am besten von uns rechnen", antwortete Yoshi.

„Ich weiß nicht", zögerte Yaro.

„Aber mach es. Das ist eine gute Idee und vielleicht kann unser Lehrer bei Herrn Sano ein gutes Wort für dich einlegen", stimmte Haru begeistert zu.

„Wenn ihr meint", entgegnete Yaro wenig überzeugend und streckte sich wie die anderen wieder auf dem warmen Boden aus.

Doch plötzlich richtete sich Haru mit einem Ruck auf und lächelte.

„Ich habe einen Vorschlag. Yaro wird Seemann und schaut, was am Horizont mit dem Meer passiert. Und wenn er Land gefunden hat, treffen wir uns wieder hier an diesem Ort und er erzählt von der fernen Welt."

„Das geht nicht" fügte Yoshi schelmisch hinzu, „dann sieht er seine Shizuko nicht mehr, die ihm in der Schule immer schöne Augen macht."

„Ach ja, das geht gar nicht" legte Haru nach, „aber zur Not kann ich mich ja um sie kümmern."

„Pah" war das einzige, was Yaro noch herausbrachte, bevor er die Augen schloss.

◇

Kurze Zeit später mahnte Yoshi zum Aufbruch, so dass er und Haru sich kurz von Yaro verabschiedeten und sie sich auf den Heimweg machten. Yaro blieb noch eine Weile, bis auch er sich über einen Umweg durch den Wald auf den Heimweg machte. Nachdenklich ging er seinen Weg und dachte noch einmal über Yoshis Vorschlag nach, sich bei Herrn Sano nach einer Tätigkeit zu erkundigen. Vielleicht mache ich das tatsächlich, dachte er bei sich.

Auch Shizuko ging ihm nicht aus dem Kopf, in die er sich verliebt hatte, ohne es ihr zeigen zu können. Er mochte ihr natürliches Lachen, das aus ihrem Herzen kam. Aber wenn sie ihn ansah, wurde er verlegen und senkte den Blick zu Boden.

Tief in seinem Innern verspürte er manchmal den Wunsch, seinen Geburtsort zu verlassen, um zu sehen, was draußen in der weiten Welt vor sich ging, wie in der großen Stadt Kyoto, von der die Reisenden manchmal erzählten. Auch den scheinbar ruhenden Vulkan Fujiyama, der, wie erzählt wird, durch seine gleichmäßige Form majestätisch wirkt und mit seiner Schönheit jeden Betrachter zunächst sprachlos macht, würde er gerne sehen.

Tief in Gedanken versunken ging Yaro seinen Weg durch den Wald, bis er plötzlich spürte, dass etwas nicht stimmte. Er hörte Geräusche, die nicht zum Leben des Waldes gehörten und nichts Gutes ahnen ließen. Zuerst sah er sich erschrocken um, dann verließ er zögernd seinen Weg und ging den Geräuschen nach. Dabei musste sich Yaro durch die tief hängenden Äste der Bäume kämpfen, bis in kurzer Entfernung eine kleine Lichtung auftauchte, die von der noch kräftig scheinenden Sonne hell erleuchtet wurde und das Grün der Wiese noch kräftiger erscheinen ließ.

Ein scheinbar idyllischer Ort zum Verweilen. Mit dem satten Grün des Grases, den dunkelbraunen Stämmen der Bäume, die ihre Blätter in verschiedenen Grüntönen trugen, und darüber der hellblaue, wolkenlose Himmel, hätte es ein friedlicher Ort sein können. Doch dem war nicht so, wie Yaro bald feststellen musste.

Wie auf einer Bühne konnte Yaro aus dem Wald heraus vier Gestalten erkennen, die jedoch wegen des gleißenden, grellen Sonnenlichts nicht sofort zu erkennen waren. Doch der Atem stockte ihm, als sich beim Näherkommen deutlich drei Männer abzeichneten, die ihm den Rücken zuwandten und sich vor einer knienden Person aufbauten und diese beschimpften. Die kniende Person konnte Yaro bald als Mann erkennen.

Von der ungewöhnlichen Szene willenlos angezogen, trat Yaro aus dem Wald und blieb wie versteinert und ungeschützt am Rand der Lichtung stehen, um das Geschehen zu beobachten. Mit zitternden Beinen erkannte er den Mann, der auf dem Boden kniete. Es war ihr Ortsvorsteher Yamaguti, der auf dem Rücken gefesselt regungslos vor sich auf den Boden starrte. Nun erkannte Yaro auch seine Peiniger, die wütend und gestikulierend auf Yamaguti einredeten. Es waren der Ronin Kano und seine engen Gefolgsleute Rondo und Kamara.

„Für wen hältst du dich" schrie Kano ihn an und schlug ihm mit der flachen Hand ins Gesicht, „dass du glaubst, mir sagen zu können, wie ich mich zu verhalten habe? Ich bin ein Samurai und du bist nur ein armseliger Bauer, der von seinem Gesindel als Anführer vorgeschoben wird. Ich kann dich zerquetschen wie eine stinkende Made."

Während er so immer wütender wurde, lief er vor ihm auf und ab.

„Ich gebe nur wieder, was mir die Dorfbewohner aufgetragen haben. Das ist meine Pflicht und meine Aufgabe" sagte Yamaguti tapfer, der von den Schlägen im Gesicht blutete.

„Du hetzt den Pöbel gegen mich auf und das ist undankbar. Habt ihr vergessen, dass ich es war, der euch von den Banditen befreit hat, die euch jahrelang tyrannisiert haben? Ihr alle seid ein undankbarer Pöbel, der mich, Kano, nicht ungestraft beleidigen darf." So redete Kano hitzig, während sein Blick immer eisiger wurde. Selbst seine Kumpanen mieden aus Angst den Blickkontakt mit ihm und hielten sich zurück. Denn sie hatten schon erlebt, wie unbarmherzig und impulsiv Kano bei solchen Auseinandersetzungen reagieren konnte.

Doch mutig und offenbar mit neuer Kraft erfüllt, hob Yamaguti plötzlich den Kopf und blickte dem Ronin Kano direkt in die Augen. Dann sprach er zornig und mit kräftiger Stimme: „Nur weil du ein Katana als Waffe tragen darfst und vielleicht dem Schwertadel angehörst, ist es noch lange nicht richtig, wie du und deine Kumpanen euch im Dorf benehmen. Anstatt stolz auf euer schlechtes Benehmen zu sein, solltet ihr euch schämen und das Dorf für immer verlassen. Ihr wollt Samurai sein, aber ihr seid keine. Denn Samurai sind tugendhaft, weil sie ....."

Weiter kam er nicht, denn Kano zischte ihn an: „Halte dein Schandmaul, du maßt dir an, über die Tugenden der Samurai zu urteilen, du Fliegendreck. Bist du vom Teufel besessen?"

Jetzt konnte Kano nicht mehr an sich halten. Er schlug Yamaguti mit der Faust hart ins Gesicht, woraufhin dessen indigoblaue Yukata, ein leichtes Baumwollgewand, noch mehr mit seinem Blut verschmutzt wurde.

Als wäre das nicht genug, trat er auf Yamagutis Oberkörper ein, der sich aber nicht rührte und wie mit dem Boden verwachsen schien.

Eiskalt nahm Kano nun mit einem Schritt zurück die Fußstellung Hidari-kamae ein und zog mit der rechten Hand das Katana aus der an der linken Körperseite getragenen

Scheide. Mit beiden Händen am Griff des Schwertes stellte er sich in der Schwerthaltung Hasso no Kamae so auf, dass das Schwert senkrecht stand und die Klinge nach oben ragte. Seine Hände befanden sich auf der Höhe seiner rechten Schulter. Kanos Bewegungen waren nun ruhig und klar, frei von Emotionen, als ginge es ihm nur darum, den Umgang mit dem Langschwert fehlerfrei auszuführen. So wie er es einst als Samurai gelernt und als Sekundant bei rituellen Selbstmord-Zeremonien, dem Seppuku, immer wieder auftragsgemäß ausgeführt hatte.
Dabei verschwendete er keinen Gedanken mehr an den hilflos vor ihm knienden Menschen. Indem er seinen hinteren Fuß in die Migi-kamae-Stellung brachte, ließ er das bis dahin aufgestellte Katana mit einem seitlichen Schnitt fallen und trennte so den Kopf vom restlichen Körper des knienden Ortsvorstehers Yamaguti Ren.

Sofort schoss das Blut in einer Fontäne aus dem Hals und besudelte den nun enthaupteten Körper vollständig. Der Ortsvorsteher war anscheinend so fest gefesselt, dass der immer noch kniende Torso nicht umfiel, als wolle Yamaguti auch nach seinem Tode seinen Widerstand zeigen und Kanos unrechtes Handeln anklagen. So trat Kano voller Wut auf den Torso ein, bis dieser zusammenbrach.
Dann trat Kano von dem gepeinigten Körper zurück und führte mit seinem Katana eine schnelle, halbkreisförmige Bewegung aus, die mit einem Ruck endete. Mit dieser Bewegung, dem Chiburi, schlug er anhaftendes Blut von der immer leicht geölten Klinge, bevor er das Katana wieder in die Scheide steckte. Während dieser geübten Bewegung entdeckte Kano den erstarrten Yaro, der noch immer vor Entsetzen am Waldrand stand.

Nach dem, was er gesehen hatte, blieb Yaro wie angewurzelt stehen. Er starrte nur fassungslos in Kanos Gesicht. Aber Kano starrte ihn emotionslos an, ohne die geringste

Bewegung. Seine Kameraden wollten sich sofort auf Yaro
stürzen. Doch mit einem kurzen Zuruf, „Lasst ihn gehen!",
wies Kano beide zurecht, die sich verwundert anschauend,
sofort in ihren Bewegungen verharrten und auf ihren Plätzen stehen blieben.
Dann holte Yaros rasender Puls ihn aus seiner körperlichen
Starre zurück ins Leben. Ohne den Blick von der Menschengruppe zu wenden, stolperte er rückwärts in den Wald, um
dann im Schutz der Bäume nach Hause zu rennen. Denn
Kano war unberechenbar.
Yaro spürte, dass sich sein Leben von nun an verändern
würde und seine Kindheit zu Ende ging.

◇

„Was ist denn mit dir passiert?" rief Yaros Mutter Riko
aufgeregt, als er vom Laufen erhitzt und schwankend den
kleinen Hof betrat, der ihr Haus umgab und das Grundstück mit einem geschlossenen Zaun aus Holzlatten von der
Außenwelt abgrenzte. Als sie ihn erblickte, sprang sie sofort
von ihrer Näharbeit auf und lief ihm entgegen.
„Yaro, sag mir, was ist passiert? Bist du verletzt? Oh Gott,
du siehst so elend und blass aus." Doch Yaro lehnte nur mit
zitternden Knien an der Eingangstür und versuchte seinen
rasenden Atem unter Kontrolle zu bringen.
„Mir ist so schlecht" brachte er nur stockend heraus.
„Hast du etwas Falsches gegessen oder heimlich mit deinen
Freunden Sake getrunken oder geraucht?" fragte Riko besorgt. Yaro schüttelte nur den Kopf und rutschte gegen die
Wand. Wenig später lag er zugedeckt auf seiner Matratze
im Schlafraum, den er mit seinem Bruder Mohito teilte.
Obwohl es ein heißer Sommertag war, fror er.

Nach kurzer Zeit saß Dr. Ichihara an seiner Seite, den seine Schwester Maiko im Auftrag der Mutter sofort benachrichtigt hatte und der sofort kam, da er die Familie schon seit Jahrzehnten betreute. Wenig später kamen auch Vater Kenji und Mohito von der Arbeit nach Hause. Auch sie waren sehr besorgt und beobachteten den Arzt aufmerksam bei seiner Untersuchung, bis er Yaro sanft über den Kopf strich, mühsam aufstand und das Zimmer verließ.

„Und was hat ihre Untersuchung ergeben, Doktor Ichiharasan?" fragte Kenji den Arzt besorgt. Dieser ließ sich Zeit und nahm den angebotenen Platz am Herd sowie die gereichte Tasse Tee an. „Nun" begann er, „es scheint nichts Ernstes zu sein. Vielleicht hat er zu viel Sonne abbekommen, als er mit seinen Freunden zusammen war, oder er hat ein paar ungenießbare Beeren gegessen, die er im Wald gepflückt hat, oder er ist zu schnell gerannt, oder er hat sich erschreckt, oder, oder... Die Ursachen können unterschiedlich sein, aber morgen wird es ihm schon besser gehen. Wenn er morgen noch zu schwach ist, soll er zu Hause bleiben und sich ausruhen." Kenji bedankte sich aufrichtig für das schnelle Kommen des Arztes und schenkte ihm voller Dankbarkeit noch eine prächtige Goldbrasse, die ihm erst vor wenigen Stunden ins Netz gegangen war. Mohito begleitete dann den schon betagten Doktor auf seinem Heimweg und trug ihm den Fisch nach Hause. Währenddessen saß Kenji an Yaros Schlafplatz und versuchte herauszufinden, was passiert war. Aber Yaro blieb stumm.

In der Nacht lag Yaro noch lange wach. Er konnte nicht einschlafen, denn der Moment, in dem der Ortsvorsteher Yamaguti getötet wurde, ging ihm nicht aus dem Kopf. Genauso wenig wie der seltsame Blick, den Kano ihm zuwarf, als er sein Katana wieder in die Scheide steckte. Bis zu seinem eigenen Tod wären es nur wenige Schritte und Sekunden gewesen, wenn Kano es gewollt hätte. Außerdem machte es ihm Angst, dass nicht nur er in Gefahr war, sondern auch seine Familie. Kano konnte sie alle jederzeit und auf verschiedene Weise töten, ohne Spuren zu hinterlassen. Doch irgendwann in der Nacht schlief Yaro erschöpft ein. Er schlief unruhig und in seinen Träumen erschien ihm Kanos Gesicht ganz nah, so dass er schreiend und schweißgebadet aufwachte. Dann setzte sich sein Bruder Mohito an sein Bett und beruhigte ihn, bis er wieder einschlief. Erschöpft von den quälenden Träumen schlief er bis zur Mittagszeit, weil ihn niemand wecken wollte.

Als er erwachte, fühlte er sich etwas besser und hatte wieder Appetit. Er stand auf und ging in das Wohnzimmer, wo alle Familienmitglieder schweigend beisammen saßen. Das war ungewöhnlich, denn normalerweise waren um diese Zeit alle mit ihrer täglichen Arbeit außerhalb des Hauses beschäftigt.
„Was ist passiert?" fragte Yaro erwartungsvoll.
Kenji sah auf und sagte leise: „Der Ortsvorsteher Yamaguti wurde ermordet. Wir müssen abwarten, wie unser Daimyo Iroda Katsumura auf diese Untat reagiert und unser Dorf das spüren lässt. Denn die Ermordung eines von ihm ernannten Ortsvorstehers könnte er auch als Missachtung seiner Person auffassen."

In den folgenden Tagen war die Beklemmung und Angst der Dorfbewohner in ihren Handlungen und Gesprächen deutlich zu spüren. Denn bald vermutete jeder, dass sich der Mörder noch unter ihnen befand. Auch die Möglichkeit, dass auswärtige Gäste, die in der Herberge übernachteten, als Täter in Frage kämen, wurde in Betracht gezogen, aber letztlich für eher unwahrscheinlich gehalten. Alle warteten gespannt auf die weitere Entwicklung.

◊

Drei Tage später, in der Stunde des Drachens, kurz bevor die Sonne ihren Zenit erreichte, ritt ein Trupp von zehn

Samurai in das Dorf ein und brachte seine Pferde in einer aufgewirbelten Staubwolke vor dem Haus des Ortsvorstehers zum Stehen. Auf den Fahnen der Soldaten, die sich leicht im Wind bewegten, war das Wappen des Fürsten und Daimyos Iroda zu sehen, ein auf die Spitze gestelltes weißes Quadrat, das durch zwei waagerechte Linien halbiert wurde.

Aus allen Ecken des Dorfes eilten die Bewohner herbei, um das Erscheinen der Soldaten nicht zu verpassen. Während die Pferde noch leicht scheuend auf der Stelle tanzten, weil sie plötzlich angehalten hatten, stieg der mit Helm und Brustpanzer bekleidete Anführer der Truppe vom Pferd, um seinen Körper nach dem langen, schnellen Ritt durch Dehnübungen zu lockern.

Schon kam der stellvertretende Ortsvorsteher Tora aus seinem Haus geeilt, um sofort vor dem Anführer auf die Knie zu fallen. Dabei senkte er devot seine Stirn bis auf seine Handrücken. Der Anführer beendete die Zeremonie schnell mit den Worten: „Steht auf und lass uns aus der Sonne ins Haus gehen. Sorge dafür, dass die Pferde und meine Männer versorgt werden. Ich will auch, dass sich alle männlichen, erwachsenen Bewohner, zur Stunde des Affen an diesem Ort versammeln. Wer nicht kommt, wird es mit mir zu tun bekommen."

Kurz vor Ende der Stunde des Affens, als alle männlichen Bewohner anwesend waren, trat der Anführer aus dem Haus des Ortsvorstehers und ließ seinen Blick über die Anwesenden schweifen. Bei einigen blieb sein Blick kurz hängen, wie bei Kano und seinen Freunden, bei anderen machte er sich nicht die Mühe, auch nur einen Augenblick zu verweilen. Neben den Erwachsenen waren aus Neugier auch Jugendliche dabei, die sich nichts entgehen lassen wollten, wie Yaro und seine Freunde. Während Yoshi und Haru das Geschehen neugierig beobachteten, war Yaro extrem angespannt.

Denn er spürte Kanos Blick körperlich und die Gefahr, die sein ausdrucksloser Gesichtsausdruck vermittelte, ängstigte ihn.

„Ich bin Hauptmann Sugita Masahiro aus Jatsuma. Unser Fürst Iroda Katsumura hat mich beauftragt, den Tod des Ortsvorstehers Yamaguti Ren aufzuklären. Da der Tote von unserem Lehnsherrn als Ortsvorsteher eingesetzt wurde, betrachtet er den Mord als persönliche Beleidigung und Angriff auf seine Person. Der Mörder wird deshalb seine Tat mit dem Leben bezahlen."

Nach kurzem Schweigen, um seine Worte wirken zu lassen, fuhr er fort: „Der stellvertretende Ortsvorsteher hat mir berichtet, dass in den letzten Tagen viele Durchreisende euren Ort besucht und einige sogar in der Herberge übernachtet haben. Es ist also nicht auszuschließen, dass sich der Mörder unter ihnen befindet, was die Suche erschwert. Denn wie mir berichtet wurde, haben nicht nur Kaufleute, sondern auch Samurai dort übernachtet. So liegt der Verdacht nahe, dass der Mord, der in seiner Ausführung einem Ritualmord ähnelt, von einem erfahrenen Schwertkämpfer begangen wurde.
Meine kurze Untersuchung der Leiche zeigte mir einen durchgehend geraden Schnitt, ohne Risse oder Hautfetzen an der Schnittstelle. Solch einen präzisen Schnitt kann nur von einer hierin geübten Person ausgeführt werden. Ich gehe daher davon aus, dass die Dorfbewohner, die ihren Lebensunterhalt fast ausschließlich mit handwerklichen Arbeiten verdienen, diese Tat nicht in dieser Form und Präzision ausgeführt haben können."

Nach dieser Ansprache war die Erleichterung unter den Anwesenden groß, da sie nun keine Strafmaßnahmen ihres Lehnsherrn zu befürchten hatten. Das erleichterte Gemurmel verstummte jedoch nach einer kurzen Handbewegung von Hauptmann Sugita. In Erwartung dessen, was nun kommen würde, richteten sich wieder alle Blicke auf ihn.

Hauptmann Sugita nahm wieder eine straffe Haltung ein und fragte die Menge: „Wer von euch ist Yamato Ichiro?" Diejenigen, die ihn kannten, drehten sich zu Yaro um, der wie versteinert neben seinem Vater stand. Sugita folgte den Blicken der Menschen und erblickte den nun schon älteren Jugendlichen.
„Komm zu mir", sagte er freundlich und winkte ihn zu sich. Sein Vater Kenji folgte ihm.
„Wer bist du, ich habe dich nicht gerufen?", fragte er Kenji in einem nicht mehr ganz so verbindlichen Ton.
„Ich bin sein Vater und möchte wissen, was ihr von meinem Sohn wollt", antwortete Kenji aufgerichtet.
„Nun gut", stimmte er beeindruckt von Kenjis Auftreten zu, „aber haltet euch zurück." Sugita wandte sich wieder Yaro zu und sagte: „Der Ortsvorsteher Tora hat gehört, dass du am Tag des Mordes zur Stunde des Hahns aus dem Wald gekommen bist. Ist das wahr?"
Yaru konnte vor Aufregung nicht sprechen, sondern nur mit dem Kopf nicken. „Komm, sag es laut, damit es jeder versteht." Mit großer Mühe brachte Yaro ein „Ja" heraus.
„Was hast du um diese Zeit im Wald gemacht?"
„Nach dem Baden mit meinen Freunden bin ich wie immer durch den Wald nach Hause gegangen."
„Warst du alleine im Wald?"
„Ja", antwortete Yaro.
„Was hast du im Wald gemacht?"
„Ich habe Beeren gesammelt und diese im Wald gegessen, bis mir plötzlich übel wurde und ich mich übergeben musste. Als es mir nicht besser ging, bin ich nach Hause gegangen", sagte Yaro.
„Und du hast nichts gesehen oder gehört, obwohl der Waldweg ganz in der Nähe der Lichtung vorbeiführt, auf der

ein Mord geschah?", fragte Sugita jetzt schon drängender. „Nein", antwortete Yaro.
Sugita, der schon viele Verhöre durchgeführt hatte, erkannte schnell, dass Yaro, der bereits Tränen in den Augen hatte, nicht die Wahrheit sagte. Er erkannte auch, dass er dies nicht aus Hinterlist tat, sondern aus der Not heraus, weil er in großer Bedrängnis war oder jemanden vor großem Unheil bewahren wollte.
Behutsam legte er seine Hand auf Yaros Schulter und fragte noch einmal: „Bist du sicher, dass es so war, wie du es mir erzählt hast?" Yaru konnte nur noch den Kopf nach vorne neigen, denn zum Nicken war er schon zu schwach.

„Gut, komm mit mir ins Haus, vielleicht fällt es dir dort leichter zu reden als hier draußen vor all den Leuten." Dabei ließ Sugita seine Hand auf Yaros Schulter und sie gingen nebeneinander auf das Haus zu. Bevor sie eintraten, drehte sich Sugita noch einmal zu den Dorfbewohnern um und sagte: „Ihr bleibt hier, bis ich euch die Erlaubnis gebe, zu gehen. Sollte jemand ohne Erlaubnis gehen wollen, wird er die Klingen meiner Männer zu spüren bekommen."

Während Sugita mit Yaro das Haus betrat, umkreisten die Samurai des Hauptmanns die Menge, um im Bruchteil einer Sekunde ihre Katanas ziehen zu können. Kano und seine Männer wirkten gelassen. In Wirklichkeit waren sie jedoch äußerst angespannt und bereit, sich zu verteidigen, falls sie für den Mord belangt werden sollten.

Nach einiger Zeit erschienen Sugita und Yaro wieder im Hauseingang. Er rief Kenji zu sich und sagte: „Bringe deinen Sohn nach Hause, er hat heute viel durchgemacht." Kenji und Yaro verbeugten sich mit „Arigato gozaimasu, Sugita-san" und gingen zu den Leuten zurück.

„Gut", sagte Sugita dann zu den Bewohnern, „ihr könnt jetzt nach Hause gehen. Der Fall ist für uns abgeschlossen. Denn

der Verdacht erhärtet sich, dass Durchreisende, die Yamaguti kannten, ihn ermordet haben. Aus welchen Gründen auch immer."
Dann drehte er sich um und betrat wieder das Haus des Ortsvorstehers.

Langsam löste sich die Versammlung auf, und Yaro ging mit seinem Vater und seinem Bruder nach Hause, erschöpft und mit gesenktem Kopf. Als er aufblickte, sah er aus kurzer Entfernung Kano stehen, der sich kurz zu ihm umdrehte und, nur für ihn sichtbar, beide Augen kurz schloss. Yaro empfand diesen Wimpernschlag als wohlwollende Geste des Verständnisses und der Dankbarkeit. Nun wusste er sich und seine Familie in Sicherheit.

◇

=

Am nächsten Tag verließ Hauptmann Sugita mit seiner Eskorte das Dorf Satama, nachdem er Tora zum neuen Ortsvorsteher ernannt und ihm einen neuen Stellvertreter zugeteilt hatte. Der Mord an Yamaguti und seine Nachwirkungen traten bei den Dorfbewohnern angesichts der täglichen Arbeit und der alltäglichen Sorgen immer mehr in den Hintergrund.
Allerdings fragten sich einige von ihnen, warum Tora gegenüber Hauptmann Sugita nicht erwähnt hatte, dass sich mit Kano und seinen Leuten Ronin im Dorf befanden, die durchaus mit dem Schwert umgehen konnten und zu einem solchen Ritualmord fähig waren.
So änderte sich an den Machtverhältnissen und am Leben der Dorfbewohner in Satama nichts. Die Angst und die Ohnmacht gegenüber den bewaffneten Ronin blieben.

Wochen nach dem Vorfall schlenderte Yaro die Hauptstraße entlang, um in einem der zahlreichen Geschäfte ein Geschenk für seine Schwester Maiko zu ihrem neunzehnten Geburtstag zu kaufen. Er beschloss, ihr einen Kamm zu kaufen, wenn seine wenigen gesparten Münzen dafür ausreichten. Aus Schüchternheit traute er sich nicht, allein ein Geschäft zu betreten und die Waren an den Tischen auszusuchen. So blieb er vor den Eingangstüren stehen und versuchte von dort aus ein passendes Geschenk zu erspähen. So stand er nun vor einem Geschäft, in dem auch Kämme angeboten wurden.

Als er in der Tür stand und sich suchend umsah, bemerkte er den großen Schatten einer hinter ihm stehenden Person, so dass er zusammenzuckte und zur Seite sprang, um den Eingang nicht zu versperren. Entschuldigend verbeugte er sich und hielt den Blick gesenkt.
„Geh aus dem Weg, wenn jemand in mein Geschäft will", rief der Besitzer aus seinem Laden, „du ruinierst nur mein Geschäft!" Doch der Mann hinter Yaro machte keine Anstalten, den Laden zu betreten. Vielmehr begrüßte er Yaro mit einem freundlichen „Konnichiwa Yaro, was machst du denn hier?" Erst jetzt blickte Yaro verwundert auf und erschrak sichtlich. Vor ihm stand Kamara, einer der beiden Gefolgsleute, die bei der Ermordung Yamagutis auf der Waldlichtung an Kanos Seite gestanden hatten.

„Ich wollte meiner Schwester zum Geburtstag einen Kamm kaufen", stotterte der angesprochene Yaro.
„Und hast du schon einen ausgesucht?", fragte der Ronin.
„Ja, aber er ist zu teuer."
„Komm, zeig ihn mir", entgegnete Kamara und betrat mit Yaro den Laden. Ehrfurchtsvoll trat der Besitzer hinter seinem Tresen hervor: „Konnichiwa Kamara-san, es ist mir eine Ehre, Sie in meinem bescheidenen Laden bedienen zu dürfen."
„Gib dem Jungen den Kamm, den er sich ausgesucht hat. Es soll ein Geschenk sein, also verpacke den Kamm dem Anlass entsprechend. „Und du Yaro, nimm den Kamm und warte draußen auf mich." Kurze Zeit später verließ auch Kamara den Laden, gefolgt vom Ladenbesitzer, der sich, in der Tür stehend, mehrmals verbeugte und sich wiederholt mit „Arigato gozaimasu" verabschiedete.

„Du kommst jetzt mit mir, denn Kano-san will dich sprechen", befahl Kamara. Als Yaro einwandte, dass er den Kamm noch nicht bezahlt habe, setzte sich der Ronin in Bewegung und sagte: „Das ist bereits geregelt."

Verwundert folgte Yaro seinem Begleiter. Sie schlugen den Weg in Richtung der Herberge ein, deren Teilhabe sich Kano erzwungen hatte. Dort, auf dem gleichen Grundstück, wohnte er separat in einem komfortablen Haus. Auf dem Weg dorthin begegneten Kamara und Yaro Menschen, die ihnen sofort den Weg freimachten und sich respektvoll verbeugten, bis sie an ihnen vorbeigegangen waren. Dann, in sicherer Entfernung, tuschelten sie erstaunt über das Paar und fragten sich, was die Begleitung von Yaro zu bedeuten habe.

◇

Als sie das Haus von Kano erreichten, saß dieser auf der Außenkante der etwa zwei Schritte breiten Terrasse und beobachtete, wie sie sich näherten, mit dem Rücken an einen der Stützpfeiler gelehnt.
Das ganze Haus schien aus Zedernholz gebaut zu sein und strahlte mit seinem dunkelbraunen Farbton Wärme und Gediegenheit aus. Das Braun des Holzes wurde noch verstärkt durch die weiß leuchtenden Kieselsteine, die das Haus in einem breiten Streifen umgaben und von der saftig grünen Rasenfläche begrenzt wurden. Das Haus hatte ein Obergeschoss und schien mindestens doppelt so groß zu sein wie die üblichen Wohnhäuser des Dorfes.
Kano saß unbewegt auf seinem Platz. Neben ihm auf dem Boden der Terrasse stand ein Teeservice auf einem Tablett, dessen hellgrünes Geschirr mit dem dunkelbraunen Holz harmonierte. Neben Kano lag griffbereit sein Katana. Mit seinem einfarbigen, indigoblauen Oberteil über dem weißen Gi und dem taubengrauen Hosenrock, dem Hakama, bot er eine stattliche Erscheinung. Zudem waren seine Haare vorne kurz geschoren und die langen Seitenhaare zu einem langen Zopf auf dem Kopf zusammengebunden, so dass sein männliches, wohlgeformtes Gesicht gut zur Geltung kam.

Nachdem Yaro eine gefühlte Ewigkeit schweigend vor Kano gestanden hatte, deutete er mit der Hand auf einen Platz neben ihm und bat ihn, sich zu setzen.

„Du bist also Yaro", begann Kano, „dem ich viel zu verdanken habe und bei dem ich für immer in seiner Schuld stehen werde. Du weißt warum, aber du kannst meine Tat nicht verstehen. Es war eine Frage der Ehre, denn ich bin zwar ein Ronin, aber immer noch ein Samurai. Deshalb musste ich auf die Beleidigungen und Verunglimpfungen des Dorfführers gegen mich reagieren, wie es sich für einen Angehörigen des Schwertadels gehört. Demütigungen dieser Art sind für uns unverzeihlich und werden mit dem Schwert bestraft.

Diese Denkweise wirst du vielleicht erst Jahre später verstehen. Dennoch schulde ich dir ewigen Dank für dein Wohlverhalten mir gegenüber. Ich stelle dich unter meinen Schutz und den Schutz meiner Leute. Wenn ich dir einen Wunsch erfüllen kann, lass es mich wissen."

Er nahm seine Teeschale und trank einen kleinen Schluck, bevor er fortfuhr: „Du bist jetzt in einem Alter, in dem du bald die Schule verlassen wirst. Was willst du dann machen? Hast du dir darüber schon Gedanken gemacht?"

„Ja", begann Yaro zögernd, „aber ich bin mir noch nicht sicher." Die freundliche Art von Kano schien ihm ein wenig die Anspannung zu nehmen, so dass es ihm nun leichter fiel zu sprechen: „Mein Bruder wird den Fischfang der Familie übernehmen und noch ein paar Jahre mit meinem Vater auf den See fahren, so dass für mich nicht genug Arbeit übrig bleibt.

Da ich in meiner Schulklasse am besten schreiben, lesen und rechnen kann, wie mein Lehrer und meine Freunde sagen, denke ich daran, wenn möglich in der Verwaltung des Speicheramtes zu arbeiten."

„Hast du schon bei Herrn Sano von der Lagerverwaltung nachgefragt?", erkundigte sich Kano.
„Nein, das wollte ich demnächst machen."
„Gut, warte zwei Tage und suche dann Sano auf. Bewirb dich um einen Ausbildungsplatz in der Lagerverwaltung. Wenn es mit der Anstellung geklappt hat, kommst du wieder zu mir. Und jetzt geh."

Daraufhin erhob sich Yaro mit einer Verbeugung und den Worten „Arigato gozaimasu, Kano-san" von seinem Platz und wollte sich auf den Heimweg machen.
„Warte", rief Kano ihn zurück, „tue mir noch einen Gefallen und gib einen Brief von mir beim Töpfer Hamato ab."
„Hol den Umschlag", wies er Kamara an, der Yaro kurz darauf den Umschlag überreichte und ein paar Münzen für den Botendienst dazulegte.

Als Yaro den Umschlag dem Töpfer übergab, bedankte sich dieser ebenfalls mit ein paar Münzen für den Botengang. Mit dem soeben verdienten Geld ging er wieder in den Laden, in dem er den Kamm kaufen wollte. Als der Besitzer ihn erkannte, eilte er sofort hinter seinem Ladentisch hervor und begrüßte ihn mit vielen Verbeugungen.

„Ich möchte meinen Kamm noch bezahlen", sagte er zum Händler.
„Aber nein, junger Herr, Kamara-san hat schon alles bezahlt."
„Das glaube ich nicht", entgegnete Yaro selbstbewusst, „was hat der Kamm denn gekostet?"
„Glauben Sie mir, es ist alles bezahlt", winselte er.
„Gut", beendete Yaro den Wortwechsel, griff in seine Hosentasche und legte alle seine Münzen mit einem Ruck auf die Theke, „das sollte reichen."
Dann verließ er stolz den Laden und ließ den überraschten Ladenbesitzer mit offenem Mund stehen. Den anerken-

nenden Blick des Händlers, der von dem edlen Verhalten des jungen Mannes beeindruckt war, konnte er nicht mehr wahrnehmen.

◇

Auf dem Heimweg freute sich Yaro, dass er seiner Schwester von seinem selbst verdienten Geld einen schönen Kamm zum Geburtstag schenken konnte.

Endlich war der Tag gekommen, an dem Yaro seiner Schwester Maiko sein Geschenk überreichte. Diesmal, zu ihrem neunzehnten Geburtstag, wollte er ihr auf diese Weise besonders gratulieren. Als die Familie zusammensaß, um Maiko zu gratulieren, legte Yaro das verpackte Geschenk vor ihr auf die Tatami-Matte.

Überrascht und entzückt hielt sich Maiko die Hand vor den Mund, um nicht laut aufzuschreien, als sie das in rotes Papier eingewickelte und mit einer gelben Schleife verzierte Geschenk sah. Vorsichtig packte sie ihr Geschenk aus und war sprachlos über die Schönheit des Kamms. Während sie vor Staunen die Welt um sich herum vergaß, bemerkte Yaro die ernsten Gesichter des Vaters und der Mutter.

„Woher hast du das Geld für diesen Kamm?", fragte Kenji in die Stille hinein und beendete damit die Geburtstagsfreude.

„Ich habe es mir verdient", antwortete Yaro etwas trotziger als ihm lieb war.

„Und womit?", fragte Kenji kurz angebunden.

„Mit Botendiensten", kam die Antwort. „Botendienste, für wen?"

„Ich mache Botendienste für Kano-san."

Yaro spürte, wie die Stille im Raum noch stiller wurde. „Wie kommst du zu Kano?"

„Kamara-san sprach mich an und brachte mich zu Kanos

Haus, wo ich mich mit ihm unterhielt und er mir gelegentliche Botendienste gegen Bezahlung anbot. Ich nahm das Angebot gerne an, solange ich noch keine Arbeit nach der Schule gefunden habe."

„Gut, dann belassen wir es vorerst dabei", sagte Kenji scheinbar emotionslos, „und schauen, wie sich die Dinge entwickeln, und du, Yaro, begleitest mich morgen auf den See, denn Mohito hat an Land einiges zu erledigen."

Woraufhin Mohito seinen Vater überrascht ansah, um dann kommentarlos mit einem Kopfnicken zuzustimmen.

Früh am nächsten Morgen, als die Sonne ihre ersten, noch roten Strahlen an den Himmel warf und der See noch in der Dunkelheit lag, schoben Kenji und Yaro ihr Boot vom Kiesufer ins Wasser. Kenji stand am Heck des Bootes und steuerte es mit einem Ruder, das in der Mitte nach hinten gerichtet war. Diese Kunst, das Boot durch Hin- und Herbewegen des Ruders in gerader Linie voranzutreiben, überließ Kenji meist seinem Sohn Mohito.

Obwohl auch Yaro diese Kunst beherrschte, machte Kenji es diesmal selbst, wohl um seine Anspannung abzubauen. Yaro hingegen war aufgeregt und angespannt wegen des unvermeidlichen Gesprächs mit seinem Vater. Als die Sonne aufging und der Wind auffrischte, setzten sie das kleine Segel, das sie zu der Stelle brachte, an der Kenji das Netz im Wasser auslegte.

Als dies geschehen war, nahm Kenji zwei Reiskuchen, die Mochi, aus seinem Proviantbeutel und aßen sie wortlos. Als sie damit fertig waren, fragte Kenji unvermittelt: „Hat dein Kontakt mit Kano etwas mit dem Mord an dem Ortsvorsteher zu tun?"

Yaro stockte der Atem. Wie gelähmt saß er auf seiner Bank und konnte nicht sprechen. Dass sein Vater die Zusammenhänge so klar erkannte, machten ihn sprachlos. Mit einer Sanftheit in der Stimme, die er von seinem Vater nicht kannte, fuhr dieser fort: „Du kannst mit mir darüber reden. Ich bin dein Vater, der dir helfen und dich beschützen will. Vertrau mir und lüge mich nicht an."

Vor lauter väterlicher Liebe liefen Yaro die Tränen über die Wangen, als er sich seinem Vater zuwandte. Überrascht von dem Gefühlsausbruch seines Sohnes, legte er ihm einen Arm auf die Schulter und zog ihn an sich, bis sich ihre Köpfe berührten. So saßen sie sich lange Zeit ungestört gegenüber, umgeben von der Stille des Sees.
Als Kenji dann fragte: „Willst du mir nicht erzählen, was passiert ist?", brach es aus Yaro heraus.
Seine Stimme überschlug sich beim Sprechen, so dass Kenji ihn mehrmals beruhigen musste. Dann erzählte Yaro genau, was er gesehen und erlebt hatte und welche Ängste ihn seitdem begleiten. Nachdem er sich Luft gemacht hatte, fragte ihn Kenji, warum er ihm oder Hauptmann Sugita nichts gesagt habe.
„Ich hatte und habe immer noch Angst, dass Kano mir oder unserer Familie etwas Schlimmes antun könnte. Denn ich kenne seine Gefühlsschwankungen und seine Brutalität. Dann ist er nicht mehr zu bremsen. Selbst seine Freunde haben dann Angst vor ihm. Aber mir gegenüber war er sehr einfühlsam und hat mir und meiner Familie Schutz versprochen, weil er mir etwas schuldet. Als Samurai ist er wohl ein Ehrenmann, aber wohl nur nach den Regeln des Schwertadels. Was soll ich jetzt tun, Vater?"

Kenji war beeindruckt von den Gedanken und dem überlegten Vorgehen seines Sohnes und von der Klarheit, mit der er die riskante Situation einschätzte. 'Anscheinend kann ich ihm mehr zutrauen, als ich bisher geglaubt habe', dachte Kenji bei sich.
„Im Moment scheint es das Beste zu sein, Kano in dem Glauben zu lassen, dass du mir dein Geheimnis nicht anvertraut hast. Besuche ihn nicht zu oft, aber lass dich ab

und zu bei ihm blicken und für seine Botengänge einspannen. Wobei ich eher vermute, dass seine Umschläge keine wichtigen Nachrichten enthalten, sondern dass es für ihn eine Möglichkeit ist, dir Geld zukommen zu lassen, ohne gönnerhaft zu wirken.

Was wir jetzt besprochen haben, bleibt unter uns.
Kein Wort zu deinen Geschwistern oder Freunden. Ich spreche mit deiner Mutter. Ich glaube, es ist gut abzuwarten, was sich in Zukunft ändert. Denn nichts ist so beständig wie der Wandel." Mit diesen Worten beendete er seinen Rat.

Als sie am Nachmittag vom See zurückkamen und ihr Haus betraten, merkte Riko sofort, dass alle Spannungen zwischen Vater und Sohn verschwunden waren.

◇

Am dritten Tag nach dem Gespräch mit Kano betrat Yaro das Verwaltungsgebäude des Speicheramtes und bat um ein Gespräch mit dem Leiter des Amtes, Herrn Sano Takeshi. Kurz darauf wurde er in das Büro des Leiters geführt. Vorbei an einem größeren Raum, in dem mehrere Mitarbeiter an Tischen mit Schreibarbeiten beschäftigt waren. Fast auf jedem Schreibtisch stapelten sich Kladden, mit Schnüren zusammengehaltene Blätter, so hoch, dass die nach vorn gebeugten Schreiber kaum hinüberschauen konnten.

Nachdem Yaro das Büro betreten hatte, verbeugte er sich respektvoll, mit einer angemessenen Dauer und einer guten, stabilen Körperhaltung. Sano saß an seinem Schreibtisch und winkte Yaro zu sich.
„Konnichiwa Sano-san, ich danke Ihnen, dass Sie Ihre kostbare Zeit verschwenden, um mich, einen unbedeutenden Bittsteller, zu empfangen", begann Yaro seine Begrüßung.
„Was willst du?", entgegnete Sano kurz angebunden.

„Mein Name ist Yamato Ichiro und ich frage an, ob ich nach dem Ende meiner Schulzeit, also nach dem Ende dieses Monats, eine Anstellung bei Ihnen bekommen kann. Ich möchte mich nicht selbst loben, aber ich möchte auch nicht unerwähnt lassen, dass ich nach Aussagen meines Lehrers Shioda-san und meiner Mitschüler der Beste in meiner Klasse im Lesen, Schreiben und Rechnen bin."
„Na, du bist dir deiner Sache aber sicher", stellte Sano-san nicht unfreundlich fest und fuhr fort: „Ob du wirklich so klug bist, kannst du in der dreimonatigen Probezeit beweisen. Wenn du diese gut absolvierst, entscheiden wir, ob du in der Schreibstube arbeitest oder im Lager die dort gelagerten Lebensmittel kontrollierst. Gut, dann kannst du im nächsten Monat bei uns anfangen. Alles Weitere werden wir dann in der Schreibstube regeln, wenn es so weit ist. Du kannst jetzt gehen."
Überglücklich verabschiedete sich Yaro: „Arigato gozaimasu Sano-san, vielen Dank für ihr Vertrauen in mich. Ich werde ihre Erwartungen nicht enttäuschen."

Nachdem Yaro mit einer respektvollen Verbeugung das Büro verlassen hatte, lächelte Sano leicht und dachte bei sich, 'Endlich ein hoffnungsvoller junger Mann, den Kano mir empfohlen hat'.

◇

Zwei Tage nach Yaros Gespräch mit Sano-san besuchte er Kano in seinem Haus. Wie beim letzten Mal fand er ihn am Rand der Terrasse sitzend, entspannt an einen Holzpfosten gelehnt. Dabei hatte er sein rechtes Bein angewinkelt auf die Terrasse gestellt und das linke über den Kiesboden hängen lassen. Kano trank wieder Tee und unterhielt sich mit Kamara, der vor ihm stand.
Als Yaro sich dem Haus näherte, blieb er in ausreichendem

Abstand stehen, um nichts vom Inhalt des Gesprächs mitzubekommen. Wieder wartete er absichtlich so lange, bis jemand auf ihn aufmerksam wurde. Yaro war sich sicher, dass Kano ihn längst bemerkt hatte und nun überrascht tat, als er ihn ansah. Yaro spielte das Spiel mit und wartete, bis er aufgefordert wurde, näher zu kommen und Kano ihm ein Platz neben sich anbot.
„Deine Eltern haben dich gut erzogen und du weißt, wie man sich benimmt, wenn andere Leute noch miteinander reden", begrüßte Kano ihn anscheinend gut gelaunt.
„Hast du ein besonderes Anliegen, das dich zu mir führt?"
„Hai, Kano-san", begann er, „ich wollte nur berichten, dass ich eine Stelle im Speicheramt bekommen habe und nächsten Monat dort anfangen darf. Der Leiter des Speicheramtes, Herr Sano, war sehr freundlich." „Gut, gut", antwortete Kano mit einem falschen Lächeln, „das freut mich zu hören." Er tat überrascht, obwohl Sano ihn - wie befohlen - sofort über das Ergebnis des Gesprächs informiert hatte.

Befriedigend stellte er fest, dass er nun alle Verantwortlichen des Ortes kontrollierte und über alle Vorgänge im Ort informiert war, die ihm wichtig erschienen. Manche taten dies, um ihm einen Gefallen zu tun und sich einen Vorteil zu verschaffen, wie im Falle des neuen Ortsvorstehers Tora. Andere musste er unter Androhung von Gewalt gegen sie oder ihren Familien für seine Pläne gefügig machen, wie im Falle von Sano, dem Leiter des Speicheramtes.

Überraschend wandte sich Kamara an Yaro und fragte: „Hat deiner Schwester der Kamm gefallen, den du ihr zum Geburtstag geschenkt hast?"
„Oh ja, sie hat sich sehr über mein Geschenk gefreut."
„Du hast eine Schwester", fragte Kano hellhörig geworden, „wie alt ist sie denn?".
„Sie hatte ihren neunzehnten Geburtstag gefeiert", antwortete Yaro angespannt, denn ihm gefiel der Ton nicht, mit

dem sie sich nach Maiko erkundigten, eher begehrlich als ehrlich interessiert.

„Ist sie schön?" fragte Kano. Daraufhin konnte Yaro nur nicken, denn das Gespräch war ihm unangenehm. Er mochte es nicht, wenn in diesem Kreis so über seine Schwester gesprochen wurde.

„Sie wird also bald eine reife Frau sein", setzte Kamara das Gespräch fort. „Hat sie schon einen Mann in Aussicht oder kann ich mir noch Hoffnungen machen?"

Die beiden Männer begannen über Yaros Ängste zu lachen und Yaro nutzte die Gelegenheit, um sich zu verabschieden. Kamara rief ihm noch lachend zu: „Pass gut auf deine Schwester auf, ich will nicht, dass meiner zukünftigen Braut etwas zustößt."

Von diesem Moment an war Yaro klar, dass Frieden in seinem Dorf nur einkehren konnte, wenn Kano und seine Kumpanen aus seinem Leben verschwanden. Zu Hause erzählte Yaro nur seinem Vater von dem Gespräch mit Kano und seinen Sorgen. Beide kamen überein, die weitere Entwicklung abzuwarten und Maiko notfalls zu ihrem Onkel nach Tari zu bringen, wo sie vor den Schikanen von Kanos Leuten sicher wäre.

◇

Als Yaro ein weiteres Mal Kano in seinem Haus aufsuchte, angeblich um ihm Botengänge anzubieten, in Wirklichkeit aber, um herauszufinden, was er als Nächstes vorhatte, fand er ihn auf der Terrasse, wo er sein Katana reinigte. Dabei hielt er das aus der Scheide, der Saya, gezogene Schwert so in der linken Hand, dass die Schneide der Klinge von ihm weg zeigte.

Dann klopfte er mit einem kleinen Beutel Reismehlpuder auf beide Seiten der Klinge, bis diese vollständig mit dem

Puder bedeckt war. Nun nahm er ein Stück Reispapier zwischen Daumen und Zeigefinger der rechten Hand und legte die Klinge mit dem Rücken nach unten in diese Fingergabelung. Mit dem Papier wischte er nun in einem Zug vom Stichblatt, der Tsuba, bis zur Klingenspitze entlang, um den Puder und etwaige Verunreinigungen vom Metall zu entfernen. Danach nahm er ein mit Nelkenöl benetztes Reispapier und fuhr damit über die Klinge, bis diese mit einer leichte Ölschicht vollkommen bedeckt war. Anschließend ließ er die Klinge wieder vorsichtig in die Saya gleiten. Bei diesem schon meditativ anmutenden Reinigungsritual wollte Kano nicht gestört werden.

Erst jetzt sprach er Yaro beiläufig an und erkundigte sich wie es ihm gehe, und aus einer Laune heraus, was seine Schwester so mache. Als er bemerkte, dass Yaro sich nicht auf dieses Thema einlassen wollte, bohrte er nach und fragte: „Hat Maiko eigentlich schon einen festen Freund?"
Yaro ärgerte es, dass Kano seine Schwester mit ihren Namen bezeichnet, als ob er mit ihr vertraut wäre.
„Anscheinend nicht", fuhr er fort, als er Yaro versteckten Groll spürte, „so ein hübsches Mädchen und noch keine Erfahrung in Liebesdingen, wie schade. Und wie schaut es bei dir aus, hast du schon mit einem Mädchen geschlafen?"
Yaro blieb, überrascht von dieser dreisten Nachfrage, zunächst stumm. Um aber seine Schwester aus den Gespräch zu nehmen, antwortete er: „Nein, ich habe noch keine Freundin gehabt."
Laut lachend und auf einmal scheinbar gut gelaunt sagte er: „Das müssen wir aber schnell ändern, denn das Leben ist viel zu kurz, um darauf zu verzichten."

So rief er Kamara heran und befahl: „Hole Himari zu uns." Daraufhin ging Kamara hinüber zur Herberge und kam nach kurzer Zeit in Begleitung eine jungen Frau zurück.

Sie folgte Kamara in schnellen, kurzen Schritten und hatte Mühe mit ihren Getas und in ihrem Kimono mit seinem Tempo mitzuhalten. Als beide ankamen, verbeugte sich Himari verschüchtert vor Kano, da sie nicht ahnte, was ihr bevorstand. Sie war Mitte zwanzig, hatte ihr schwarzes Haar hochgesteckt, was ihr liebreizendes, natürliches Gesicht hervorhob. Sie trug einen olivgrünen Kimono, der mit weiß und rosa gefärbten Kranichen dekoriert war.

„Das hier ist Yaro, ein guter junger Mann, aber in Liebesdingen anscheinend noch unerfahren. Deshalb zeigst du ihm jetzt, was er bisher versäumt hat", sagte Kano zu Himari. Sie verbeugte sich diesmal erleichtert, weil sie keine heftigen Gefühlsausbrüche von Kano zu befürchten hatte, während Yaro die Situation peinlich fand und mit hochrotem Kopf abwartete, wie es weiterging. „Na dann, viel Spaß", verabschiedete sich Kano von den beiden und ging ins Haus.

„Kommt junger Herr", sprach Himari mit angenehm weicher Stimme und deutete mit einer leichten Handbewegung in Richtung des Gasthauses. Yaro folgte ihr wie abwesend, ohne einen vernünftigen Gedanken fassen zu können. Sie gingen zur Rückseite der Herberge, um über eine Holztreppe in den ersten Stock auf die Veranda zu gelangen, die um das Haus herumführte.

So betraten sie von außen einen kleinen rechteckigen Raum, der mit sauberen, gelbbraunen Matten aus Reisstroh ausgelegt war. Die der Veranda zugewandte Seite des Raumes war mit gitterartigen Schieberahmen versehen, die mit Shoji-Papier bespannt waren. Das reißfeste Papier ließ tagsüber das Licht von außen durch und diente abends als Sichtschutz. An einer der hellbraunen Wände hing ein Rollbild mit zwei auf einem Weidenzweig sitzenden Spatzen, für das der Maler überwiegend graubraune Farben gewählt hatte.

Vor der rechten, angrenzenden Wand stand ein dunkelbrauner, flacher, aber länglicher Schrank mit zwei Schubladen über die gesamte Front. Darauf stand eine helle, schlichte Vase mit einem Kirschblütenzweig, dessen Knospen sich noch nicht geöffnet hatten. In der Mitte des Raumes lag eine breite Schlafmatte. Ihr weißer Bezug war mit einer grauen Decke bedeckt, die bereits aufgeschlagen zum Niederlegen einlud. Kaum hatten die beiden den Raum betreten, öffnete sich erneut die Schiebetür und ein kleiner Holzeimer mit warmem Wasser und einigen Tüchern wurden diskret in den Raum gestellt.

Nun ging Himari auf Yaro zu, der immer noch wie gelähmt in der Mitte des Raumes stand, und begann ihn langsam auszuziehen. Als er völlig nackt vor ihr stand, nahm sie eines der Tücher und wusch seinen Körper mit dem warmen Wasser. Je näher sie mit dem Tuch seinen Unterleib berührte, desto mehr schien er wie versteinert. Auch das anschließende Abtrocknen löste bei ihm keine körperliche Erregung aus. Dann schob sie ihn auf die Schlafmatte, wo er auf dem Rücken liegend das weitere abwartete. Sie kniete sich neben ihn.

Nun legte sie die Innenseite ihrer warmen Hand auf seinen Unterleib und ließ sie dort ruhen. Sofort spürte Yaro, wie sein Puls zu rasen begann und er schneller atmete. Obwohl er seine Erregung nicht vor Himari zeigen wollte, konnte er dieses Gefühl nicht kontrollieren. Doch schon bald spürte er, wie sich sein Puls zu normalisieren begann und er die immer noch nahe an seinem Geschlecht ruhende Hand nicht mehr als unangenehm empfand.

Als Himari neben ihm hockend sich leicht vorbeugte, öffnete sich scheinbar zufällig ihr Kimono, so dass er die Rundung ihrer Brüste und den Haaransatz zwischen ihren Schenkeln sehen konnte. So erregt, folgte er seinem Verlangen, ihren Körper zu berühren. Überrascht von ihrer warmen, weichen

Haut ließ er seine Finger über ihre Brüste und den Rest ihres Körpers bis zu ihren Schenkeln gleiten. Als Himari nun seine Erregung spürte und sah, setzte sie sich auf ihn. Sie trug immer noch ihren Kimono, den sie nun geöffnet hatte, und bedeckte damit die beiden Liegenden. Als Yaro immer erregter wurde, nahm sie ihn in sich auf und begann sich zu bewegen. Was nun folgte, war für Yaro so beeindruckend, dass er es sein Leben lang als schönes Erlebnis in Erinnerung behielt.

Yaro hatte sich natürlich in Himari verliebt. Bei seinen späteren Besuchen bei Kano versuchte er, sie zu sehen, um sie in seiner Nähe zu haben und, wenn möglich, mit ihr zu schlafen. Kano hatte diese Entwicklung vom ersten Kontakt an vorausgesehen und ließ die beiden nur zusammenkommen, wenn er es wollte. So wurden die Abstände zwischen ihren Treffen immer länger, bis Himari schließlich aus seinem Leben verschwand. Es wurde erzählt, dass ein Weinhändler, der sie immer wieder besuchte und sich in sie verliebte, sie aus dem Vertrag kaufte und mit zu sich nach Kumamoto nahm.

三

Wochen später, an einem warmen Sommerabend, als die Familie Yamato noch zusammen saß und sich über alltägliche Dinge unterhielt, trat ein Fremder vor den Eingang des Grundstücks. Es war ein junger Mann mit einer großen und schlanken Gestalt, soweit man sie unter den locker getragenen, braunen Yukata erkennen konnte. Auffällig war, dass er sich an einem Stock festhielt, der vom Boden bis zur Brust reichte.

Er verbeugte sich und sagte mit freundlicher Stimme: „Konbanwa, guten Abend, entschuldigen Sie die Störung, aber ich wollte mich nur kurz vorstellen und bedanken. Mein Name ist Okimoto Kiochi, ich bin der Großneffe von Okimoto Muso, der als Nachbar in ihrem Haus wohnen darf und den sie schon lange mit Essen versorgen."

„Kommen Sie herein und trinken Sie einen Tee mit uns, Okimoto-san", lud Kenji ihn ins Haus ein. „Arigato gozaimasu, gerne setze ich mich für einen Moment zu ihnen. Aber nennen Sie mich bitte Kiochi."

So kamen sie ins Gespräch und Kiochi erzählte, dass er zuletzt in Jatsuma als Tischler gearbeitet habe und nun für die letzten Jahre, die sein Großonkel noch lebt, bei ihm wohnen wolle, wenn Kenji als Besitzer des Hauses einverstanden wäre. Er gab gerne sein Einverständnis.

Wie Kiochi erklärte, hatte sich bei einem Sturz während der Arbeit schwer am Oberschenkel verletzt. Er sei aber auf dem Weg der Besserung und benutze den Stock noch als Gehhilfe. Beim Sitzen und Tee trinken habe er aber keine Schwierigkeiten, sagte er lachend. Sobald es ihm möglich ist, wird er sich im Ort nach Arbeit umsehen. Am Abend wurde noch viel gelacht und alle fanden den jungen Mann mit den wachen Augen sympathisch, besonders Maiko.

Kiochi hielt sein Versprechen und half der Familie mit seinen Kenntnissen, die er als Tischler erworben hatte, indem er den Gartenzaun, das Fischerboot und andere Dinge reparierte, die einer Erneuerung bedurften. Außerdem entwarf und baute er Geräte, die den Fischern des Ortes bei der Vermarktung ihrer Fänge halfen. Schnell sprach es sich im Dorf herum, dass er ein geschickter Handwerker sei, und immer öfter kamen die Bewohner zu ihm und baten um seine handwerkliche Hilfe. Die Menschen, die mit Kiochi zu tun hatten, schätzten seine zurückhaltende, aber freundliche Art.

Obwohl auch Kenji zu diesen Menschen gehörte, hatte er bald das Gefühl, dass Kiochi nicht der war, der er vorgab zu sein. Sein Verdacht erhärtete sich, als er Kiochi frühmorgens auf dem Weg zum See dabei beobachtete, wie er in einem von außen schwer einsehbaren Garten mit einem Holzschwert intensive und variantenreiche Schlagübungen machte. Kenji behielt seine Beobachtungen jedoch zunächst für sich.

◇

Nach Ablauf der dreimonatigen Probezeit saß Yaro nachdenklich an seinem Schreibtisch. Es fiel ihm schwer, sich auf seine Arbeit zu konzentrieren, denn heute sollte sich entscheiden, ob er weiter im Speicheramt arbeiten durfte. Da erhob sich endlich der Büroleiter Ito von seinem Platz und trat an Yaros Schreibtisch.

„Komm mit, wir gehen zu Herrn Sano, dem Leiter des Speicheramtes", forderte er Yaro mit undurchdringlicher Miene auf. Seine Kollegen aus dem Schreibbüro begleiteten ihn mit aufmunternden Blicken, doch die konnten das mulmige Gefühl in seiner Magengrube nicht verdrängen. Als sie Sanos Büro betraten, staunte Yaro nicht schlecht, denn der Chef saß nicht wie gewohnt hinter seinem Schreibtisch, sondern kniete im Fersensitz auf der Tatami an der zurückgeschobenen Seitenwand und erfreute sich an den kunstvoll beschnittenen Bäumen in seinem kleinen, gepflegten Garten. Sano sah die beiden an und deutete dann auf den freien Platz rechts von ihm: „Setzt euch, es ist ein schöner Tag. Es wäre schade, sich an einem solchen Tag nicht an der Natur zu erfreuen." Ito setzte sich rechts neben Sano und Yaro rechts neben Ito.

„Also Yaro, deine dreimonatige Probezeit ist nun vorbei und wir müssen eine Entscheidung treffen", begann Sano nun zu Yaro gewandt.
„Laut Büroleiter Ito hast du dich in deiner Probezeit sehr gut angestellt. Du hast zuverlässig gearbeitet und Fehler, die in den Lagerräumen auftraten, richtig erkannt und schnell behoben. Das ist bemerkenswert für einen jungen Mann wie dich.
Du kannst von allen Kollegen in der Schreibstube am schnellsten rechnen und Zusammenhänge erfassen. Das haben auch deine Kollegen erkannt, ohne neidisch auf dich zu sein. Das ist nicht selbstverständlich und zeigt, dass du einen anständigen Charakter hast und dich tugendhaft verhältst. Es zeigt auch, dass du für andere Aufgaben geeignet bist."

Bei so viel Lob konnte Yaro bald keinen klaren Gedanken mehr fassen, so dass er sich nach jedem Satz nach vorne beugte und sich mit „Arigato gozaimasu" bedankte, was die beiden Männer zum Schmunzeln brachte.
„Nachdem du Ito-san und mich mit deinen guten Leistungen überrascht hast, werden wir dich im Lager einstellen", fuhr Sano fort. Nun gab es für Yaro kein Halten mehr, er verbeugte sich dankend so tief, dass seine Stirn die Handrücken

berührte. In dieser Haltung verharrte er, bis Sano ihn aufforderte, sich aufzurichten.

„Jetzt hör dir an, was wir dir noch zu sagen haben", fuhr Sano fort, „wie wir hast auch du festgestellt, dass in den Lagerräumen nicht gut gearbeitet wird. So sind die Bestandslisten, die von dort an das Schreibbüro weitergegeben werden, manchmal bewusst oder unbewusst falsch. Deshalb muss dort die Lagerleitung neu besetzt werden. Wir können es uns nicht leisten, falsche Informationen an das zentrale Lagerbüro des Daimyo weiterzugeben.

Deshalb haben Herr Ito und ich nach reiflicher Überlegung beschlossen, dich trotz deiner jungen Jahre zum neuen Lagerleiter zu ernennen. Du hast dabei unsere volle Unterstützung. Herr Ito wird dich in deine neuen Aufgaben einführen."

Sano erhob sich nun von seinem Platz, woraufhin auch Ito und Yaro aufstanden. Yaro hatte noch weiche Knie, als Sano ihm zu seiner neuen Aufgabe gratulierte und sich gut gelaunt an Ito wandte: „Ito-san, Sie und Ihre Kollegen aus der Schreibstube gehen heute auf meine Kosten in die Gaststube der Herberge und trinken auf unseren neuen Kollegen Yaro und seine neue Aufgabe. Ich bezahle aber nur die Getränke, nicht aber die Frauen, die euch vielleicht Gesellschaft leisten."

Lachend verließen Ito und Yaro das Büro. Im Schreibbüro wurden sie freudig begrüßt, als die Kollegen erfuhren, dass Yaro als neuer Mitarbeiter angenommen worden war. Die Freude wurde noch größer, als sie von der Einladung erfuhren. Ito schickte Yaro nach Hause, damit er seiner Familie von der sicheren Arbeitsstelle erzählen konnte.

Die Familie erwartete ihn sehnsüchtig zu Hause, und alle waren überglücklich, dass er die Stelle bekommen hatte, die ihm ein dauerhaftes Einkommen sicherte. Er arbeitete nun indirekt für den Daimyo, seinen Lehnsherrn.

Erstaunt reagierten sie jedoch, als sie erfuhren, dass ihm als noch unerfahrenem jungen Mann die Leitung der Vorratshaltung übertragen wurde. Kenji äußerte seine Bedenken und hoffte, dass die langjährigen Mitarbeiter der Lagerräume auch seine Anweisungen befolgen und ihm nicht das Leben schwer machen.

◇

Abends trafen sich die Kollegen im Gastraum der Herberge, der sich über die gesamte Breite des Hauses erstreckte und von der Hauptstraße aus zugänglich war. Die Fassade des Lokals konnte je nach Wetterlage mit Schiebetüren geöffnet werden, so dass die Gäste von ihren Plätzen aus das Kommen und Gehen der Leute auf der Straße beobachten konnten. Im Gastraum waren die länglichen, einfach gezimmerten Tische von drei Seiten mit Bänken umgeben, so dass von der freien Seite Getränke und einfache Speisen serviert werden konnten.
Eine etwas gepflegtere Ausstattung fanden die Gäste im hinteren Teil des Erdgeschosses vor, wo auch die Qualität der Speisen etwas gehobener war. Hier trafen sich vor allem wohlhabende Reisende mit ihren weiblichen Bekannten, mit denen sie sich am späten Abend in ihre gemieteten Zimmer im ersten Stock zurückzogen.

Nach dem Genuss einiger Flaschen Sake war die Stimmung unter den Männern des Speicheramts ausgelassen und fröhlich, wobei Büroleiter Ito darauf achtete, dass nicht zu viel getrunken und die Geldbörse des großzügigen Herrn Sano nicht zu sehr strapaziert wurde. Die angenehme Atmosphäre kippte jedoch zusehends, als drei von Kanos Leuten den Gastraum betraten, von Tisch zu Tisch gingen und die Gäste mit bösen Blicken einschüchterten. Sie blieben an einem Tisch stehen, an dem nur eine Person saß, die Yaro nicht bemerkt hatte, weil diese ihm den Rücken zuwandte.

„Oh, schaut mal, da sitzt einer mit einem Krückstock. Der sollte lieber nicht abends Sake trinken gehen, denn auf dem Heimweg kann man leicht hinfallen oder sich die Nase stoßen", sagte der Anführer der drei und schlug sich mit der Faust in die andere Hand und lachte böse. Der männliche Gast antwortete leise, was Yaro nicht verstehen konnte.

„So", brüllte der Anführer, „wir sollen dich in Ruhe lassen? Steh auf, damit ich dir Respekt beibringen kann."

Als der Mann taumelnd aufstand, erkannte Yaro erschrocken, dass es Kiochi war. Als Kiochi vor den drei Männern stand, die sich wegen des schmalen Ganges hintereinander vor dem Tresen aufstellen mussten, konnte sich Yaro aus Angst um Kiochi nicht bewegen.

Nun trat der Anführer auf Kiochi zu, um ihn am Revers seines Yukatas zu packen und an sich zu ziehen. Doch bevor dessen rechte Hand ihr Ziel erreichte, packte Kiochi mit seiner vorderen Hand das Handgelenk des Angreifers und zog ihn zu sich heran. Fast gleichzeitig griff er mit der anderen Hand von oben auf die Hand des Gegners.

Dann drehte er diese extrem um die eigene Achse nach innen, so dass der Greifarm senkrecht und parallel neben dem Körper des Angreifers fixiert wurde. Die dadurch ausgelösten Schmerzen im Arm und im Schultergelenk ließen den Angreifer kurz aufschreien und stellten ihn auf seine Zehenspitzen

Für diesen kurzen Moment tauchte Kiochi durch die entstandene Lücke zwischen dem gegriffenen Arm und dem Körper des Anführers.

Diese Bewegung verstärkte den Schmerz und machte ihn wehrlos. Nun neben ihm stehend, kippte Kiochi das Handgelenk des Gegners, das er nun mit beiden Händen wie einen Schwertgriff umfasste, so dynamisch nach vorne, dass der Oberkörper des Angreifers mit Schwung nach vorne gebeugt wurde. Dieser angewandte Handdrehhebel soll den Gegner zu Boden führen und dort fixieren. Dazu kam es aber nicht, weil die Tischkante beim Herunterführen absichtlich im Weg war, auf die der Angreifer so ungeschützt mit dem Gesicht aufschlug, dass er sich hörbar das Nasenbein brach und blutend zusammensackte.

Noch während Kiochi den Angreifer endgültig außer Gefecht setzte, konzentrierte er sich bereits auf den zweiten, der erst jetzt angreifen konnte, da ihm ihr Anführer zuvor im Weg stand. Auf Kiochi zu gehend, holt er mit seinem rechten Arm aus, um ihm eine Flasche auf dem Kopf zu schmettern.

Auch bei diesem Angriff bewegte sich Kiochi nach außen am Angreifer vorbei, um sofort in die Ellenbeuge des Schlagarms zu greifen und den Angriffsschwung zu verstärken. Dabei drückte er den Schlagarm weiter nach unten und brachte diesen in einer Bewegung zwischen sich und dem Gegner nach hinten.

Während dieser Körperbewegung nach hinten, fixierte Kiochi mit der vorderen Hand den Nacken des sich vorbeugten Angreifers und stellte mit der anderen den gegriffenen und nun gestreckten Schlagarm senkrecht auf. Erfolgt nun ein erhöhter Druck auf den gestreckten Arm, führt dieser äußere Schleuderwurf zu einem Überschlag und einem harten Aufprall auf dem Rücken.

In dieser räumlichen Enge fand der Angreifer jedoch noch die Möglichkeit, sich an der Bank abzustützen, um einen Überschlag zu verhindern. Sein Kopf war jedoch schon so weit nach unten gebeugt, dass Kiochi ihn mit einem heftigen Kniestoß ins Gesicht außer Gefecht setzte, der die gleiche Wirkung erzielte wie zuvor die Tischkante.

Für Kiochi leicht erkennbar, war der dritte Kumpane unsicher und zögerte in seiner Angriffsabsicht. Aber um nicht als Feigling zu gelten, griff er mit dem Mut der Verzweiflung an. Dies tat er ebenfalls mit einer Flasche in der Hand, die er auf Kiochis Kopf zerschmettern wollte.

Als er dynamisch auf Kiochi zulief und zwei Meter vor ihm zum Schlag ausholte, rutschte Kiochi blitzschnell innen am Schlagarm vorbei und rammte seinen vorderen, gestreckten Arm unter das Kinn des Gegners. Dieser Atemkraftwurf drückte ihm den Kopf so stark nach hinten, dass die Beine den Kontakt zum Boden verloren und er mit dem Hinterkopf auf den Boden aufschlug und regungslos liegen blieb.

Für einen kurzen Moment in sich gekehrt, stand Kiochi vor den am Boden liegenden Angreifern und beruhigte seinen Puls mit einer gezielten Bauchatmung. Dann wandte er sich dem Wirt zu, um seinen Sake zu bezahlen, was dieser jedoch vehement ablehnte. Daraufhin verließ Kiochi dankend mit einer kurzen Verbeugung den Gastraum.

Alle Personen, die sich noch im Gastraum befanden, waren vom Ausgang des Streits überrascht. Es war eine stille Freude im Raum zu spüren, dass mit Kiochi endlich jemand da war, der Kanos Leute in die Schranken wies, und zwar auf eine Art und Weise, die sie sich selbst nicht zutrauten und nicht beherrschten. Aber alle wussten, dass der Konflikt noch nicht gelöst war und eskalieren würde, weil Kano sein Gesicht nicht verlieren wollte.

◇

Wie befürchtet, erwies sich Yaros erster Arbeitstag in dem Lager des Speicheramtes als äußerst schwierig, da die älteren Mitarbeiter Yaros Anweisungen provokativ nur langsam oder gar nicht befolgten. Die Jüngeren, die mit Yaro arbeiten wollten, wurden von ihnen bedroht und zur Arbeitsverweigerung aufgefordert. Yaro wusste sich dagegen nicht zu wehren. Mit so offenem Widerstand hatte er nicht gerechnet.

Dementsprechend deprimiert ging er nach Hause, als er kurz vor ihrem Haus Kiochi traf, der sofort Yaros Gemütszustand erkannte. Auf Nachfrage erzählte ihm Yaro von seinem Problem im Speicheramt. Kiochi stellte einige Fragen und erkundigte sich beiläufig nach den Namen der Unruhestifter. Dann verabschiedete er sich kurz mit den Worten „Ich werde mich darum kümmern". Yaro schaute ihm verwundert nach, als Kiochi sich wieder umdrehte und zurück in den Ort ging.

Am nächsten Tag begann Yaro seine Arbeit unsicher und besorgt. Zu seinem Erstaunen schienen die Störenfriede vom Vortag wie verwandelt. Aus taktischen Gründen wählte Yaro einen der ursprünglichen Störer als seinen Stellvertreter aus, der - überrascht von dem ihm entgegengebrachten Vertrauen - von da an ein zuverlässiger Mitarbeiter wurde. Erst viel später erfuhr Yaro, dass die Lagerarbeiter von Kanos Kumpanen gezwungen und angewiesen worden waren, von den angelieferten Lebensmitteln etwas abzuzweigen und Yaros Arbeit zu behindern.

◇

Im Ort wusste bald jeder Bewohner, was in der Herberge geschehen war und wie beeindruckend Kiochi, der Tischler, die körperliche Auseinandersetzung bewältigt hatte. Nur wenige, die ihn kannten, konnten sich vorstellen, dass der freundliche junge Mann dazu in der Lage gewesen wäre. Nach dem Vorfall suchte Kenji das Gespräch mit Kiochi unter vier Augen im Garten seines Onkels.
„Ich habe von Anfang an vermutet, dass du jemand anderes bist, als du vorgibst zu sein", begann Kenji das Gespräch und fuhr fort: „Wir haben dich in unsere Familie aufge-

nommen und uns dir gegenüber anständig verhalten, also schuldest du uns eine ehrliche Antwort."

Zum ersten Mal zeigte sich Kiochi gegenüber Kenji verlegen.

„Auch ich habe gespürt, dass du mir meine Rolle nicht ganz abnimmst, nicht zuletzt, weil du mich jeden Morgen früh hier im Garten beim Waffentraining beobachtet hast. Aber ich gebe dir mein Ehrenwort, dass die Rolle, die ich jetzt spielen muss, nicht dazu dient, euch aus niederträchtigen Gründen zu belügen.

Ich bin euch sehr dankbar, dass ihr mich fast wie einen Sohn in eure Familie aufgenommen habt. Dieses Vertrauen, das ihr mir entgegengebracht habt, will ich nicht zerstören und werde es auch nicht von anderen zerstören lassen", sagte Kiochi entschlossen. „Deshalb bitte ich dich, nicht weiter in mich einzudringen, denn ich kann mich nicht weiter dazu äußern. Vielleicht wird sich in den nächsten Tagen alles ändern. Deshalb bitte ich um Geduld."

Gerührt von Kiochis Worten legte Kenji seine Hand auf dessen Schulter und sagte: „Ich werde warten und dir vertrauen".

◇

Kano war außer sich vor Wut, als er erfuhr, was sich in der Herberge abgespielt hatte und dass drei seiner Leute, obwohl sie nur Handlanger waren, für längere Zeit ausfielen und in der Öffentlichkeit ein so beschämendes Bild abgaben.

„Habt ihr denn eure Leute nicht im Griff, damit sie sich nicht wie Idioten aufführen? Mit ihrem schlechten Benehmen haben sie meinem Ansehen geschadet", schrie er Kamara und Rondo an, die mit gesenktem Blick vor dem hin- und hergehenden Kano knieten.

„Dass ich mich mit solchem Gesindel abgeben muss. Ich sollte die drei gleich einen Kopf kürzer machen", fuhr Kano wütend fort.

„Wer ist dieser Kiochi, der drei im Kampf erfahrene Männer so zurichtet?"

„Er ist erst vor kurzem in den Ort gezogen und arbeitet hier als Tischler. Dabei erledigt er Auftragsarbeiten. Wir nennen ihn den „Taumler", weil er einen Stock als Gehhilfe bei sich trägt, damit er nicht umfällt, wenn er wieder ins Stolpern gerät."

„So schlimm kann er nicht taumeln, wenn er es schafft, drei meiner Leute zu verprügeln", entgegnete Kano skeptisch.

„Hört gut zu, ihr Beiden", sagte Kano mit drohender Stimme, „ihr sorgt dafür, dass Kiochi so schnell wie möglich aus dem Dorf verschwindet, egal ob tot oder lebendig. Wenn ihr das nicht schafft, rate ich euch, nicht mehr bei mir zu erscheinen."

„Hai Kano, du kannst dich auf uns verlassen", sagte Kamara und verbeugte sich unterwürfig.

◇

Tage später, an einem sonnigen Nachmittag, besuchte Kiochi wieder die Herberge. Er setzte sich auf einen Platz der gut besuchten Terrasse und trank seinen Tee im Schatten des Hauses. Er wirkte entspannt, obwohl er in Wirklichkeit hochkonzentriert die Straße nach Veränderungen absuchte. Kiochi war sich bewusst, dass sein Teetrinken in der Herberge, wo Kano regelmäßig seinen Anteil einforderte, auf Kano und seine Leute provozierend wirkte.

Aber er wollte mit seinem Verhalten Herr über die sich anbahnenden Ereignisse bleiben. Er wollte bestimmen, wann und in welcher Form es zu der unvermeidlichen persönlichen Konfrontation mit Kano kommen würde.

Kurz darauf, wie er es erwartet hatte, gingen Kamara und Rondo an der Terrasse vorbei, bis sie abrupt stehen blieben, als sie Kiochi überraschend dort sitzen sahen. Sie wandten sich der Terrasse zu und gingen nah an die Holztreppe, um sich mit Kiochi in normaler Lautstärke unterhalten zu können.
„Na", fragte Kamara mit mitleidigem Unterton, „der Tischler braucht eine Pause, um sich zu erholen. Hast du heute schon so viel gearbeitet?"
Kamara sprach nun absichtlich lauter als nötig, um auch die Besucher auf den bevorstehenden Streit aufmerksam zu machen. Denn er wollte mit diesem Wortwechsel demonstrieren, wer im Dorf immer noch das Sagen hat und die Regeln bestimmt, nämlich Kano.

Kiochi reagiert nicht auf Kamaras provokante Art, sondern goss sich unbeeindruckt frischen Tee in seine Schale.
„Komm runter zu uns, wir haben etwas mit dir zu besprechen", sagte Kamara.
„Aber ich nicht mit euch, also verschwindet aus meinem Blickfeld, ich will mir die Gegend anschauen und in Ruhe meinen Tee genießen", kam die Antwort.
„Wenn du nicht willst", ereiferte sich Kamara, „dass hier alles zu Bruch geht, dann schlage ich vor, dass du zu uns herunterkommst."
„Gut", sagte Kiochi nur und machte Anstalten angestrengt aufzustehen.
„Vergiss deinen Stock nicht", mischte sich Rono amüsiert ein, „nicht dass du uns vor lauter Taumeln umfällst."

Bewusst zaghaft ging Kiochi auf die Holztreppe zu und stützte sich beim Hinuntergehen mit seinem Stock ab, bis er leicht schwankend vor den beiden stand.
„Jetzt gib mir den Stock", sagte Kamara und streckte die Hand aus.
„Aber ich brauche den Stock zum Gehen", erwiderte Kiochi

scheinbar unentschlossen.
„Gib mir den Stock", zischte Kamara nun gefährlich und wollte Kiochi den Stock entreißen, den er senkrecht mit einer Hand in der Mitte hielt.

Als Kamara aus kurzer Distanz einen Schritt auf Kiochi zu ging und bereits die Hand nach diesem ausstreckte, ließ Kiochi die untere Spitze des Stocks aus dem Handgelenk senkrecht nach oben schnellen, dass er seinen Gegenüber mit voller Wucht zwischen den Beinen traf. Nachdem der Stock locker in der Hand zurückschwang, nutzte Kiochi den Schwung und schlug den sich vor Schmerz krümmenden Kamara mit der oberen Spitze des Stocks auf den Kopf.
Anschließend verschaffte sich Kiochi mit einem Gleitschritt nach hinten mehr Abstand zu seinem Gegner, um den Stock waagerecht zu stellen und den sich gerade aufrichtenden Kamara mit einem Stoß auf den Hals vor Schmerzen wimmernd zu Boden schickte.

„Hier, du wolltest doch meinen Stock", mit diesen Worten wandte er sich nun provozierend Rondo zu. Dabei fuchtelte er mit der Stockspitze vor Rondos Gesicht herum, bis dieser wie erwartet die Spitze mit der Vorderhand zur Seite schob und dann festhielt. Sofort legte Kiochi seine freie Hand auf die von Rondo, so dass dieser keine Chance hatte, sie vom Stock zu lösen.
Dann führte er mit dem Stockende eine Kreisbewegung aus, worauf sich die Stockspitze um Rondos Handgelenk legte. Wie in einem Schraubstock stand Rondo mit abgewinkeltem Arm und Handgelenk schmerzverzerrt und bewegungsunfähig vor Kiochi. Mit einem kurzen Ruck nach oben am Stockende brach er Rondo das Handgelenk. Dann zog er den Stock aus der Umklammerung des Handgelenks und beendete den Zweikampf mit einem seitlichen Schlag gegen Rondos Hals, der daraufhin regungslos zusammenbrach.

Innerlich aufgewühlt, aber äußerlich gefasst, kehrte Kiochi an seinen Tisch zurück und ließ sich frischen Tee bringen. 'Jetzt beginnt bald der letzte Akt des Dramas', dachte Kiochi bei sich.

◇

Tatsächlich brauchte Kiochi nicht lange zu warten, bis Kano in seinem grau-weiß gestreiften Hakama und dem dunkelblauen Gi mit dem gepflegten Aussehen eines Samurai vor der Terrasse erschien. Er trug sein Daisho, ein Schwertpaar bestehend aus einem Katana, dem Langschwert, und einem Wakizashi, dem Kurzschwert, was seine Erscheinung noch stattlicher machte.
„Was willst du mit deinen Taten erreichen, außer Unruhe und Leid über diesen schönen Ort zu bringen?", eröffnete Kano das Gespräch.
„Ich glaube, das Leid und Elend hast du mit deinem Kumpanen in diesen Ort gebracht", entgegnete ihm Kiochi.
„Ich habe die Menschen hier vor Angriffen von außen geschützt."
„Aber die Bedrohung und die Übergriffe auf die Frauen hast du mitgebracht", ergänzte Kiochi.
„Was willst du dann?", fragte Kano ungeduldig.
„Ich will, dass das Leid im Dorf aufhört und du von hier verschwindest."
„Bist du von allen guten Geistern verlassen, dass du mir mit solch einer unverschämten Forderung gegenübertrittst?", empörte sich Kano. „Dazu müsstest du mich schon töten."

„Wenn es sein muss, auch das", erwiderte Kiochi kühl.
„Gut. Dann werden wir das im Zweikampf mit Schwertern entscheiden. Wie wäre es morgen früh zur Stunde der Schlange auf der Lichtung im hiesigen Wald?", schlug Kano vor. „Ich hoffe, du findest den Platz und verschwindest

nicht vorher vor Angst. Denn mit Schwertern zu kämpfen ist etwas anderes als mit Holzstöcken."
„Ja, ich kenne den Platz, das ist die Stelle wo du den Ortsvorsteher Yamaguti getötet hast."
„Pass auf was du sagst, sonst kenne ich keine Gnade mit dir, wenn es darum geht, wie ich dich töten werde."
Kano drehte sich auf der Stelle um und ging stolzen Schrittes zu seinem Haus.

'Nun ist es also soweit', dachte Kiochi, bezahlte seinen Tee und ging sicheren Schrittes, den Stock locker in der Hand, nach Hause, um sich auf den morgigen Tag vorzubereiten.

◇

Als Kiochi das Haus der Familie Yamato betrat, hatten alle bereits von der Auseinandersetzung und der Herausforderung Kanos gehört, was ihm recht war, denn er war nicht in der Stimmung, noch einmal über das Geschehene zu berichten.
Alle Familienmitglieder saßen schweigend und bedrückt auf ihren Plätzen. Maiko saß etwas abseits und trocknete ihre Tränen. Es tat Kiochi weh zu sehen, wie die Familie um ihn bangte. Die Reissuppe mit Rettich, die Riko für ihn gekocht hatte, weil er sie so gern mochte, schmeckte ihm heute vor lauter Anspannung nicht. Nachdem sie gemeinsam Tee getrunken hatten, verabschiedete sich Kiochi mit den Worten, er müsse sich auf den morgigen Tag vorbereiten und noch einige persönliche Dinge erledigen.

Als sich Kiochi mit den Familienmitgliedern zum Abschied erhob, bat ihn Kenji darum, dass er und Yaro ihn beim Duell als Sekundanten begleiten dürfen. Sichtlich gerührt von ihrer Anteilnahme stimmte Kiochi schweren Herzens zu, denn er war sich des Risikos bewusst, das sie damit eingingen. Denn bei einer Niederlage, die nur mit dem Tod enden kann, müsste die Familie mit Repressalien von Kano rechnen und wahrscheinlich das Dorf verlassen.

Als er das Haus verließ, um Kenji und Yaro von nebenan abzuholen, erschien er in einem leichten, hellblauen Gi und einem einfarbigen, dunkelgrauen Hakama. Dazu trug er Waraji, geflochtene Sandalen aus Bambusfasern mit Schnüren, die bis über die Knöchel gebunden werden konnten und so festen Halt gaben. Seine Ärmel hatte er mit einer über den Rücken gekreuzten Kordel so hochgebunden, dass seine Unterarme bis zu den Ellenbogen unbedeckt blieben. Seinen Hosenrock hatte er ebenfalls hochgebunden, damit der Hakama ihm genügend Beinfreiheit ließ. Im Gürtel steckten sein Daisho, Katana und Wakizashi.

Beim Erreichen des Hauses der Familie Yamato, traten Yaro und Kenji aus dem Haus und schlossen sich ihm nach einem ernsten Zunicken an. Auf der Straße blieben die Menschen stehen und verbeugten sich respektvoll vor den dreien. Nicht wenige schlossen sich ihnen in gebührendem Abstand an und begleiteten sie zum Kampfplatz, denn alle wussten, dass heute ein wichtiger Tag für die Bewohner war und die Zukunft des Dorfes auf dem Spiel stand.

Fast gleichzeitig beim Erreichen der Lichtung des Dorfwaldes, gesellte sich Kano mit seinen beiden Sekundanten zu ihnen. Ganz in Schwarz gekleidet und mit einem weit herabfallenden Hakama strahlte er eine Kraft und Persönlichkeit aus, mit der er die Menschen um sich herum immer wieder einschüchtern konnte.
Kano und Kiochi begrüßten sich mit einem respektvollen Nicken. Als Kano überraschend Yaro mit seinem Vater bei Kiochi stehen sah, ging er auf beide zu und verbeugte sich respektvoll.

„Yaro, ich bin überrascht, dich hier zu sehen. Bist du auf die andere Seite gewechselt? Ja, so ist das Leben, alles verändert sich. Hab keine Angst vor mir, du weißt, ich stehe in deiner Schuld. Du bist ein guter junger Mann mit einem weichen Herzen, der seinen Weg machen wird. Deine Eltern können stolz auf dich sein."

So sprach Kano ohne böse Worte und ging in die Mitte der Lichtung zu seinen Sekundanten. Dort nahm er, vor ihnen stehend, seine leichte Jacke von der Schulter und reichte sie gefaltet einem von ihnen. Dann zog er sein Wakizashi aus dem Gürtel und reichte es ebenfalls den Männern, womit er schon früh demonstrierte, dass er mit seinem Katana kämpfen würde.

Inzwischen stand auch Kiochi bei Kenji und Yaro und drückte ihnen seine Jacke in die Hände. Im Gegensatz zu Kano legte er jedoch nicht sein Wakizashi, sondern sein Katana ab.

Als Kano dies bemerkte, fragte er Kiochi ungläubig: „Willst du wirklich mit deinem Kurzschwert gegen mein Langschwert antreten und damit das Risiko für dich erhöhen? Willst du das wirklich?"

„Ja, das will ich. Ich habe damit gute Erfahrungen gemacht", antwortete Kiochi.

„Wahrscheinlich als Tischler, wenn du deine Tische glatt hobelst", spottete Kano. „Aber wie du willst. Mir ist es egal, wie du stirbst. Dann stellen wir uns nach alter Tradition vor und zeigen dem Gegner, mit wem er es in diesem Duell zu tun hat."

Sie standen sich in gebührendem Abstand gegenüber, bis Kano als der Ältere begann.

„Ich bin Kakaro Akito, genannt Kano, der fünfzehn Jahre lang als Mitglied der Palastwache das Leben meines Lehnsherrn, des Daimyo Aikita Takahashi, beschützt hat. Nach

seinem Tod wurde ich aus dem Dienst entlassen. Obwohl ich danach meinen Lebensunterhalt als Ronin verdienen musste, bin ich immer noch ein Samurai aus dem Schwertadel, dem man mit dem gebührenden Respekt begegnen sollte."
Danach verbeugten sie sich respektvoll zueinander.

„Ich bin Okimoto Kiochi", begann Kiochi, „ich bin Leutnant der Palastwache unseres Herrn, des Daimyo der Präfektur Tagai, Iroda Katsumura. In seinem Auftrag und auf Befehl meines Hauptmanns, Sugita Masahiro, wurde ich hierher nach Satama befohlen, um verdeckt zu ermitteln und den Tod des Ortsvorstehers, Yamaguti Ren, zu sühnen."
Abermals verbeugten sie sich respektvoll zueinander.

Kano schien für einen Moment irritiert, als Kiochi sich als die Person vorstellte, die er tatsächlich war. Yaro und Kenji hingegen waren verblüfft über Kiochis Botschaft, die sein Verhalten der letzten Wochen erklärte. Doch nun wurde es still in der Runde.
Denn auch die Einheimischen, die das Duell vom Waldrand aus in sicherer Entfernung beobachteten, verstummten. Auch sie wussten, dass sich hier etwas entscheiden würde, das die Zukunft ihres Dorfes beeinflusst. Nur die Vögel sangen und die Grillen zirpten, ohne sich von dem Geschehen stören zu lassen.

Es war eine seltsame, surreale Begegnung, die die beiden Kontrahenten zusammenführte. In einem Moment, in dem sich die beiden Männer scheinbar emotionslos gegenüberstanden. Wohl wissend, dass einer von ihnen diese Begegnung mit dem Kostbarsten bezahlen würde, was ein Mensch besitzen kann: mit seinem Leben. Seine Existenz wird unwiderruflich ausgelöscht. Doch diese Gedanken beschäftigten die beiden Samurai im Moment nicht, denn sie würden ihre Konzentration stören und sie unaufmerksam machen.

Beide gingen langsam in ihre Ausgangspositionen. Sie stellten sich in Migi-kamae auf, wobei sie den linken Fuß nach hinten setzten, um die Angriffsfläche ihres Körpers so gering wie möglich zu halten und den Zugriff auf ihre Schwerter zu erleichtern, die sie auf der linken Körperseite in ihren Gürteln trugen. Diese Körperhaltung ermöglichte ihnen ein schnelles Ziehen der Waffen, denn beide waren nicht nur erfahrene Kämpfer mit dem bereits gezogenen Schwert, sondern beherrschten auch das Iaijutsu, die Kunst des Schwertziehens.

Diese Kunst ermöglicht es, das Ziehen des Schwertes aus der Scheide übergangslos mit einem Schnitt am Körper des Gegners zu verbinden und ihn dabei so schwer zu verletzen, dass er zumindest nicht mehr in der Lage ist, sich noch wirkungsvoll zu verteidigen. Der in diese Bewegung integrierte zweite Schnitt ist dann tödlich. Kiochi war sich dieser Gefahr bewusst.

Langsam näherten sich die beiden Kämpfer mit Tsugi-ashi, indem sie den vorderen rechten Fuß sehr langsam nach vorne schoben, ohne den Gegner aus den Augen zu lassen. Als sie etwa drei Schrittlängen voneinander entfernt waren, begann Kano seinen Angriff, um den Vorteil seiner längeren Schwertklinge zu nutzen.

Für Kiochi nicht unerwartet, zog Kano das Katana blitzschnell zu einem horizontalen Schnitt zum Oberkörper des Gegners. Doch Kiochi war wachsam und zog beim Zurücknehmen seines Körperzentrums auch seinen Oberkörper aus der Schnittlinie.

Dennoch gelang es Kano, ihm die Oberbekleidung zu zerschneiden. Er spürte sofort einen leichten Widerstand an der Waffe und glaubte, Kiochi verletzt zu haben. Deshalb hob er die Waffe unmittelbar nach dem waagerechten Schnitt an, um mit Schwung einen senkrechten, tödlichen Schnitt zu führen.

In dem Moment, indem Kiochi dem horizontalen Schnitt nach hinten auswich, ohne seine Fußstellung zu verändern, zog er sein Wakizashi aus der Scheide. Um dem nun folgenden senkrechten Schnitt mit dem Katana die Angriffskraft zu nehmen, ergriff er sein Kurzschwert mit beiden Händen. Die nach unten sausende Klinge stoppte er mit der Breitseite seines Wakizashi, so dass die Klingen beider Waffen aufeinander schlugen. So ineinander an den Stichblättern verkeilt und sich körperlich berührend, versuchten beide, den Gegner zurückzudrängen, um in geeigneter Entfernung ihre Klingen tödlich einzusetzen. Jetzt hieß es abwarten, denn wer dem Druck zuerst nicht standhalten konnte und nachließ, würde verlieren.

Jetzt wandte Kiochi das Prinzip des „unbeugsamen Arms" an, bei dem man mit nur leicht gebeugtem Arm einem Druck standhalten kann, ohne dabei ausschließlich seine Muskelkraft einsetzen zu müssen. Vielmehr lässt man beim Ausatmen seine Atemkraft aus der Körpermitte durch die Arme und Hände hinaus in das Universum fließen, was dem Arm die nötige Stabilität verleiht und ein Einknicken des Arms verhindert.

So begann Kiochi, mit einer leichten Bewegung seines Oberkörpers nach hinten, seine bis dahin extrem angewinkelten und mit Muskelkraft gestützten Arme zu strecken und unbeugsam zu machen, ohne den Druck auf Kanos Katana am Stichblatt aufzugeben. Mit dem Erfolg, dass er den Druck aufrechterhalten konnte, ohne den Rest seines Körpers mit Muskelkraft zu blockieren.

In dieser Situation löste Kiochi die untere Hand vom Griff seines Wakizashi und fasste mit der nun freien Hand von oben auf das Handgelenk von Kanos oberer Schwerthand. Dabei rollte er sich an Kanos rechter Körperseite mit einem Tenkan-ashi so ab, dass er nun neben ihm stand. Jetzt lag sein linker Unterarm auf Kanos rechtem Schwertarm und blockierte damit weitere Bewegungen des Katana.

Als Kiochi es geschafft hatte, dass Kano sein Schwert in diesem sehr kurzen Moment nicht einsetzen konnte, löste Kiochi sein Kurzschwert vom Katana, wandte sich Kano zu und stieß ihm sein Wakizashi in den Hals.

Auf Kanos Gesicht war nur ein kurzes Erstaunen zu sehen, bis Kiochi blitzschnell die Klinge wieder herauszog. Stark blutend sank Kano zu Boden und das Leben wich aus ihm. Es war vorbei.

Während Kiochi noch regungslos über Kanos Leiche stand, brach unter den Zuschauern am Waldrand Jubel aus, denn die Demütigungen von Kano und seinen Leuten hatten nun ein Ende. Kiochi verbeugte sich noch vor Kanos Sekundanten und nahm Kanos Daisho von ihnen entgegen. Dann drehte er sich um und ging mit immer noch angespannter Miene auf Yaro und Kenji zu. Nach einem kurzen Nicken nahm er seine Jacke und sein Katana entgegen. Damit machten sie sich auf den Heimweg.

Viel fröhlicher als auf dem Hinweg verbeugten sich nun die Menschen am Straßenrand und feierten Kiochi im Vorbeigehen. Obwohl Kiochi nicht in Feierstimmung war, begann er sich langsam zu entspannen und nickte dankbar einigen ihm bekannten Gesichtern zu. Alle Anspannung fiel von ihm ab, als er wieder das Haus der Familie Yamato erblickte und Maiko ihnen mit Freudentränen entgegenlief, sich bei Kiochi einhakte und noch im Gehen glücklich ihren Kopf an seine Schulter legte.

四

Mit seinen Freunden Yoshi und Haru lag Yaro wieder einmal am Ufer des Binnensees. Nun aber als junge Männer, die die Schule abgeschlossen und ihre Aufgaben in der Arbeitswelt gefunden hatten. So widmete sich Haru dem Fischfang und fuhr bald täglich mit seinem Bruder und seinem Vater auf den See hinaus, um die Familie zu unterstützen, wenn sie den Fisch im eigenen Dorf oder im Nachbarort Mataro gewinnbringend verkauften.
Ähnlich erging es Yoshi, der mit der Familie die Felder bestellte und das Getreide ebenfalls im Nachbardorf zum Verkauf anbot. In bescheidenem Umfang bauten sie auch Tee an, für den sie sogar in der Stadt Tari Abnehmer fanden. Obwohl beide damit zufrieden waren, als Erstgeborene ihren Platz in der Familie gefunden zu haben, bewunderten sie Yaro offen und ehrlich dafür, dass er es in so kurzer Zeit zum Leiter der Vorratshaltung im Speicheramt gebracht hatte.

„Die letzten Monate haben unser Dorfleben durcheinander gebracht. Es ist ein Glücksfall, dass für uns alles so glimpflich ausgegangen ist und wir das entspannte Leben, wie wir es jetzt führen, wieder als selbstverständlich ansehen. Schon bald werden wir vergessen haben, in welch ständiger Angst wir mit den Gewaltausbrüchen von Kano und seinen Leuten gelebt haben und dass es Kiochi allein war, welcher der Gewalt ein Ende gesetzt hat", sagte Haru.
„Vor allem, wie strategisch glänzend er die Banditen aus ihren Löchern lockte und mit ihren Eitelkeiten spielte, so

dass sie sich immer wieder genötigt sahen, ihn zum Kampf herauszufordern. So blieb Kiochi immer derjenige, der nur kämpfte, um sich zu verteidigen", ergänzt Yaro.
„Er ist schon eine beeindruckende Persönlichkeit", sagte Yoshi und fuhr lächelnd fort, „dein zukünftiger Schwager."
Alle mussten schmunzeln, als er das sagte.

Denn schon seit Wochen hatten alle in der Familie bemerkt, dass Maiko und Kiochi sich immer näher kamen. Das erste Mal fiel es auf, als Maiko ungefragt Yuki Arbeiten abnahm, bei denen sie Kiochi treffen konnte, wie zum Beispiel um Kiochi und seinem Onkel mittags und abends das Essen zu bringen. Dann nutzten die beiden die Gelegenheit, allein zusammenzusitzen und über alles Mögliche zu reden. Während bei Maiko dann vor Aufregung die Worte nur so sprudelten und sie so manchen Einblick in ihre Gefühlswelt gewährte, hielt sich Kiochi mit seinen Gefühlsregungen eher zurück, da er sich nicht sicher sein konnte, was die nächsten Wochen bringen würden und ob er die Auseinandersetzung mit Kano überlebt.
Denn auch am Anfang einer Liebe kann der Tod der geliebten Person das Leben der Zurückgebliebenen für lange Jahre erschüttern und zu Einsamkeit führen. Das wollte er Maiko aus Liebe zu ihr ersparen. Er sehnte sich danach, endlich das Lügen gegenüber Maiko und ihrer Familie zu beenden.

Dann, nach dem Duell und der Enthüllung seiner wahren Identität, fielen alle Lasten von ihm ab und er fühlte sich frei. Körper, Geist und Seele waren wieder im harmonischen Einklang. Dazu trugen wesentlich die Gespräche mit Kenji bei, wenn sie auf den See hinaus fuhren, um sich zu zweit ungestört unterhalten zu können.
Kenji wählte bewusst immer wieder diese Umgebung, denn die Erfahrung hatte ihm gezeigt, dass Menschen auf dem

See, in dieser besonders stillen Umgebung der Natur, leicht zur Ruhe kommen und bereit sind, über ihre Sorgen und Gefühle zu sprechen. So genoss auch Kiochi diese Begegnungen und Gespräche.

Kenji fragte ihn: „Hast du schon Pläne für die Zukunft, nachdem du deinen Auftrag hier im Dorf erfüllt hast? Willst du im Dorf bleiben oder musst du auf Befehl des Daimyo zu deiner Einheit zurückkehren? Wie stehst du zu Maiko?" Nach einem Moment des Innehaltens schaut Kiocho sein Gegenüber an, das ihm in den letzten Monaten zu einer vertrauten Person geworden ist. Schon bei ihrer ersten Begegnung war Kenji ihm wohlwollend begegnet.

„In Absprache mit meinem Hauptmann Sugita wurde mir die Aufgabe übertragen, Satama zu einem wehrhaften und ertragreichen Ort zu machen und die Entwicklung über einen längeren Zeitraum zu überwachen. Unter der Voraussetzung, dass es mir gelingen würde, den Ort von Kano und seinen Spießgesellen, wie strategisch geplant, erfolgreich zu befreien. Als ich dann länger im Ort blieb, dachte ich an mein persönliches Schicksal, in der Hoffnung, dass ich hier in Satama eine gute Frau finde, mit der ich hier im Ort unsere Kinder großziehen könnte."

„Hast du schon eine Frau gefunden, mit der du Kinder aufziehen möchtest?", fragte Kenji amüsiert und als Kiochi breit grinsend nickte, fragte er noch scheinheilig: „Kenne ich sie vielleicht?"

„Ja, du kennst sie seit dem ersten Tag ihrer Geburt, deine Maiko", sagte Kiochi lachend. Nun klopften sie sich gegenseitig auf die Schulter, darauf bedacht, dass sie vor überschwänglicher Freude nicht über Bord gingen.

„Und weiß sie schon, dass du sie heiraten willst?", fragte Kenji nun wieder ernster.

„Nein. Ich wollte erst mit dir darüber sprechen, ob ich die Zustimmung der Familie bekomme."

Als Maiko abends wie immer Kiochi und seinem Onkel Muso das Essen brachte und sie nach dem Essen allein waren, fragte Kiochi sie, ob sie seine Frau werden wolle.
„Hai", sagte sie spontan und fiel ihm glücklich in die Arme. So saßen sie, entgegen der Tradition, allein und eng umschlungen auf der Terrasse. Nach einer Weile standen sie auf und gingen ins Nachbarhaus, um der Familie ihre Entscheidung mitzuteilen.
Alle Familienmitglieder saßen gespannt im Wohnzimmer des Hauses. Als sie Maikos und Kiochis strahlende Gesichter sahen, wussten sie, wie die Entscheidung ausgefallen war. Vor Freude klatschten alle und freuten sich mit Maiko, als sie ihren Eltern und Brüdern glücklich in die Arme fiel. Nachdem sie noch Kiochis Onkel zum Feiern dazu holten, klang der glückliche Tag mit ein paar Flaschen Reiswein und selbstgemachtem Pflaumenwein aus.

◊

„Ja, er ist schon eine beeindruckende Persönlichkeit, mein zukünftiger Schwager", nahm Yaro den Gedanken von Yoshi auf, während er sich auf den Rücken legte und die Arme unter dem Kopf verschränkte. Sie legten sich oft an eine ausgesuchte Stelle am See, wo der Kiesstrand in einen feinen Sandstrand überging. So konnten sie die wohlige Wärme des Sandbodens durch ihren Körper fließen lassen.
„Am meisten hat mich beeindruckt, wie er sich auf verschiedene Weise gegen seine Angreifer verteidigt hat. Diese Kunst, sich ohne Waffen oder mit Waffen zu verteidigen, hat mich sehr beeindruckt. Ich dachte schon daran, ihn zu fragen, ob ich mir diese Fähigkeiten aneignen könnte."
Haru, der immer pragmatisch dachte, sagte: „Frag ihn doch. Er mag dich sehr und wird dir eine ehrliche Antwort geben.

Wenn er bereit wäre, sein Wissen weiterzugeben, würde ich auch gerne mit dir trainieren, um so mit dir zusammen zu bleiben."

„Und was ist mit mir?", warf Yoshi ein und setzte sich auf. „Ich möchte auch dabei sein, dann können wir neben der Arbeit zusammenbleiben und interessante Dinge zusammen unternehmen."
„Gut, dann spreche ich Kiochi bei nächster Gelegenheit an", sagte Yaro und stand auf, „und wer kommt mit ins Wasser?" Sofort sprangen die anderen auf und sie rannten lauthals mit einem Kopfsprung in den See.

Am nächsten Abend, als die untergehende Sonne die Häuser des Dorfes mit ihren letzten Strahlen bereits in ein orangerosa Licht tauchte, besuchte Yaro nun Kiochi, der allein und in Gedanken versunken auf der kleinen Veranda seines Hauses saß. Den Rücken an einen der Dachbalken gelehnt. In der gleichen Haltung wie Kano ging es Yaro durch den Kopf, als sie sich damals zum ersten Mal vor seinem Haus getroffen hatten.
Als Kiochi den Kopf hob und Yaro bemerkte, verwandelte sich sein nachdenklicher Gesichtsausdruck in ein freundliches Lächeln und er winkte mit der Hand.

„Störe ich dich gerade oder soll ich später oder morgen wiederkommen?", fragte Yaro vorsichtig.
„Nein, nein, komm einfach her, ich freue mich immer, wenn ich dich in der Nähe habe und mich mit dir unterhalten kann", er setzte sich gerade auf die Außenkante der Veranda.
„Was ist denn, kann ich dir helfen?"

Yaro begann zögernd: „Als du den ersten Streit mit Kanos Kumpanen in der Herberge hattest, war ich zufällig mit meinen Kollegen im Gastraum und konnte eure körperliche Auseinandersetzung beobachten, du hast damals meine Anwesenheit nicht bemerkt."

„Oh doch, ich habe euch hinten links in der Ecke am Kücheneingang sitzen sehen. Da ich aber ahnte, was später passieren würde, habe ich bewusst keinen Kontakt zu dir gesucht, um dich als meinen Freund nicht zu gefährden."

Immer noch überrascht von Kiochis Erklärung fuhr er fort: „Die Art und Weise, wie du dich verteidigt hast, hat mich sehr beeindruckt. Deshalb wollte ich dich fragen, wie man diese Verteidigung nennt, die du benutzt hast, und ob du mir diese Kampfformen beibringen würdest?"

„Was du gesehen hast, nennt man Taijutsu und ist eine alte Form der waffenlosen Verteidigung gegen bewaffnete oder unbewaffnete Angreifer. Obwohl der Gebrauch von Waffen, insbesondere des Schwertes, in den letzten Jahrhunderten zugenommen hat, hat Taijutsu nie an Bedeutung verloren. Denn es kam nicht selten vor, dass bei Kämpfen mit Schwertern die Klingen zerbrachen oder unbrauchbar wurden. Um sich nun waffenlos gegen bewaffnete Gegner verteidigen zu können und zu überleben, erlernten die Kämpfer diese Techniken des Taijutsu.

Ich würde dir gerne die Techniken des Taijutsu beibringen und vielleicht später auch die des Schwertkampfes, des Kenjutsu", sagte Kiochi und fuhr fort, „aber das Erlernen einer Kampfkunst ist wie das Erlernen eines Handwerks. Nur durch ausdauerndes Üben und unzähliges Wiederholen der Techniken gelingt es dir vielleicht zur Meisterschaft. Denn ich stehe nur an deiner Seite und begleite dich auf deinem Weg.

Ich bin nur der Wegweiser, der dir den Weg zeigt, den ich aus eigener Erfahrung für den richtigen halte. Den Weg, den du dann wählst, musst du allein gehen. Sei beharrlich auf deinem Weg und denke daran: 'Auch der längste Weg beginnt mit dem ersten Schritt'.

Wenn du dazu bereit bist, nehme ich dich gerne als meinen Schüler an. Wenn du mit mir eine Lehrer-Schüler-Bindung eingehen willst, bin ich dein Sensei.
Diese Bindung gehe ich gerne mit dir ein. Denn ich halte dich geistig und körperlich dafür geeignet und du bringst gute Charaktereigenschaften mit, die einen guten Kämpfer auszeichnen.
Darum frage ich dich nun, bist du bereit, mit mir eine Lehrer-Schüler-Bindung einzugehen?"
„Hai", antwortete Yaro mit trockener Stimme.
„Dann danke ich dir, dass du bereit bist, mein Wissen aufzunehmen. Arigato gozaimasu", sagte Kiochi und verbeugte sich vor Yaro.
„Hai, Sensei, Arigato gozaimasu", antwortete Yaro und verbeugte sich ebenfalls dankend.

„Wäre es möglich, dass du auch meine engen Freunde Takehachi Yoshi und Sonoda Haru in der Kampfkunst Taijutsu unterrichtest?", fragte Yaro zögernd.
„Ich habe ihnen versprochen, dich darum zu bitten", fügte Yaro mit schlechtem Gewissen hinzu, nach der gezeigten Großzügigkeit, die Kiochi ihm bereits entgegengebracht hatte.
„Ich weiß", antwortete Kiochi, „ein Versprechen muss man auch halten."

Dann lehnte er sich wieder lässig gegen den Stützbalken des Hauses und schwieg eine Weile in sich gekehrt. Als er wieder aufblickte, sagte er zu Kiochi:
„Mit deiner Frage hast du mich auf eine Idee gebracht. Ich bin bereit, deine Freunde und andere interessierte junge Männer in den Kampfkünsten zu unterrichten. Sie sollen jeden Abend zu mir kommen, während ich dir die Möglichkeit gebe, zusätzlich vor deiner Arbeit mit mir im Garten

zuerst Taijutsu und später mit Waffen zu trainieren."
Scheinbar schon geistig abwesend und mehr mit sich selbst sprechend, fügte er hinzu: „Ich muss aber noch eine geeignete Trainingsstätte, ein Dojo, finden, in dem wir unsere Kampfkünste abgeschieden und konzentriert üben können."
Nachdem die körperlichen Auseinandersetzungen zwischen Kiochi und Kano sowie seinen Leuten wochenlang das Tagesgespräch im Dorf waren, kam es nicht überraschend, dass sich viele junge Männer bei Kiochi meldeten, um eine Kampfkunst zu erlernen. Nach eingehender Prüfung wählte Kiochi die Männer aus, die geistig und körperlich der Aufgabe gewachsen waren.

◇

Nur wenige Tage später ritt ein Trupp von zehn Samurai mit ihrem Anführer im leichten Trab in das Dorf ein und hielt vor dem Haus des Ortsvorstehers. Alle trugen dunkelblaue Gi und hellbraune Hakama. Im Gürtel trugen sie ihr Daisho auf der linken Körperseite, auf der Seite des Herzens. Auf dem Rücken, zwischen den Schulterblättern, konnte man leicht das Zeichen ihres Daimyo, Iroda Katsumura, erkennen, das auf der Spitze stehende weiße Quadrat, durch das zwei schwarze Linien waagerecht verliefen.
Ihr Anführer trug einen leichten, dunkelbraunen Brustpanzer und einen Lederhelm, um den offiziellen Anlass seines Erscheinens zu demonstrieren. Er stieg ab, übergab die Zügel seines Pferdes dem nächststehenden Samurai und betrat in Begleitung von zwei seiner Männer das Haus.
Kurz darauf erschien ein Mitarbeiter des Ortsvorstehers im Rahmen der Eingangstür und eilte dann so schnell wie möglich die Straße in Richtung See hinunter. Vor Kiochis Haus blieb er nach Atem ringend stehen. Dort blieb er, bis Kiochi aus dem Haus kam und ihn fragte, was er wolle.

„Okimoto-san, sie sollen zum Haus des Ortsvorstehers kommen, dort ist ein Trupp Soldaten eingetroffen, deren Anführer nach ihnen verlangt", sprudelte es aufgeregt aus dem Mann heraus.
„Gut, ich mache mich so schnell wie möglich auf den Weg", antwortete Kiochi und ging ins Haus.

Kurze Zeit später erreichte er den Platz vor dem Haus des Vorstehers. Als er auf dem Weg zum Haus an den Samurai vorbeikam, die dort immer noch mit ihren Pferden warteten, verbeugten sich diese respektvoll und erfreut vor ihm. Im Haus wurde Kiocho in das Büro des Ortsvorstehers Tora geführt. Als er den mit Binsenmatten ausgelegten Raum betrat, sah er zu seiner Überraschung Hauptmann Sugita am Schreibtisch des Ortsvorstehers sitzen, während dieser mit gesenktem Kopf neben ihm auf den Knien wartete.

„Leutnant Okimoto, es freut mich außerordentlich euch wohlbehalten wiederzusehen, nach der gefährlichen Auseinandersetzung mit dem als Schwertkämpfer erfahrenen und daher sehr gefährlichen Ronin Kano. So soll ich dir auch das Lob und die Anerkennung unseres Lehnsherrn und Daimyo Iroda-san überbringen." Kiochi verbeugte sich dankbar vor seinem Vorgesetzten.
„Dass alles nach Plan verlaufen ist, verdanken wir allein deinem persönlichen Einsatz und deinem Geschick. Deine Strategie und Taktik, die nicht wenige unserer Offiziere für zu riskant hielten, hat sich letztlich als richtig erwiesen, um die Zahl der Opfer so gering wie möglich zu halten. Sie traf nämlich nur die Bösen. Bei einem Frontalangriff unserer Soldaten hätten wir dagegen mit Sicherheit Verluste in den eigenen Reihen und unter der Bevölkerung zu beklagen gehabt.
Aufgrund deiner außerordentlichen Leistungen habe ich von unserem Lehnsherrn die Vollmacht erhalten, dich als Mitglied seiner Leibgarde zum Hauptmann zu befördern und

dir die dafür erforderliche Urkunde zu überreichen."
Damit erhob sich Sugita von seinem Schreibtisch und überreichte Kiochi die vom Lehnsherrn gesiegelten Dokumente. Kiochi verbeugte sich dem Anlass entsprechend. Als er sich zurückziehen wollte, bat ihn Sugita zu bleiben.
„Warte bitte, wir haben noch Wichtiges zu besprechen."

Dann wandte er sich dem immer noch knienden Ortsvorsteher Tora zu und sprach ihn ohne Umschweife an: „Als ich das letzte Mal im Dorf war, um den Mord an deinem Vorgänger Yamaguti aufzuklären, hast du es nicht für nötig gehalten, mich auf den Ronin Kano und seine Gefährlichkeit hinzuweisen. Selbst in einem Gespräch unter vier Augen warst du dazu nicht bereit.
Du hast mein Vertrauen und damit das Vertrauen unseres Lehnsherrn missbraucht. Deshalb sollst du nicht ungestraft davonkommen. Daher entbinde ich dich von deinem Amt als Ortsvorsteher und fordere dich auf, bis zum Ende des morgigen Tages den Ort Satama zu verlassen und nicht mehr zurückzukehren. Nimm deine Sachen und verschwinde, bevor ich es mir anders überlege."
Sofort sprang Tora auf und verbeugte sich rückwärts gehend bis er die offene Schiebetür des Raumes erreicht hatte und nie wieder im Dorf gesehen wurde.

„Und nun wieder zu dir", wandte sich Sugita-san freundlich an Kiochi. „Kannst du dir vorstellen, ein paar Jahre hier im Dorf zu leben?"
Kiochi lächelte ihn an und antwortete: „Ja, das kann ich mir gut vorstellen." Überrascht von der schnellen Antwort und Kiochis strahlenden Augen fragt Sugita nur kurz: „Warum?"
„Weil ich hier vor ein paar Wochen mein Eheversprechen gegeben habe."
„Und wer ist die Glückliche, wenn ich fragen darf?", kam sofort die Frage.
„Es ist Yamato Maiko, die Tochter von Kenji, dem Fischer,

und seiner Frau Riko."
„Yamato, der Name kommt mir bekannt vor", überlegte Sugita kurz.
„Ihr jüngster Sohn Yamato Ichiro, genannt Yaro, war bei den Ermittlungen im Mordfall des damaligen Ortsvorstehers Yamaguti befragt worden."
„Ja, jetzt erinnere ich mich", sagte Sugita nickend, „ein braver, aber sehr ängstlicher Junge, der auch unter Druck weniger zugab, als er wirklich wusste. Was macht er jetzt hier in dem Ort?"

„Er hat sich zu einem aufgeweckten jungen Mann entwickelt, der schon in der Schule eine gute Auffassungsgabe zeigte und trotz seiner jungen Jahre als Lagerleiter im Speicheramt seine Arbeit sehr zuverlässig erledigt.
Erst kürzlich hat er mich gebeten, ihn in der Kampfkunst Taijutsu zu unterrichten. Das habe ich gerne getan, denn er bringt alle Tugenden mit, die man von einem Samurai erwartet. Glücklicherweise kamen seine Freunde und ihm bekannte junge Männer aus dem Dorf dazu, so dass ich derzeit fünfzehn Männer in der Kampfkunst unterrichte."
Lachend schlug Sugita mit den Händen auf seine Oberschenkel und sagte: „Das ist gut, das ist sogar sehr gut für meine Pläne, die ich mit diesem Ort vorhabe."

„Dann hör mal zu", sagte er, als sie sich später beim Tee trinken gegenüber saßen, bald Knie an Knie, damit nur sie den Inhalt des folgenden Gesprächs hören konnten.
„Aufgrund der letzten Ereignisse im Ort haben der Lehnsherr und seine Berater beschlossen, dem Ort Satama in Zukunft eine größere Bedeutung beizumessen als bisher. Man hat erkannt, dass der Ort strategisch wichtiger ist, als es auf den ersten Blick scheint. Denn von Satama aus könnte die für die Präfektur Tagai wichtige Reise- und Handelsroute zwischen Tari und Mataro und darüber hinaus bis nach

Kumamoto durch Angriffe gezielt und nachhaltig gestört werden. Dies gilt es zu verhindern."

Nachdem Sugita seine Teeschale geleert hatte, fuhr er fort: „Um diese ständige Gefahr dauerhaft abzuwenden, müssen wir uns militärisch so organisieren, dass im Dorf kein Nährboden für die Ansammlung von aufrührerischen und feindlichen Kräften entstehen kann. Dazu sollte das Dorf aus seinen eigenen Reihen eine Miliz aufstellen, die es Fremden unmöglich macht, hier eine Keimzelle gegen den Daimyo Iroda aufzubauen."
Kiochi hörte Sugita schweigend und aufmerksam zu.

„Um diesen Plan durchzusetzen, bist du nun gefragt, Kiochi. Als militärischer Berater unseres Lehnsherrn ernenne ich dich im Namen unseres Daimyo von dem heutigen Tag an zum Ortsvorsteher von Satama mit allen Rechten, die dieses Amt mit sich bringt. Du allein entscheidest künftig, was im Dorf zu tun und zu lassen ist. So wie es im Erlass des Daimyo Iroda dokumentiert ist, den ich dir hiermit überreiche und der dein Handeln legitimiert".
Er übergab Kiochi einen weiteren versiegelten Umschlag.

„Zu deiner Unterstützung stelle ich dir die Samurai der Leibgarde, Hatama Arito und Shimido Takeshi, zur Seite, bis du eine schlagkräftige Bürgerwehr aufgestellt hast, die den Ort verteidigen kann, bis Verstärkung aus Jatsuma im Auftrag des Fürsten hier zur Unterstützung eintrifft. Beide Samurai sind gute Schwertkämpfer und beherrschen Kyujutsu, die Kunst des Bogenschießens."

Kiochi war sich der Schwere seiner Aufgabe bewusst und verbeugte sich dankend für das Vertrauen, welches das Haus des Fürsten Iroda in ihn setzte.

◇

Sehr schnell war bekannt gegeben, dass Kiochi, nun Hauptmann Okimoto der Leibgarde des Daimyo, von seinem Lehnsherren Iroda zum Vorsteher des Ortes Satama mit allen Rechten befördert wurde. Auch informierte man die Bewohner darüber, dass für den Ort eine bessere Wehrhaftigkeit aufgebaut werden soll, um Bedrohungen von innen und außen abzuwehren, wofür eine Miliz, bestehend aus den Bewohnern des Ortes, zu errichten sei.

Die angeordneten Maßnahmen wurden von den Bewohnern mit Wohlwollen aufgenommen, weil sie sich dadurch für ihre Zukunft einen sicheren Lebensraum für sich und ihre Familien erhofften.

Eine der ersten Maßnahmen, die Kiochi als Dorfvorsteher ergriff, war die Überführung von Kanos Haus in den Besitz der Ortsgemeinschaft. In dem einstöckigen Haus am Ortseingang und in der Nähe der Herberge richtete er eine Polizeistation ein, die im Erdgeschoss des Hauses ihre Arbeit aufnahm. Die angrenzenden Räume dienten Hatama Arito und Shimido Takeshi als Wohnräume.

Im ersten Stock wurden die Zimmerwände teilweise entfernt, so dass ein Raum von etwa zehn Schritten in der Breite und fünfzehn Schritten in der Länge entstand. Die Außenwände waren mit reißfestem Papier bespannte Schiebewände, so dass der Raum immer mit Tageslicht durchflutet wurde.

Dieser neu geschaffene Raum, der auch eine ausreichende Höhe bis zum Dach aufwies, wurde nun als Dojo eingerichtet, in dem die Angehörigen der Miliz vom Wetter unabhängig trainieren konnten. Dort fanden nun täglich die Abendtrainings statt, die von Hatama Arito und Shimido Takeshi geleitet wurden. Auch Yaro nahm ständig an diesen Abendtrainings teil. Zusätzlich trainierte er hart in den frühen Morgenstunden vor seiner Arbeit im Speicheramt unter der Leitung von Kiochi.

So lernte er zunächst die richtigen Schrittfolgen, welche die Grundlage für die fehlerfreie Ausführung der Techniken bilden. Dieses immer wiederkehrende Üben förderte auch die Stärkung der Willenskraft, wenn sein Lehrer ihn immer wieder zum Wiederholen aufforderte, obwohl Yaro selbst das Gefühl hatte, die Bewegungen bereits zu beherrschen.
Auf die gleiche kompromisslose Weise wurde Yaro an die waffenlosen Wurf- und Hebeltechniken herangeführt. Er lernte, sich mit diesen Techniken gegen unbewaffnete aber auch bewaffnete Angriffe mit Messer, Stock oder Schwert zu verteidigen. Um die vielfältigen Angriffsmöglichkeiten bewaffneter Angreifer zu kennen, lehrte Kiochi ihn auch den Umgang mit diesen Waffen.
So übte Yaro vor allem in den Morgenstunden die Bewegungsformen des Schwertkampfes mit einem Übungsschwert aus hartem Eichenholz, dem Bokuto.
Das Bokuto entspricht in Gewicht und Größe fast dem Katana. Da ein Bokuto aus Holz besteht, hat es keine scharfe Schneide und wird daher als Hiebwaffe eingesetzt. Während das Katana mit seiner einschneidigen, extrem scharfen Klinge als Schneidewaffe verwendet wird.

Yaro trainierte in den frühen Morgenstunden in Kiochis Garten, der von außen nicht einsehbar war. Deshalb ließ ihn Kiochi auch mit der scharfen Kantana und dem Wakizashi üben, obwohl nur Samurai diese Waffen in der Öffentlichkeit tragen durften. Es waren die Waffen Kanos, die Kiochi nach dessen Tod respektvoll in Verwahrung nahm.
So lehrte er Yaro die Kampfkunst Iaijutsu, die Kunst des Schwertziehens. Den Zweikampf mit dem Schwert, das Kenjutsu, übten beide gegeneinander nur mit dem Bokuto. Er übte es auch mit dem Wakizashi, dem Kurzschwert, dessen Gefährlichkeit Yaro bei Kiochis Zweikampf gegen Kano mit eigenen Augen erleben musste.

Deshalb fragte Yaro: „Warum hast du das Wakizashi als

Waffe gegen Kano eingesetzt, obwohl er mit dem längeren Katana einen scheinbaren Vorteil hatte?"
„Weil ich mir sicher war und den Gebrauch des Wakizashi intensiv geübt habe. Als ich an der Nordküste unserer Insel in Tosama lebte, lernte ich die Kampfkünste in der Kampfschule von Meister Handa.
In den zehn Jahren, in denen ich dort trainierte, lehrte mich der Meister und Sensei intensiv den Kampf mit dem Kurzschwert. Dort brachte ich es zur Meisterschaft und wurde von ihm als Lehrer eingesetzt. Solange bis unser Lehnsherr Iroda auf mich aufmerksam wurde und mich an seinen Hof berief, um seine Leibwache im Kampf mit dem Wakizashi auszubilden."

Um Yaros Handgelenke zu stärken, platzierte Kiochi das Stück eines Baumstammes waagerecht in Hüfthöhe und umwickelte es mit einem festen Stofftuch. Darauf musste Yaro mit beiden Händen senkrecht mit dem Bokuto schlagen, bis seine Armmuskulatur es nicht mehr zuließ.
Dann zeigte ihm Kiochi, wie man das Schwert richtig hält. Denn falsch ist es, wenn eine Hand so greift, dass alle fünf Finger fest um den Schwertgriff liegen. Dadurch wird das Handgelenk unbeweglich und beginnt mit der Zeit zu schmerzen. Legt man dagegen nur die unteren drei Finger fest um den Griff und bildet mit Daumen und Zeigefinger nur einen lockeren Ring um den Schwertgriff, bleiben Handgelenk und Unterarm entspannt, was die Wucht des Schlages nicht mindert.

Um zu sehen, wie weit Yaro im Umgang mit dem Katana war, führte er Tameshigiri durch, um die richtige Führung des Schwertes und damit die Genauigkeit des Schnittes zu überprüfen. Dazu nahm Kiochi zusammengerollte und fest verschnürte Binsenmatten, die er so lange ins Wasser legte, bis diese sich mit Wasser vollgesogen hatten und die Festigkeit eines menschlichen Armes aufwiesen.

Nun musste Yaro die senkrecht stehenden Rollen mit einem schrägen Schnitt durchtrennen. Erst wenn der Schrägschnitt eine glatte Oberfläche an der Rolle zeigt, beherrschte man sein Schwert. Aber auch diese Fertigkeit gelang Yaro erst nach unzähligen Versuchen, bis er die fehlerfreien Schnitte auch aus der Bewegung meisterlich beherrschte.

◇

Als Kiochi und Yaro eines Abends nach einem intensiven Training wieder einmal körperlich erschöpft, aber bei klarem Verstand beieinander saßen, begann Kiochi das Gespräch.
„Seit wir mit dem Training begonnen haben, sind bald drei Jahre vergangen und es ist viel passiert. Das schönste Ereignis in dieser Zeit war natürlich meine Heirat mit deiner Schwester Maiko, die mir eine gute Ehefrau geworden ist. Das ist einer der Gründe, warum mir das Leben hier im Dorf so gut gefällt.
Ein weiterer Grund ist, dass du mir die Möglichkeit gegeben hast, mein Wissen an dich weiterzugeben, mit der Gewissheit, einen guten Schüler zur Meisterschaft begleiten zu dürfen. Denn das Wissen eines Menschen, das nicht weitergegeben wird, versiegt wieder mit seinem Tod."

Nach einer kurzen Pause fuhr er fort: „Ich habe schon früh erkannt, dass du ein guter Nährboden bist, auf dem mein Wissen weiter gedeihen kann. Denn du bist sensibel, um Stimmungen wahrzunehmen und dein Handeln danach auszurichten. Du bist zu Recht stolz auf die technischen Fertigkeiten und geistigen Fähigkeiten, ohne dabei arrogant und herausfordernd zu wirken. Du hast erkannt, dass deine erworbene Stärke dazu dienen soll, geistig und körperlich Schwächeren beizustehen.

Mein Ziel war es, dich zu einem Menschen auszubilden, der sich mit einem widerstandsfähigen Körper, einem wachsamen Geist, einer positiven Lebenseinstellung und durch ein wohlwollendes Handeln auszeichnet. Deine Aufgabe ist es nun, die erlernten Eigenschaften durch regelmäßiges, nie endendes Training zu verinnerlichen und zu verbessern.

Was technisch zu erlernen war, habe ich dir alles beigebracht, um in der Welt der Krieger und des Kampfes bestehen zu können. Jetzt musst du noch lernen, Emotionen oder bevorstehende Bewegungen deiner Gegner zu erahnen. Du musst erkennen, wann der Angreifer angreifen will, noch bevor er einen Impuls an seinen Körper sendet. Nur so kannst du dir einen Vorteil verschaffen, denn du musst immer davon ausgehen, dass dein Gegner mit seiner Waffe genauso schnell ist wie du.

Aufgrund deiner erlernten Fähigkeiten habe ich veranlasst, dass du ab morgen Hatama Arito und Shimido Takeshi als Lehrer beim Abendtraining unterstützen wirst, um später, wenn sie Satama wieder verlassen müssen, das Training ganz zu übernehmen."

Als Kiochi geendet hatte, verbeugte sich Yaro dankbar, aber selbstbewusst.
„Sensei, ich danke dir für deine lobenden Worte und bin gerne bereit, das Training als Lehrer zu leiten. Arigato gozaimasu, danke für das mir entgegengebrachte Vertrauen."
Dann fassten sie sich an den Händen und genossen den Moment der entstandenen Herzbindung, erfüllt von gegenseitiger Zuneigung und Freundschaft.

五

Der Wechsel im Amt des Ortsvorstehers und die Maßnahmen, die Kiochi zum Wohle und zur Sicherheit der Einwohner ergriffen hatte, veränderte das Verhalten der Menschen zum Guten. Sie konnten nun alle Themen, die ihren Ort betrafen, öffentlich ansprechen und diskutieren, ohne Nachteile befürchten zu müssen. Auch das Interesse an einer zeitgemäßen Gestaltung des Ortes war wieder da.
So wurde der verfallene hölzerne Wachturm wieder funktionstüchtig gemacht und mit einem ständigen Wachposten besetzt, um bei einem Brand sofort Alarm zu schlagen und ein Übergreifen der Flammen auf die leicht entflammbaren Wohnhäuser rechtzeitig zu verhindern.
Ebenso wurden zwei weitere Gasthäuser im Ort eröffnet, um die steigende Zahl der Besucher und Reisenden bewältigen zu können. Es hatte sich wohl herumgesprochen, dass man in Satama wieder übernachten konnte, ohne um sein Geld oder sein Leben fürchten zu müssen.

Auch die Miliz entwickelte sich gut. Von den fünfzehn jungen Männern, die Kiochi anfangs aufgenommen hatte, blieben alle mit Begeisterung dabei. Es konnten gar nicht so viele aufgenommen werden, wie mitmachen wollten. Neben der waffenlosen Verteidigung, dem Taijutsu, lernten sie auch den Umgang mit dem Bokuto. Nicht wenige der ungeduldigen jungen Männer sehnten sich schon bald nach einer ernsthaften körperlichen Auseinandersetzung, um herauszufinden, auf welchem technischen Niveau sie sich befanden.

◇

Um die Wehrhaftigkeit der Miliz herauszufordern, brauchte man nicht lange zu warten. Eines Nachmittags ritt eine Gruppe von Männern in den Ort. Sie sahen aus, wie Banditen immer aussehen: ungepflegt, mit zerrissener Kleidung und großen Schwertern. Man hatte den Eindruck, dass sie sich absichtlich so provozierend verhielten, um herauszufinden, wie die Bewohner auf ihr schlechtes Benehmen reagieren und wie wehrhaft sie waren, nachdem Kano und seine Kumpanen ihnen keinen Schutz mehr bieten konnten.
So stellten sie sich herausfordernd auf die Straße vor das Haus des Ortsvorstehers und warteten ab, wie die Bewohner auf sie reagieren würden. Es schien ihnen Spaß zu machen, sich so zu benehmen, denn sie vermuteten wie bisher keinen Widerstand von den Einwohnern.

Vom Wachturm des Dorfes aus hatte der Diensthabende einen ungestörten Blick auf das Dorf und seine Umgebung. Als er nun in der Ferne die wilde Horde herannahen sah, schlug er mit einem Holzstock in einer bestimmten Taktfolge auf ein Bambusrohr, um die von außen kommende Gefahr zu signalisieren. Das Signal verbreitete sich lautstark über das Dorf und rief die Mitglieder der Miliz in die Nähe des Platzes vor dem Haus des Ortsvorstehers.

Wie vereinbart, sollten sie sich dem Platz nur nähern und dann unbemerkt in den Gassen warten. Erst wenn Kiochi ein Zeichen gab, sollten sie kampfbereit aus ihren sicheren Stellungen herauskommen. Nachdem der Wachhabende vom Turm aus Kiochi signalisierte, dass alle Angehörigen der Miliz ihre vereinbarten Positionen eingenommen hatten, trat Kiochi in Begleitung von Yaro auf die Straße und ging auf die Unruhestifter zu.

In sicherer Entfernung, aber in Rufweite bleiben beide stehen.

„Was macht ihr hier?", fragte Kiochi.

„Oh, wir wollen uns nur einmal euren schönen Ort ansehen", antwortete der Anführer und trat hervor. Er war ein großer Mann mit einem hässlichen, unrasierten Gesicht und einer lauten Stimme.

„Wir waren lange nicht hier gewesen und haben uns nach euch und euren Frauen gesehnt. Außerdem haben wir gehört, dass unserem Freund Kano etwas Schreckliches zugestoßen ist, und so wollten wir euch unseren Schutz anbieten." Der selbstgefällige Ton seiner Stimme hallte über den Platz, begleitet vom Gebrüll seiner Gefolgsleute.

„Wir sind weder an eurem Schutz noch an eurer Person interessiert, bitte verlasst unseren Ort", antwortete Kiochi.

„Wir zeigen euch, wie sehr ihr unseren Schutz braucht", sagte ihr Anführer und zog sein Schwert. Daraufhin zogen auch seine Gefährten ihre Schwerter.

„Lasst es sein und verlasst uns, sonst endet dieser Streit tödlich für euch", sagte Kiochi eindringlich.

Da die Banditen keine Anstalten machten, sich zurückzuziehen, wandten sich Kiochi und Yaro zum Schein von ihnen ab, als wollten sie sich zurückziehen.

Einer der Banditen sah darin seine Chance, die beiden von hinten anzugreifen und schlich sich mit einem kurzen Schritt an sie heran. Dabei hatte er sein Schwert bereits senkrecht in Hasso no kamae-Stellung gebracht, um Kiochi mit einem senkrechten Schnitt tödlich zu treffen.

Dieser hörte nur zweimal ein kurzes Zischen und dumpfes Aufschlagen, gefolgt von kurzen, aber lauten Schreien zweier Männer. Als sich Kiochi und Yaro zurückdrehten, lagen zwei der Banditen vor ihnen tot am Boden, von Pfeilen getroffen, die in ihren blutüberströmten Gesichtern steckten. Hatama Arito und Shimido Takeshi hatten aus dem

Hintergrund eindrucksvoll bewiesen, dass sie hervorragende Bogenschützen waren.

„Traut ihr euch nur aus sicherer Entfernung zu verteidigen? Ich zeige euch, was ein Schwertkampf ist", sagte einer der Banditen, brachte ebenfalls sein Schwert in senkrechte Position und ging auf Kiochi zu. Doch Yaro stellte sich ihm in den Weg und hielt seinen Gegner mit dem Bokuto auf Abstand.

„Was willst du mit deinem Holzschwert gegen mich ausrichten?", sagte er, während er sich mit dem vorderen Fuß Zentimeter für Zentimeter vorwärts bewegte, um den richtigen Abstand zu erreichen.

Als er mit seinem Schwert zum Schnitt ausholte, war Yaro nur leicht nach rechts ausgewichen. Gleichzeitig hatte er sein Bokuto fast waagerecht gestellt, so dass er den Griff des Bokuto locker mit beiden Händen umschlossen in Kopfhöhe hielt und der längere Teil des Holzschwertes seinen linken Arm schützte. Der Angreifer wusste, dass diese Verteidigungsstellung im Kampf mit Holzschwertern sinnlos war, da ein senkrechter Schnitt mit dem Katana das Bokuto und den darunter liegenden Arm durchtrennen würde. Deshalb entschied er sich für den senkrechten Schnitt.

Als das Langschwert nach unten sauste, stellte Yaro sein Bokuto blitzschnell fast senkrecht auf, so dass die Klinge des Katana am Holz entlang nach unten glitt. Mit dem nötigen Schwung machte Yaro einen Gleitschritt mit dem vorderen Fuß nach rechts außen und drehte dann seinen Körper so, dass er auf der linken Seite frontal zum Angreifer stand. Das Bokuto, das er in diese Bewegung mit einbezogen hatte, führte er schwungvoll im Kreis über seinen Kopf und schlug es dem Banditen krachend auf den Schädel, der lautlos zu Boden ging und sich nicht mehr erhob.

Trotz des Kampfgetümmels, das nun losbrach, als Kiochi das Zeichen zum Angriff gab und die restlichen Mitglieder

der Miliz auf den Platz stürmten, war Kiochi für einen kurzen Moment beeindruckt, wie Yaro - unter Beachtung aller Prinzipien der Schwertkunst - mit technischem Können und hoher Konzentration den Zweikampf siegreich beendet hatte.
'Er ist fast so gut wie ich', dachte er kurz, bevor er sich wieder dem Anführer zuwandte, der nun mit schwingendem Schwert und voller Kraft auf ihn zustürmte. Durch geschicktes Ausweichen gelang es Kiochi, seinen Angreifer mit dem Wakizashi so an den Armen zu verletzen, dass dieser seine Waffe nicht mehr halten, geschweige denn benutzen konnte. Denn Kiochi wollte ihn lebend.

Bald war der Kampf zu Ende und auf dem Platz lagen tote und schwer verwundete Banditen, die mit ihrem Schicksal haderten oder sich vor Schmerzen auf dem Boden wälzten. Bei den Bewohnern gab es einige Leichtverletzte und einen Schwerverletzten, dem nicht mehr geholfen werden konnte, bis er zwei Tage später starb.
Der Anführer wurde gefesselt in Gewahrsam genommen, bis er Tage später nach Jatsuma gebracht wurde, wo man ihn in einem kurzen Prozess zum Tode verurteilte.
Der Rest der Bande, die Toten wie die Schwerverletzten, wurde auf einem von Pferden gezogenen Lastkarren zur Landstraße transportiert, die Tari mit Maroto verband. Dort lud man die Banditen ab und überließ sie ihrem Schicksal in der Hoffnung, dass sie überall von der Wehrhaftigkeit des Ortes Satama erzählen würden.

◇

Am Abend dieses aufregenden Tages saßen Kiochi und Yaro lange schweigend auf der Veranda des Hauses, in dem Kiochis Großonkel Muso jahrzehntelang gelebt hatte, bevor er letztes Jahr für immer in seinem Bett einschlief. Nachdem

Kiochi und Maiko geheiratet hatten, zogen sie zusammen in dieses Haus, so dass Yaro nur von nebenan kommen musste, um weiter mit Kiochi zu trainieren.

Kiochi bemerkte, wie sehr Yaro der Kampf, der an diesem Tag stattgefunden hatte, belastete. Er wollte aber mit einem Gespräch warten, bis Yaro dazu bereit war und das Thema von sich aus ansprach.

„Wie kann man damit leben, einen Menschen getötet zu haben?", sprudelte es aus Yaro heraus. „Kann man sich an das Töten gewöhnen, ohne dass es die Seele angreift? Denn es waren Menschen, deren Mütter so viele Entbehrungen auf sich genommen und so viele Hoffnungen in sie gesetzt hatten, damit sie etwas Sinnvolles mit dem Leben anfangen konnten, das ihnen geschenkt worden war. Aber anscheinend gibt es im Leben zu viele Momente, in denen man vom richtigen Weg abkommen kann.

Ich habe noch lange an Kano gedacht, der immer gut zu mir war. Aber ich bin mir nicht sicher, ob er nur gut zu mir war, weil er mir etwas schuldete und sich mir verpflichtet fühlte. Aber seine letzten Worte zu mir vor dem Kampf waren freundlich, obwohl ich nicht mehr auf seiner Seite stand. Ich hatte das Gefühl, dass er mich verstehen konnte und dass er gerne einen Sohn wie mich gehabt hätte. Aber es war sein Schicksal, dass ihm dieser Wunsch nicht erfüllt wurde. Sonst wäre sein Leben vielleicht anders verlaufen und wir wären Freunde geworden."

Kiochi wartete einen Moment, bevor er antwortete: „Auch als Krieger wäre es bedenklich, sich ans Töten zu gewöhnen. Denn man sollte sich nur dann zum Töten entschließen, wenn es keine andere Möglichkeit mehr gibt, um eine lebensbedrohende körperliche Auseinandersetzung zu vermeiden. Also wenn das eigene Leben oder das Leben anderer in höchster Gefahr ist.

Aus eigener Erfahrung weiß ich, dass das Töten eines Menschen auch unter diesen Umständen den Geist nicht zur Ruhe kommen lässt. Die Bilder des Tötens verfolgen einen noch sehr lange und kehren in den Träumen immer wieder. Aber man kann es ertragen, wenn man für sich entschieden hat, dass das Töten notwendig war, um größeres Unheil von sich oder anderen abzuwenden. Aber jeder Mensch empfindet anders. Und so wirst du vielleicht anders damit umgehen als ich.

Ich vermute aber, dass ein Töten aus niederen Beweggründen, welches ein Mörder tief in seinem Inneren auch als Unrecht empfindet, sich auf Dauer nicht aus seinem Kopf verdrängen lässt und sich für immer in seine Seele zerstörerisch einfrisst."

Nachdem Yaro nur schweigend zuhörte und noch nicht reagieren wollte, fuhr Kiochi fort.

„Ja, ich stimme dir zu, dass es viele Momente im Leben gibt, in denen es wichtig ist, die richtige Entscheidung zu treffen. Ich glaube auch, dass jeder Mensch in Freude und Frieden leben und geliebt werden möchte. Aber oft ist es eine Frage des Willens, richtig zu handeln.

Leider gibt es zu viele Menschen, die nicht wollen können. Sie haben nicht die Kraft, sich bei wichtigen Entscheidungen diszipliniert zu verhalten. Sie folgen dann oft leichtfertig ihren Gefühlen und wählen den vermeintlich leichteren und, wie sie sich einreden, besseren Weg. Dann gehen sie ihren Weg weiter, obwohl sie erkennen, dass sie sich falsch entschieden haben. Aber aus welchen Gründen auch immer, sind sie außerstande die nötige Energie aufbringen, um auf dem eingeschlagenen Weg kehrt zu machen und bis zur letzten Weggabelung zurückkehren. An der sie nochmals die Gelegenheit hätten, sich für einen möglichen, besseren Weg zu entscheiden.

Wenn du in einen Zweikampf gerätst, in dem es um Leben und Tod geht und den du nicht gewollt hast, wäre es falsch, sich mit der Lebensgeschichte des Angreifers zu belasten. Akzeptiere, dass er den falschen Weg gewählt hat und du, um der lebensbedrohlichen Situation zu entkommen, keine andere Möglichkeit hast als rücksichtslos dein Ziel zu verfolgen. Nämlich den Kampf zu überleben, egal wie und mit welchen Mitteln."

Kiochi legte Yaro sanft eine Handfläche auf die Brust. Mit gezielter Bauchatmung ließ er seine positive Energie aus seinem Hara über seinen Arm zu Yaro fließen. Er ließ ihn an seiner positiven Energie, seinem Ki, teilhaben.

„Glaube und vertraue mir, du hast heute im Kampf alles richtig gemacht. Wenn du heute Nacht nicht schlafen kannst und nicht zur Ruhe kommst, dann betrachte das als normal, alles andere wäre unnatürlich. Morgen wird ein neuer Tag beginnen, an dem du dich freuen kannst, denn du hast heute überlebt."

◊

Um die Mittagszeit, als die Sonne im Zenit stand und Satama wie ausgestorben schien, weil die Bewohner in ihren Häusern geblieben waren, um der Mittagshitze zu entgehen, hielten drei Reiter vor der Herberge am Ortseingang. Der Reiter in der Mitte der Gruppe schien aufgrund seiner edlen Kleidung, seiner gepflegten Frisur mit dem nach oben gebundenen Zopf und seiner dominanten Ausstrahlung eine wichtige Person zu sein, während seine Begleiter wohl eher als Eskorte dienten. Die Bedeutung seiner Person wurde noch dadurch unterstrichen, dass auf dem Rücken seiner Jacke das Zeichen des Lehnsherrn Iroda zu sehen war und er zwei Schwerter trug.
Mit steifen Gliedern glitt er vom Pferd und machte einige Lockerungsübungen. Erst nachdem er sich nach allen Seiten

umgesehen hatte, betrat er langsam den Gastraum. Dort stellte er sich als Nakayama Tomaso, Revisor des Daimyo Iroda, vor und bat um eine standesgemäße Unterkunft. Sofort begann der Wirt, die für ihn geeigneten Zimmer von anderen Gästen zu räumen und für ihn herzurichten.

Kurze Zeit später machte er sich auf den Weg zum Speicheramt des Dorfes. Dort betrat er unangemeldet das Büro von Sano Takeshi, dem Leiter des Amtes.

„Konnichiwa Sano-san, wir sind uns noch nicht begegnet. Ich bin Nakayama Tamaro und als Revisor des Daimyo Iroda in dessen Auftrag auf einer Inspektionsreise, um uns einen Überblick über den aktuellen Stand der Lebensmittelvorräte in unserer Präfektur Tagai zu verschaffen", eröffnete der Revisor das Gespräch.

„Bitte sorgen Sie dafür, dass der Ortsvorsteher bei unserer Inspektion anwesend ist und mir in seinem Beisein die Lagerbücher vorgelegt werden."

„Konnichiwa Nakayama-san, es ist mir eine Freude, Sie kennenzulernen und Sie in unserem Büro willkommen zu heißen", antwortete Sano gelassen und verbeugte sich.

„Selbstverständlich werde ich sofort dafür sorgen, dass unser Ortsvorsteher, Herr Okimoto Kiochi, hierher kommt und mein Stellvertreter, Herr Ito Morihei, Ihnen die notwendigen Bücher und sonstigen Unterlagen vorlegt."

Als Kiochi kurz darauf das Büro von Sano betrat, hatte Ito bereits die Geschäftsbücher auf Sanos Schreibtisch vor Nakayama und seinen Begleitern aufgereiht. Bei seinem Eintreten, hob Nakayama den Blick von den Büchern und wandte sich Kiochi zu.

„Konnichiwa Okimoto-san, wir haben uns lange nicht gesehen, seit Sie Tagai verlassen haben, um im Auftrag unseres Fürsten das Dorf Satama von den Banditen zu befreien. Der Daimyo lobt ihr kluges Vorgehen in den höchsten Tönen."

„Konnichiwa Nakayama-san, vielen Dank für die schmeichelhaften Worte, aber auch die Bewohner von Satama haben einen wichtigen Beitrag zur Vernichtung der Banditen geleistet."
„Ja, ja, bescheiden wie immer, aber kommen wir zum Geschäft."
Dann fuhr er fort: „Wie wir wissen, sind die Zeiten unruhig, wozu auch die ständigen politischen Spannungen um die Herrschaft des Landes, dem Shogunat, unter den Landesfürsten beitragen. Daher benötigt unser Daimyo gesicherte Informationen über den aktuellen Stand der Lebensmittelvorräte, auf die er im Kriegsfall zurückgreifen kann.
Aus diesem Grund sind wir nun bei Euch. Stellt uns bitte einen geeigneten Raum zur Verfügung, in dem wir die Bücher auswerten können. Morgen am Nachmittag möchte ich mir ein Bild von den Beständen in den Magazinen machen. Ich gehe davon aus, dass Sie alle bei der Besichtigung anwesend sein werden. Das wäre dann alles für heute, machen wir uns an die Arbeit."
„Ito-san, bitte sorgen Sie dafür, dass die Forderungen und Wünsche von Nakayama-san erfüllt werden", wandte sich Sano an seinen Stellvertreter, bevor dieser den Revisor und seine Mitarbeiter zu den angewiesenen Räumlichkeiten begleitete.

„Sie kennen Herrn Nakayama-san schon lange?", fragte Sano, als sie den Raum verlassen hatten und er sich Kiochi zuwandte.
„Ja", antwortete er, „wir hatten am Hofe des Daimyo öfters lockeren Kontakt miteinander. Er ist als gewissenhafter Arbeiter bekannt, der seinem Lehnsherrn treu ergeben ist. Manchen erscheint sein Auftreten als arrogant. Ich habe ihn jedoch als einen Menschen wahrgenommen, der sich anderen gegenüber tugendhaft verhält."
„Nun, lassen wir uns überraschen", beendete Sano das Ge-

spräch und wandte sich wieder seinen Papieren zu.

Als die Sonne am nächsten Tag im Zenit stand, trafen sich die Männer wie verabredet im Büro von Sano Takeshi. Sie saßen im Kreis auf den Knien, die geprüften Unterlagen vor sich, bis Nakayama die Besprechung eröffnete.
„Nach eingehender Prüfung der Unterlagen können wir Ihnen eine fehlerfreie und somit nicht zu beanstandende Dokumentation Ihrer Arbeit bestätigen. Der Wareneingang, die Lagerhaltung und der Warenausgang wurden transparent und leicht nachvollziehbar dokumentiert.
Die Art und Weise, wie Sie den Warenverkehr in den Listen festgehalten haben, hat mich beeindruckt. In diesen Listen waren die Ein- und Ausgänge mit informativen Daten versehen. So zum Beispiel die Mindesthaltbarkeit der Lebensmittel und die aktuellen Produzenten und von welchen Produzenten im Bedarfsfall Nachlieferungen bereitgehalten und kurzfristig zur Einlagerung angefordert werden konnten. Sie haben hier kluge Ideen in die Praxis umgesetzt. Dafür spreche ich Ihnen, Sano-san und Ito-san, meine Anerkennung aus." Mit einer respektvollen Verbeugung beendete Nakayama seinen Bericht.

Sano nahm den Bericht und das Lob mit einer lächelnden Verbeugung entgegen.
„Arigato gozaimasu Nakayama-san für die lobenden Worte, die uns sehr freuen. Aber Ito-san und ich wollen uns nicht mit falschen Federn schmücken. Die Idee, unsere Dokumentation neu zu gestalten, geht im Wesentlichen auf eine andere Person zurück, nämlich auf Yamato Ichiro. Er ist ein junger Mann, der direkt nach seinem Schulabschluss eine Ausbildung bei uns begonnen hat. Dass sich seine Einstellung für uns als Glücksfall erwies, zeigte sich schon nach kurzer Zeit. Als Klassenbester konnte er bereits fehlerfrei lesen, gut leserlich schreiben und besonders schnell rechnen. Er war in der Lage, Sachverhalte schnell zu erfassen

und daraus die richtigen Schlüsse zu ziehen. Besonders hervorzuheben ist, dass er trotz seiner Jugend und seiner intellektuellen Fähigkeiten nie überheblich gegenüber seinen Kollegen auftrat und sie nie seine Überlegenheit spüren ließ. Dieses Verhalten machte ihn bei seinen Kollegen beliebt und brachte ihm ihre Anerkennung ein."
Nakayama hörte interessiert schweigend zu, als Sano weitersprach.
„Unmittelbar nach seiner Probezeit beschlossen Ito-san und ich, Yamato Ichiro zum Lagerleiter zu ernennen. Trotz des anfänglich zu erwartenden Unmuts der älteren Mitarbeiter über unsere Entscheidung, setzte er sich durch und genießt nun ausnahmslos die volle Unterstützung aller ihm unterstellten Mitarbeiter."

„So, so", nahm Nakayama das Gespräch wieder auf. „Wir haben hier einen interessanten jungen Mann mit guten geistigen Anlagen."
„Sage Okimoto-san", fuhr Nakayama weiter fort und drehte sich zu Kiochi um. „Der Name Yamato kommt mir bekannt vor, reden wir hier von demselben jungen Mann, der sich vor kurzem im Kampf gegen die Banditen ausgezeichnet hat?"
„Hai", antwortete Kiochi, „das ist dieselbe Person, Yamato Ichiro, genannt Yaro. Er ist mein Schwager."
„Oh, dann wundert es mich nicht, dass er so gut mit dem Bokuto umgehen kann, wenn er die Techniken von Ihnen, einem so hervorragenden Schwertkämpfer, gelernt hat. Gut, dann wollen wir uns mal das Lager anschauen", sagte Nakayama und erhob sich.

Als sie gemeinsam das Lager betraten, fiel Nakayama sofort die Sauberkeit und der frische, würzige Geruch auf. Die Lebensmittel waren in ihren Verpackungen, Säcken oder Fässern ordentlich in Regalen gelagert und mit Etiketten versehen, um die Zuordnung zu erleichtern und die Haltbarkeit schnell zu erkennen. Die trockene Lagerung des Salzes erfolgte in einem angrenzenden Nebenraum. Beim Betreten der Lagerhalle saßen bereits alle Mitarbeiter in einer Reihe auf den Knien und blieben so nach vorne gebeugt, dass ihre Gesichter die am Boden aufliegenden Hände fast berührten. Ohne auf sie zu achten, schritt Nakayama mit seinen Begleitern langsam und prüfend durch die Halle.

Ito-san beantwortete seine Fragen nach den Lagermengen der einzelnen Lebensmittel. Als es darum ging, die ordnungsgemäße Lagerung der Waren an ihren Lagerplätzen zu begutachten, richtete er seine Fragen an Yaro, nachdem ihm erlaubt worden war, aufzustehen und die Lagerorte zu zeigen. Nakayama stellte bewusst komplizierte Detailfragen zu den verschiedenen Lagerungsarten, den Warenkontrollen und der Haltbarkeit.

Am Ende seiner Befragung bedankte er sich für die ausführlichen Informationen und lobte Yaro für die vorbildliche Lagerhaltung. Dann verließ er die Halle und beendete seine Inspektion, ohne zu vergessen, Sano zu seinem jungen Lagerleiter zu gratulieren.

◊

Einige Monate später bestellte der Leiter des Speicheramtes Yaro zu sich ins Büro. „Setzt dich zu mir", sagte Sano zu Yaro als dieser den Raum betrat, „komm her und trinke einen Tee mit mir." Überrascht von der Freundlichkeit ließ er sich im Kniesitz an der weit geöffneten Raumseite nieder. Sano goss ihm eine Schale Tee ein. So saßen sie einige Augenblick stumm nebeneinander und schauten zum Garten hinaus und erfreuten sich am Gesang der Vögel.

„Nun Yaro, es ist so gekommen, wie es kommen musste und

ich es schon befürchtet habe", begann Sano seufzend.
„Bei seiner Inspektion war Nakayama-san von deiner Arbeit und deiner Person so beeindruckt, dass ich heute die Anweisung erhielt, dich in unsere Hauptstadt nach Jatsuma zu schicken, wo du am Hof unseres Lehnsherrn Iroda, an der Seite des Revisors Nakayama-san, die Lagerhaltung der Präfektur Tagai organisieren sollst. Das ist eine große Auszeichnung und Anerkennung für dich und deine Leistungen, die du hier erbracht hast.

Natürlich freue ich mich für dich, dass man in dieser Weise auf dich aufmerksam geworden ist, gleichzeitig bedauere ich es sehr, dass wir mit dir einen begabten Mitarbeiter und einen Menschen verlieren, der sich immer tugendhaft und somit vorbildlich verhalten hat."
Nach einem kurzen Moment des Nachdenkens fuhr er fort.
„Es sind große Veränderungen und Aufgaben, die auf dich zukommen, welche du aber bewältigen kannst. Wenn du dich, wie hier gezeigt, weiter anständig den Menschen gegenüber verhältst und dich von deiner tugendhaften Gesinnung nicht abbringen lässt. Du wirst oft in Versuchungen geraten, einen Weg zu wählen, der moralisch bedenklich ist, aber dir nicht so beschwerlich erscheint. Verhalte dich weiterhin richtig und so anständig wie bei uns, indem du deinen moralischen Grundsätzen treu bleibst. Dann wirst du immer mit dir im reinen sein und dann lieferst du deinen Gegnern keine Angriffsflächen. So bleibst du nahezu unantastbar.

So wünsche ich dir für deine Zukunft alles Gute, dass du immer die richtigen Entscheidungen triffst und deine gesteckten Ziele beharrlich verfolgst. Solltest du unverschuldet in Not geraten, wende dich ohne Bedenken an mich, ich helfe dir gerne."

Von so viel offener Zuneigung fast erdrückt, konnte Yaro

nur zögernd antworten.

„Arigato gozaimasu, Sano-san. Vielen Dank für Ihre lobenden Worte und die Unterstützung, die Sie mir bei meiner Arbeit im Speicherbüro entgegengebracht haben. Auch für das Vertrauen, das Sie mir entgegengebracht haben, indem Sie mir Aufgaben übertragen haben, die für einen jungen Menschen sehr herausfordernd sind. Ich werde mich gerne an Ihre gut gemeinten Ratschläge halten und Sie als Vorgesetzten und Menschen mit vorbildlichem Charakter in Erinnerung behalten. Arigato gozaimasu", sagte Yaro dankend und verbeugte sich tief.

„Auch ich danke Dir, dass Du das in Dich gesetzte Vertrauen nie enttäuscht hast", erwiderte Sano gerührt.

„Ich habe vom Hofe unseres Fürsten den Auftrag erhalten, dich als zukünftigen hohen Beamten und Vasallen unseres Daimyo Iroda zum Samurai zu befördern. Diese hohe Ernennung berechtigt dich von nun an, ein Daisho in der Öffentlichkeit zu tragen. Zu deiner Beförderung überreiche ich dir hiermit die notwendigen Dokumente."
Sano nahm die Dokumente, die während des Gesprächs neben ihm lagen, und überreichte sie mit beiden Händen und einer würdevollen Verbeugung an Yaro, der die Dokumente ebenso respektvoll entgegennahm.

Als Yaro aus dem Speicheramt nach Hause kam und seiner Familie die Nachricht überbrachte, war die Überraschung bei allen groß. Alle freuten sich über den sozialen und finanziellen Aufstieg, der mit dieser Anstellung am Hof des Daimyo verbunden war. Aber auch über die Anerkennung und das Vertrauen, das der Fürst ihm entgegenbrachte, wie es bisher noch niemandem aus dem Dorf gelungen war.

Maiko und ihr älterer Bruder Mohito freuten sich von Herzen für ihren Bruder. Ebenso seine Eltern Kenji und Riko, allerdings eher verhalten, denn sie waren schon bedrückt über den Aufbruch ihres Sohnes in eine Welt voller Unwegsamkeiten, denen er sich nun allein stellen musste. Trotz seines rechtschaffenen Charakters und der erstaunlichen Reife, die er in seinen jungen Jahren bereits unter Beweis gestellt hatte, waren sie verunsichert, wie er sich gegenüber den Menschen am Hof, die seit langem in einem Umfeld voller Intrigen lebten, würde behaupten können.

Sie waren erstaunt, wie gelassen Yaro seinen Aufstieg in den Schwertadel und damit in eine andere Gesellschaftsschicht aufnahm. Er hatte nicht das Gefühl, sich nun von den anderen zu unterscheiden. Für ihn war alles wie am Tag zuvor. Ihm war bewusst, dass er nur durch unvorhersehbare, nicht planbare Ereignisse und die Fürsprache des Revisors Nakayama-san, der sich durch ihn eine Verbesserung seines Arbeitsbereiches erhoffte, in diese Situation geraten war.
Yaro hatte sich diese Situation nicht gewünscht, sie war einfach passiert. Es war sein Schicksal, und so wartete er ab, wie sich die Dinge entwickelten.

Im Schwertkampf hatte er gelernt, auf die Reaktion des Angreifers zu warten. Erst wenn dieser angreift und in diesem Moment zeigt, welchen Angriff er wählt, erst dann entscheidet sich der Verteidiger für eine angemessene Verteidigung. Erst wenn die Form des Angriffs klar erkennbar ist, beginnt der Verteidiger zu handeln. Wer sich schon vor dem Angriff gedanklich auf eine Verteidigungsvariante festlegt, wird scheitern, wenn der Angreifer eine andere Angriffsform wählt als erwartet.
Diese Verteidigungsstrategie lässt sich leicht auf den Alltag übertragen. Das heißt, ein Problem erst dann anzugehen, wenn es tatsächlich und unmittelbar ein Problem ist.

Zu dieser Erkenntnis kam Yaro durch sein intensives und schweißtreibendes Training, das neben dem Erlernen der

Technik auch zur Stärkung der eigenen mentalen Fähigkeiten führte. Die Fähigkeit, Entwicklungen frühzeitig zu erkennen und belastende Situationen emotionslos zu bewerten, verbessert sich.
Mit dem Gefühl, über diese notwendigen technischen Fertigkeiten und mentalen Fähigkeiten zu verfügen, ging er zuversichtlich an die neuen Aufgaben heran. Dennoch wurde ihm das Herz schwer, je näher der Tag des Abschieds von Familie und Freunden rückte.

Noch einmal traf er Yoshi und Haru an ihrem Lieblingsplatz, am Strand des Binnensees. Aus den Jungen waren junge Männer geworden, die sich nicht zuletzt durch das intensive Training zu Persönlichkeiten mit einer lebensbejahenden Ausstrahlung entwickelt hatten.
„Es hat mich nicht überrascht, dass du derjenige von uns bist, der das Dorf verlässt, um die Welt kennen zu lernen", begann Haru.
„Nicht als Seemann, der die Meere befährt, wie ich es dir prophezeit habe, sondern als Samurai, dessen Umgebung der Hof des Lehnsherren sein wird, aber auch nicht schlecht", schloss er mit einem Lächeln.
„Er ist der Held des Dorfes", antwortete Yoshi. „Ich wüsste nicht, dass so etwas schon einmal vorgekommen wäre, dass ein Angestellter des Lagerhauses an den Hof des Daimyo befördert und gleich zum Samurai ernannt wurde. So etwas hat es wirklich noch nie gegeben. Wenn das kein Glück ist."

Yaro, dem es immer etwas unangenehm war, wenn seine Freunde lobend über ihn sprachen, unterbrach den Dialog und stellte fest: „Mit dem Glück ist das so eine Sache. Meistens spricht man schnell von Glück, wenn jemand einen Vorteil gegenüber anderen hat oder scheinbar bevorzugt wird. Aber oft ist es einfach nur so, dass jemand zur richtigen Zeit am richtigen Ort ist.

Zum Beispiel, wenn ein Mitarbeiter für eine Stelle gesucht wird und man sich an jemanden erinnert, der in der Zeit davor durch besonderen Fleiß und gute Leistungen aufgefallen ist. Dann ist es nur verständlich, dass man sich für diese Person entscheidet. So einfach ist das, wenn man von den Fällen absieht, in denen Personen trotz geringerer Qualifikation, aber aufgrund von Beziehungen eine begehrte Stelle erhalten.
Hätte ich in der Zeit vor meiner Beförderung zum Leiter des Speicherlagers oder zum Hof des Lehnsherrn nicht freiwillig mehr getan, als man von mir verlangte, wäre man nicht auf mich aufmerksam geworden und ich säße immer noch in der Schreibstube des Lagerhauses. Es war die Freude an der Arbeit, die mich zu meinem Engagement motiviert hat."
„Ja, da scheint was dran zu sein", antwortet Yoshi, „aber dafür musst du jetzt in eine fremde Welt und weißt nicht, was dich dort erwartet. Also ich möchte nicht mit dir tauschen."
„Da spricht der Bauer, der seine Scholle nicht verlassen will", warf Haru lachend ein. „Wir Fischer haben da mehr Weitblick. Wir denken über den Horizont hinaus, auch wenn wir nicht wissen, was sich dahinter verbirgt."

So sprachen sie noch lange miteinander, bis es Zeit zum Aufbruch war. Yaros Herz war schwer, als er sich von seinen engen Freunden verabschiedete. Obwohl es in der japanischen Gesellschaft nicht üblich war, Gefühle zu zeigen, umarmte Yaro seine Freunde herzlich. Dann löste er sich von ihnen und ging vom Treffpunkt weg, ohne sich noch einmal umzudrehen, denn er wollte nicht, dass sie seine mit Tränen gefüllten Augen sahen.

Am Abend vor seiner Abreise besuchte er Kiochi noch einmal in seinem Haus, wo sie wie immer auf der Veranda saßen, begleitet vom lauten Zirpen der Grillen, als wollten auch sie sich von Yaro verabschieden.

„Nun ist es an der Zeit", begann Kiochi, „dir alles Gute für deine neuen Aufgaben zu wünschen und dir noch ein paar Ratschläge mit auf den Weg zu geben.

Als jemand, der einige Jahre am Hofe unseres Lehnsherrn verbracht hat, rate ich dir, deinen eigenen Gefühlen zu vertrauen und danach zu handeln. Ich habe dich nun intensiv kennen und lieben gelernt und weiß, dass du ein Mensch mit aufrichtigem Charakter bist, der seinen Gefühlen vertrauen und folgen kann.

Du wirst vielen Menschen begegnen, die es gewohnt sind, sich sprachlich gewandt und eindrucksvoll zu präsentieren, um dich in deinem Handeln zu verunsichern. Gehe auf solche Menschen zunächst wohlwollend, aber vorsichtig zu. Warte ab, ob sie es wirklich gut mit dir meinen.

Hüte dich vor älteren Menschen, die sich nur aufgrund ihres Alters als weise darstellen, um jüngere, unerfahrene Menschen zu ihren Gunsten zu beeinflussen. Vergiss nicht, dass man nur weise wird, wenn man aus seinen Erfahrungen lernt. Nur alt werden allein macht nicht weise.

Nimm deine Rolle als höherer Vasall des Daimyo selbstbewusst an. Du wirst sie mit deinen körperlichen und geistigen Fähigkeiten ohne Zögern ausfüllen."

„Du bist jetzt ein Samurai", fuhr Kiochi lächelnd fort, „aber einer ohne Daisho."

Damit stand er auf und ging ins Haus. Als er wieder herauskam, hielt er zwei Schwerter in der Hand, die in ein violettes Seidentuch eingewickelt waren. Er kniete sich wieder zu Yaro und legte die Schwerter zwischen ihnen auf den Holzboden. Dann forderte er Yaro auf, das Seidentuch zu entfernen. Nachdem er dieser Aufforderung nachgekommen war, lagen ein Katana und ein Wakizashi vor ihm. Erstaunt erkannte er schnell, dass es sich um die Schwerter von Kano, dem Ronin, handelte.

„Bist du überrascht, dass ich dir diese Schwerter überreiche?", fragte Kiocho, woraufhin Yaro nur wortlos mit dem Kopf nicken konnte.

„Macht es dich sprachlos, dass es die Schwerter eines Ronin und Banditen sind?", erkundigte er sich.

„Ja," antwortete Yaro irritiert, „denn man sagt, dass in jedem Schwert die Seele seines Besitzers steckt."

„Ja, das sagt man, aber wohl eher, um dem Schwert eine mystische Bedeutung zu geben. Deshalb gibt es viele geheimnisvolle Geschichten über die Herstellung und den Gebrauch des Schwertes, von denen ich nicht viel halte. Wichtig ist, dass man im Kampf eine zuverlässige und leicht zu führende Waffe in der Hand hat. Hier hast du vorzüglich geschmiedete Waffen von schlichtem Aussehen.

Die Qualität der Waffen lässt vermuten, dass Kano vor seinem Leben als Ronin eine hohe und angesehene Position als respektierter Samurai innehatte. Bevor ihn einschneidende Ereignisse aus dem seelischen Gleichgewicht brachten und er sich, innerlich verletzt, außerhalb der Gesellschaft wiederfand. Bleibt zu hoffen, dass uns ein solch trauriges Schicksal erspart bleibt. Denn jeder Mensch möchte glücklich leben, anstatt ein so zerstörtes Leben führen zu müssen."

Yaro war sehr erstaunt über Kiochis mitfühlende Worte, denn schließlich war es Kano, der ihn im Zweikampf töten wollte.

„Nimm die Schwerter und halte sie in Ehren", fuhr Kiochi fort. „Ich habe sie gereinigt und neu geschliffen, damit sie gut in deinen Händen liegen. Du wirst dich schnell an sie gewöhnen. Ich bin sicher, Kano würde sich freuen, wenn du seine Schwerter trägst. Denn offensichtlich hat er dich auf seine Weise geliebt und geschätzt und sich einen Sohn wie dich gewünscht.

Bevor wir uns trennen, noch ein letzter Rat. Wenn du in

Not bist und das Bedürfnis hast, mit jemandem zu sprechen, dem du vertrauen kannst, dann gehe zum Zen-Kloster in der Nähe der Residenz und bitte um ein Gespräch mit dem Abt, Meister Mori-san. Sag, dass du von mir kommst, und man wird dich zu ihm lassen. Richte ihm und meinem Mentor, Hauptmann Sugita, meine Grüße aus.
Nun geh und erlebe, was die Welt da draußen von dir verlangt, und lerne dabei."

六

Seit dem frühen Morgen war Yaro unterwegs nach Jatsuma, der Hauptstadt der Präfektur Tagai. Am Abend, so schätzte er, würde er die Stadt Nakome erreichen, wo er hoffte, in der einzigen Herberge des Ortes übernachten zu können. Ansonsten würde er im Wald schlafen, der seit Stunden auf der rechten Seite seines Weges lag und ihm die Sicht auf den Binnensee versperrte. So bemerkte er nicht, dass sein Weg ihn von der Küste wegführte.

Der Weg, auf dem er nun wanderte, war die Verbindung zwischen Jatsuma und Kumamoto auf der Insel Kyoshu, die von den Bewohnern des Dorfes Satama benutzt wurde, um in die Nachbarstädte Tari und Mataro zu gelangen. Der Weg war eigentlich eine Straße.

Denn er war an den meisten Stellen so breit, dass zwei Ochsenkarren problemlos aneinander vorbeifahren konnten. Der Boden war im Laufe der Jahrzehnte so fest geworden, als wäre er aus Stein. Allerdings lag immer eine dünne, hellbraune Sandschicht auf dem Boden, die beim Befahren mit Fuhrwerken oder beim Traben der Reiter so aufgewirbelt wurde, dass sich der Staub nur langsam wieder auf dem Boden absetzte. Bis dahin war es ratsam, mit einem Tuch vor der Nase weiterzugehen. In der Abendsonne wirkte der Staub wie aus Gold.

Yaro hatte sich bewusst dafür entschieden, den Weg nach Jatsuma - wo es sinnvoll erschien - zu Fuß zurückzulegen, um sein Zuhause und sein bisheriges Leben gedanklich hinter sich zu lassen. In unzähligen Trainingsstunden hatte er zur Genüge gelernt, dass körperliche Anstrengung in Verbindung mit gezielter Bauchatmung den Kopf von belastenden Gedanken befreit.

Ihm fiel der Abschied schwer, als er aus dem Haus trat und seine Eltern und Geschwister ihn am Gartentor mit Tränen in den Augen noch einmal liebevoll berührten. Yaro war sich der Trauer bewusst, denn niemand wusste, was das Schicksal mit ihm vorhatte und ob sie sich jemals wiedersehen würden. Er erinnert sich an den Satz: „Abschied nehmen ist ein bisschen wie sterben."
Dieses Gefühl ist oft sehr belastend, wenn man gehen muss, aber eigentlich bleiben will. Auch wenn dieses Gefühl nach einiger Zeit nachlässt, wenn neue Eindrücke in dein Leben treten, tut es im Moment des Abschieds weh.

Unvergesslich bleibt für ihn der Moment, als er zum ersten Mal in der Öffentlichkeit seine Schwerter trug und auf dem Weg zum Ortsausgang war. Im Dorf wusste man, wann er sich auf den Weg in die Hauptstadt machen würde. Viele Menschen standen an der Hauptstraße und verbeugten sich respektvoll, wenn er sie passierte. Es waren viele da, die Yaro noch als kleinen Jungen gekannt hatten und sich nun nicht scheuten, ihre Anerkennung durch ihre Anwesenheit zu zeigen.
Als er die Straße entlangging, strahlte er für einen Dreiundzwanzigjährigen eine bemerkenswerte Ruhe und starke Persönlichkeit aus. Sein Körper war durchtrainiert. Er war größer als der Durchschnitt, aber seine Bewegungen waren geschmeidig.

Er trug einen indigoblauen Kimono und eine gleichfarbige Haori, eine offene Kimonojacke. Dazu trug er einen einfarbigen grauen Hakama. Als Socken trug er schwarze Tabi und zum Laufen benutzte er Waraji, die traditionellen Sandalen mit Schnürriemen aus Stroh, die den Füßen festen Halt gaben und vor allem im Kampf für die nötige Stabilität sorgten. In einem zu einer Rolle gebundenen Stoffbündel, das er quer über dem Rücken trug, befanden sich noch einige Kleidungsstücke und Gegenstände des täglichen Gebrauchs. Zum Schutz vor der Sonne trug er außerdem einen kegelförmigen Hut aus Bambus auf dem Rücken.

Einige Einheimische boten ihm an, ihn mit den Karren noch Tari zu fahren. Das lehnte er dankend ab, denn er wollte endlich allein seinen Weg gehen. Aufgrund der nicht enden wollenden Angebote willigte er schließlich ein, sich bis zur Hauptstraße fahren zu lassen. Von dort aus konnte er sich, nachdem er die vielen guten Wünsche entgegengenommen hatte, auf den Weg machen.

◇

In der Abenddämmerung, die Sonne war gerade hinter dem Horizont verschwunden, erreichte Yaro sein Zwischenziel, das Dorf Nakome. Sein Wanderweg führte direkt am Dorf vorbei, so dass er nach einem kurzen Abbiegen bereits im Ort war. Das Dorf war ungefähr so groß wie Satama und die Häuser waren ähnlich aufgereiht. So fand er sich schnell zurecht und entdeckte bald die Herberge, in der er übernachten wollte.
Auch hier hatte die Herberge einen großen Gastraum, den man von der Straße aus betreten konnte. Im oberen Stockwerk befanden sich die Zimmer für die Übernachtungen. Als Yaro den Gastraum betrat, bemerkte er, dass nur noch wenige Tische frei waren und es war laut im Raum, wie immer, wenn genug Sake ausgeschenkt worden war. Yaro ging zu einem Mann an der Theke, der seinen weiblichen Kellnerinnen Anweisungen gab. So wie er aussah, musste er der Besitzer des Lokals sein. Also sprach Yaro ihn an und fragte nach einem Zimmer für die Nacht.

In seine Arbeit vertieft, antwortet er nur unwirsch: „Es ist alles belegt."
„Gibt es denn keine Möglichkeit, bei euch zu übernachten?", bedrängte er den Wirt. „Ich wüsste nicht, wo ich sonst im Ort übernachten könnte."
„Und wenn du noch einmal fragst, wir haben keine freien Zimmer mehr. Auch die Sammelunterkunft für die einfachen Bauern ist voll belegt. Jetzt lass mich hier in Ruhe arbeiten, du stehst im Weg."

„Na, na", hörte Yaro eine Frauenstimme hinter sich, „wer ist denn so unfreundlich zu einem so hübschen, jungen Samurai, der ungestraft mit Gewalt einen Schlafplatz einfordern könnte. Junger Mann, wie kann ich Ihnen helfen?"
Verwundert drehte sich Yaro um. Vor ihm stand eine Frau in einem einfachen Kimono, denn sie kam offenbar aus der Küche und wischte sich den Schweiß von der Stirn. Yaro schätzte sie auf etwa vierzig Jahre. Trotz ihrer Robustheit strahlte sie einen gewissen Liebreiz aus, als sie Yaro etwas länger als üblich in die Augen sah.
Dann wandte sie sich mit einem verschmitzten Lächeln ab und fragte den Mann an der Theke mit ernstem Gesicht: „Was ist hier los? Worum geht es?"
Er zeigte auf Yaro und antwortete, „Er will bei uns übernachten, aber es ist alles belegt."
„Auch in der Sammelunterkunft?", fragt sie. „Ja, auch da", kam die hastige Antwort.
„Toshihiro", sagte sie nun betont gelangweilt zu ihm, „wie ich dich kenne, hast du dort bestimmt noch mindestens einen Platz frei gehalten, um ihn dem Meistbietenden zu deinem Vorteil anzubieten."
Dann befahl sie bestimmt: „Dann bekommt unser junger Samurai jetzt etwas zu essen, während du seinen Schlafplatz herrichtest."
Dann ging sie mit Yaro zu einem Tisch und winkte nach

der Bedienung, „Reiko, bring dem jungen Herrn eine gute Portion von unserem Tagesgericht und Tee oder Sake, ganz wie er es mag."

Und zu Yaro gewandt: „Ich bin die Wirtin und werde Atuma genannt. Ich habe noch in der Küche zu tun, aber wir sehen uns später." Mit einem freundlichen Lächeln und einem Augenzwinkern verschwand sie in einen der hinteren Räume.

Kurze Zeit später erschien Reiko wieder an seinem Tisch und brachte ihm eine große Portion Reis mit Fisch und Gemüse sowie grünen Tee. Mit einem freundlichen Lächeln wünschte sie ihm einen guten Appetit.

Inzwischen hatte sich die Gaststube von den Dorfbewohnern geleert und es waren nur noch die Übernachtungsgäste da, die noch nicht so früh zur Ruhe gehen wollten, sondern sich lieber mit ein paar Flaschen Sake vergnügten. So wurden ihre Gespräche immer lauter und sie berührten Reiko immer dreister, wenn sie neuen Sake an den Tisch brachte.

Wie nicht anders zu erwarten, griff einer der Zechkumpanen nach dem Mädchen und zog es zu sich auf den Schoß, um es zu küssen. Trotz ihrer Gegenwehr hatte Reiko keine Chance gegen den kräftigen Mann. Als Toshihiro ihr zu Hilfe eilen wollte, sprang ein anderer Mann auf, packte ihn von hinten und hielt ihm die Klinge seines Messers an den Hals. Von dem Tumult angelockt, kam Atuma aus der Küche und versuchte, die Männer zu beruhigen. Doch der reichlich geflossene Alkohol machte sie uneinsichtig.

Für Yaro kam diese Konfliktsituation nicht überraschend. Er stand auf und ging auf den Mann zu, der Reiko immer noch in seinen Armen hielt.
„Bitte lasst das Mädchen los und setzt euch wieder hin", sagte Yaro zu ihm.
„Was willst du hier, das ist Männersache. Geh doch zurück

zu deiner Mutter", antwortete dieser.
Yaro spürte, dass er etwas im Schilde führte und solche Sätze nur benutzte, um Zeit zu gewinnen und seine Aufmerksamkeit abzulenken. Tatsächlich nahm Yaro wahr, dass er sich von seiner Bank erhob, während er mit dem Mädchen sprach, und dass seine nun veränderte Fußstellung auf einen bevorstehenden Angriff schließen ließ.
Dies geschah sofort, indem er das Mädchen nach rechts warf und, sich zu Yaro umdrehend, mit der Faust direkt in dessen Gesicht schlagen wollte. Yaro riss blitzschnell seinen vorderen Arm hoch und führte den Schlagarm des Gegners links an sich vorbei.
Gleichzeitig machte er einen Ausfallschritt nach rechts, so dass der Angreifer mit seiner vorderen Körperseite fast ungeschützt vor ihm stand. Dann drehte er sich zu ihm um, griff mit der linken Hand unter das Kinn des Angreifers und stieß ihn mit dem Einsatz seiner Körpermitte nach hinten, so dass dieser sich rückwärts taumelnd auf Toshihiro und dem bewaffneten Kumpanen zubewegte,
Als der Bewaffnete bemerkte, dass sein Kumpel unkontrolliert auf ihn zuraste, nahm er reflexartig das Messer von Toshihiros Hals, um sich in Sicherheit zu bringen. Dabei übersah er, dass Yaro bereits bei ihm war und den Ballen seiner noch oben abgewinkelten Hand unter seine Nase rammte, woraufhin dieser röchelnd zusammenbrach.

Yaro wandte sich nun den anderen Männern am Tisch zu und sagte: „Es ist wohl besser, wenn ihr die Beiden jetzt nehmt und ins Bett bringt, damit sie ihren Rausch ausschlafen können. Es ist schade, dass ein für euch so lustiger Abend so enden musste."
Friedlich erhoben sich die Männer, nahmen ihre angeschlagenen Kameraden und gingen in ihre Schlafräume.

Danach setzte sich Yaro wieder an seinen Tisch, goss sich noch etwas Tee ein und kam mit einer gezielten Bauchatmung wieder zur Ruhe. Immer noch beeindruckt von dem, was gerade geschehen war, störten die anderen im Raum seine kurze Meditation nicht. Dann erhob er sich und sagte: „Es ist wohl an der Zeit, dass auch ich mich zu meinem Schlafplatz zurückziehe".

„Bleibt", sagte Atuma, „du kannst jetzt nicht mit den anderen in einem Raum schlafen. Denn es ist damit zu rechnen, dass sie dich aus Wut im Schlaf töten. Ich kann es mir nicht leisten, dass mein Haus seinen guten Ruf verliert, denn das würde bedeuten, dass es gefährlich ist, in meiner Herberge zu übernachten. Deshalb schläfst du heute in meinen Räumen.

Reiko, bereite dem jungen Herrn ein heißes Bad vor, als Belohnung für seinen selbstlosen Einsatz, der uns vor Leid zu bewahrte."

„Wer bist du eigentlich?", fragte sie und wandte sich Yaro zu.

„Ich bin Yamato Ichiro aus Satama und Vasall unseres Daimyos Iroda Katsumura, man nennt mich Yaro."

Nachdem sich Yaro gründlich gereinigt hatte, stieg er in die mit heißem Wasser gefüllte Holzwanne, in der mehrere Personen Platz fanden. Diese Art des Badens, die Yaro noch nie erlebt hatte, diente nicht der körperlichen, sondern der geistigen Reinigung und Entspannung. Die Wärme und der Duft der Kräuter machten ihn schläfrig. Zumindest so lange, bis sich die Tür des Baderaums öffnete und Atsuma, nur mit einem Handtuch bedeckt, eintrat.

Es ist nicht ungewöhnlich, dass sich mehrere, meist bekannte Personen, eine Holzwanne teilen. Aber die Art und Weise, wie Atuma sich ihm gegenüber verhielt, ließ Yaro etwas erwarten und erhoffen. Dieses wohlige Gefühl verstärkte sich bei ihm noch, als Atuma ihr Tuch ablegte und betont reizvoll in die Wanne stieg. Schwer atmend setzte sie sich neben ihm, bis sich ihr Körper an das heiße Wasser gewöhnt hatte. Dann nahm sie sofort mit ihren Händen Kontakt auf und begann ihn leidenschaftlich zu streicheln. Ihre Hände glitten über seinen Körper. Als sie spürte, dass die Erregung auch Yaro erfasst hatte, schmiegte sie sich an ihn. Er lies es geschehen und genoss den Moment.

Als Yaro am nächsten Morgen auf Atumas Matratze erwachte, schien bereits die Sonne ins Zimmer. Der Platz neben ihm war leer und das Laken kalt. Leise fluchend stand er auf, denn um diese Zeit wollte er schon auf dem Weg nach Tari sein. Nachdem er sich angezogen hatte und ins Erdgeschoss ging, kam er am Badezimmer vorbei, wo eine Frau bereits die Wanne geleert hatte und sie nun reinigte. Als er den Gastraum betrat, lächelte Atuma ihn herzlich, aber sehr zweideutig an: „Na, hast du gut geschlafen und dich noch erholen können, so ein heißes Bad kann dazu beitragen."
Yaro ging gar nicht darauf ein, sondern fragte verärgert: „Warum hast du mich nicht geweckt, wenn du doch wusstest, dass ich heute Abend in Tari sein wollte."
„Ach, du hast so gut geschlafen, dass ich mich nicht überwinden konnte, dich zu wecken. Aber hör auf dich zu ärgern, jetzt frühstücke erst einmal in Ruhe und dann bringt dich Toshihiro mit dem Pferdewagen nach Tari, denn er hat dort heute etwas für mich zu erledigen. So kommst du rechtzeitig nach Tari. Es wird alles gut, mein Liebling."

Yaros Stimmung hellte sich zusehends auf, so dass er erstaunt fragte: „Du hast ein eigenes Pferd?"
„Ja, ich liebe Pferde und kann auch gut reiten. Oder hast du das heute Nacht nicht bemerkt?" Statt einer Antwort verdrehte er nur die Augen.

Bevor Yaro auf den Pferdewagen stieg, umarmte und küsste Atuma ihn öffentlich, wie eine Frau, die über allen zu stehen schien und sich nicht von den gesellschaftlichen Zwängen beeindrucken ließ.

Auch Reiko bedankte sich noch einmal innig für ihre Rettung, so dass es Yaro peinlich war. Zu allem Überfluss entschuldigte sich Toshihiro auch noch für sein schlechtes Benehmen ihm gegenüber und bedankte sich ebenfalls dafür, dass er die körperliche Auseinandersetzung unverletzt überstanden hatte.

So war Yaro endlich froh, als der Wagen sich von der Herberge entfernte. Er machte es sich auf der Ladefläche bequem und genoss die wärmenden Sonnenstrahlen unter seinem Kegelhut.

◇

Wie geplant und erhofft erreichte Yaro die Stadt Tari rechtzeitig vor Einbruch der Dunkelheit. Sie unterschied sich für ihn wesentlich von den ihm bisher bekannten Orten. So war es nur verständlich, dass er einige Zeit brauchte, um sich in der nie zuvor erlebten Menschenmenge zurechtzufinden. Denn hier gab es nicht nur eine Hauptstraße, in der sich das Leben abspielte, sondern mehrere Straßen mit zahlreichen Läden und Werkstätten.

Hier sah er auch zum ersten Mal, wie Sänften, deren Öffnungen mit Tüchern verhängt waren, von Männern durch die Straßen getragen wurden. Ab und zu sah er Hände, die von innen die Vorhänge zur Seite schoben, damit die darin Sitzenden unerkannt die Umgebung beobachten konnten.

Je prunkvoller die Sänften geschmückt waren, desto größer war die Zahl der Samurai, die sie aufmerksam begleiteten. Ihre Aufgabe war es, die Menschen von den Sänften fernzuhalten und die darin Getragenen vor Übergriffen zu schützen.

Bald besuchte er ein Gasthaus in der Nähe seiner Herberge zum Abendessen und unterhielt sich dort mit den Fremden am Tisch meist oberflächlich. Immerhin erfuhr er, dass der Weg in die Hauptstadt Jatsuma vor allem für Wanderer sehr anstrengend sein kann, da er nicht gerade verläuft, sondern aufgrund der hügeligen Landschaft viele Kurven aufweist.

Dem Wanderer wurde daher empfohlen, nach dem Verlassen der Stadt in Richtung Jatsuma der ersten Abzweigung nach rechts zu folgen. Er würde dann auf einen festen Weg stoßen, der zunächst steil ansteigt, aber nach kurzer Zeit gut begehbar ist. Auch wenn der Weg nicht immer eben ist, sollte er für einen jungen Mann, der ohne großes Gepäck unterwegs ist, kein Problem darstellen. Der Vorteil sei, dass der Weg zu seinem letzten geplanten Übernachtungsort Shimo kürzer sei als über die Hauptstraße und der Weg, der größtenteils durch dichten Laubwald führe, ihn vor der Mittagssonne schütze.

◇

Yaro war froh, dass er dem Rat gefolgt war, die Abkürzung durch den Wald zu nehmen. Schon als er am frühen Morgen die Herberge verließ, spürte er die aufsteigende Hitze und war sich sicher, dass ihn an diesem Tag noch heiße Temperaturen erwarten würden. So war er froh, als ihn der Wald mit seiner Kühle empfing und die Blätter der dicht gewachsenen Laubbäume ihm ausreichend Schatten spendeten.

So genoss er die betörenden Düfte, die von den verschiedenen Pflanzen ausgingen, die er aber nicht einordnen konnte. Dazu fehlte ihm das Wissen über die heimische Flora, wie es seine Mutter Reiko und seine Schwester Maiko besaßen, die sich mit den Heilkräften der Pflanzen bestens auskannten. Bei diesen aufkommenden Gedanken an seine zurückgelassene Familie wurde ihm immer wieder das Herz schwer, denn er kannte ihren Tagesablauf und wusste, was sie wahrscheinlich gerade taten.

Der Geruch der harzig riechenden Kiefern und die unzähligen herabgefallenen Zapfen auf dem warmen Waldboden erinnerten ihn an die Momente, in denen er mit seinen Freunden Yoshi und Haru durch den heimischen Wald gestreift war und mit Holzstöcken Samurai gespielt hatte. Bei diesem Gedanken griff er nach einem Stock, der am Wegesrand lag, und schlug damit um sich, wie er früher mit dem Schwert unzählige böse Feinde erschlagen hatte. Dann warf er den Stock wieder weg und war froh, dass ihn niemand beobachtet hatte. Man hätte sich bestimmt Sorgen um seinen Verstand gemacht. Aber es war ihm immer noch unbegreiflich, dass er nach diesen wenigen, vergangenen Jahren, sich nun als Samurai und Vasall seines Lehnsherrn Iroda, auf dem Weg nach Jatsuma befand.
So wanderte er weiter und versuchte, einen klaren Kopf zu bekommen. Er nutzte das Gehen als dynamische Form der Meditation und als Übung für eine gezielte Bauchatmung. Um sich die Zeit zu vertreiben, übte er, seine Ausatmung entspannt zu verbessern. Als Zeitmaß nahm er die Anzahl seiner Schritte. Je länger er ausatmen konnte, desto mehr Schritte machte er in dieser Zeit. Wichtig war dabei, nicht in Atemnot zu geraten.

Als die Sonne senkrecht am Himmel stand, suchte er sich einen Platz am Wegesrand, wo er sich auf einem umgestürzten Baumstamm niederließ. Dort konnte er in aller Ruhe seine mitgebrachten Reiskuchen essen, die ihn meist gut sättigten. So wusste er, dass er ohne Hungergefühl den Ort Shimo erreichen konnte, wo er das letzte Mal auf seiner Reise übernachten wollte. Als er anfing, seine Reiskuchen zu essen, bemerkte er, dass auffallend viele Schmeißfliegen von seinem Essen angelockt wurden und ihm bald die Lust am

Essen verdarben. Er stand auf und wollte sich einen anderen Rastplatz suchen.

Da bemerkte er ein monotones Brummen, das bei einer Ansammlung von Fliegen typisch ist. Er vermutete, dass in unmittelbarer Nähe ein Tierkadaver lag, der die Fliegen anzog. Als er sich umsah, fand er unter einem großen, dicht bewachsenen Busch die Leiche eines Mannes. Das Gesicht des Mannes war blutüberströmt, und von der Schulter bis zum Bauch wies er einen schrägen Schnitt auf, der von einem Schwert stammte. Der Mörder hatte die Leiche unter dem Busch versteckt, damit Reisende sie vom Weg aus nicht sehen konnten. Bei näherem Hinsehen stellte Yaro fest, dass das Blut noch nicht ganz getrocknet war, der Mord also noch nicht lange zurücklag.

Jetzt war Yaro hellwach, denn er konnte nicht ausschließen, dass der Mörder noch in der Nähe war und ihn bei der Entdeckung beobachtet hatte. Also griff er nach seinem Schwert und suchte mit den Augen die nähere Umgebung ab. Als er sicher war, dass keine akute Gefahr eines Angriffs bestand, markierte Yaro den Busch auffällig mit einem Stoffstreifen, damit die Ordnungshüter in Shimo, die Yaro zu informieren gedachte, den Tatort bei Interesse leichter finden konnten. Doch nun setzte Yaro hochkonzentriert seinen Weg fort, auf lauernde Angreifer vorbereitet, falls diese hinter den hohen Büschen auftauchen sollten. Aber nichts dergleichen geschah.

Nach kurzer Zeit hörte er das Wiehern von Pferden. Sofort verließ er den Weg und kauerte sich hinter die Büsche, von wo aus er die Umgebung gut überblicken konnte. Nachdem er lange genug gewartet hatte, war er sich sicher, dass die Geräusche nicht von den Pferden reisender Personen stammten. Nun bewegte sich Yaro im Schutz der Bäume lauernd vorwärts. Bald sah er zwei Pferde auf einer kleinen Lichtung direkt rechts des Weges grasen. Dann nahm er Essensgeruch wahr. Als er noch näher kam, sah er zwei Männer um ein kleines Lagerfeuer sitzen. Von den Pferden leicht verdeckt, erkannte Yaro im Hintergrund eine weitere Person, die abseits auf einem liegenden Baumstamm saß. Ihre Kleidung war schwarz und ihre Sitzhaltung wirkte ungewöhnlich steif, so dass er vermutete, dass die Person gefesselt war. Die Person war zierlich, fast wie ein Kind, und ihr Kopf hing nach vorne. Das traurige Bild berührte Yaros Herz.

Aber er riss sich von diesem Eindruck und seiner Gefühlsregung los und wandte sich den Männern zu. Zu ihren braunen Kimonos trugen sie gleichfarbige Hakama. In ihren Gürteln steckten Schwerter. Das bedeutete, dass Yaro sich ihnen nur mit List nähern konnte, als ein unbedarfter Wanderer und Bürokrat, der leicht unterschätzt, ausgeraubt und getötet werden konnte. So bewegte sich Yaro im Schutz der Bäume zurück. Nachdem er sich weit genug entfernt hatte, überquerte er den Weg und wechselte auf die linke Seite des Weges in den Wald.

Von dort ging er wieder vorwärts und passierte das Lager der beiden Männer in sicherem Abstand, so dass er unbemerkt blieb. Kurz darauf betrat er wieder den Weg. Nun galt es, möglichst früh bemerkbar zum Lagerplatz zu gelangen. So stolzierte er mit leicht schlürfenden Schritten und leisem Pfeifen seinen Weg, bis er die Männer scheinbar überraschend erblickte.

„Konnichiwa", ging er mit einer leichten Verbeugung auf die Männer zu, „das lobe ich mir, an so einem schönen Tag in der Natur sein Essen zuzubereiten."

Die beiden Männer drehten sich wenig überrascht um, denn sie hatten sein Kommen schon früh bemerkt und waren, wie erhofft, darauf vorbereitet. Die beiden Männer unterschieden sich kaum in ihrer Kleidung und ihren Körpermaßen, beide waren mittelgroß. Sie unterschieden sich nur in ihrem

Alter und in der Art, wie sie ihre Haare trugen. Der Ältere hatte seinen Zopf hochgebunden, während der Jüngere seinen schulterlangen Zopf wie einen Pferdeschwanz offen trug.
„Wer bist du denn, dass du uns hier beim Essen störst?", fragte der Ältere unfreundlich.
„Mein Name ist Yamato Ichiro und ich arbeite im Lagerhaus von Jatsuma. Ich bin auf dem Weg nach Satama zu meiner Familie. Ich bin froh, dass ich euch auf dem Weg nach Tari getroffen habe, denn den ganzen Weg alleine zu gehen ist ziemlich langweilig, aber immer noch billiger. Bevor ich das Geld für eine Reise ausgebe, spare ich es lieber für meine Familie. Darf ich mich zu euch setzen und mit euch reden, während ich mein Essen zu mir nehme?"
Als er das Geld erwähnte, was darauf schließen ließ, dass er eine größere Summe bei sich trug, bemerkte er, wie sich die beiden Männer durch kurzes Schließen der Augen verständigten.
„Setz dich zu uns", sagte der Ältere jetzt mit gespielter Freundlichkeit, „und iss mit uns." Dabei deutete auf einen Platz zwischen den beiden Männern. Während Yaro aß, erzählte er von seiner Familie, die er so lange nicht gesehen hatte. Auch, dass seine Schwester bald heiraten wird und er gespannt auf den Bräutigam ist. Yaro bemühte sich mehr und mehr, einen einfältigen Mann zu spielen.
Dann fragte der Ältere unvermittelt und deutete auf Yaros Katana: „Du hast ein schönes Schwert, wie vielen hast du damit schon den Kopf abgeschlagen?" Dabei lachte er seinen Begleiter verhalten an und Yaro stimmte in das Gelächter ein.
„Aber nein", antwortete Yaro beschwichtigend, „ich bin kein kämpfender Samurai. Im Gegenteil, ich kann kein Blut sehen, da wird mir sofort schlecht. Aber als hoher Bürokrat habe ich das Recht ein Schwert zu tragen und dann tue ich es auch."

Er saß zwischen den Männern und vermied es, an den Pferden vorbei zu dem Gefesselten zu blicken. Vielmehr tat er so, als ob er die Person in seinem ununterbrochenen Redefluss noch gar nicht wahrgenommen hätte, um die Stimmung unter den Männern so entspannt wie möglich zu halten.

◇

Noch im Sitzen klatscht sich Yaro mit beiden Händen auf die Oberschenkel und sagte: „So, jetzt wird es Zeit, dass ich weitergehe, bevor ich hier vor Müdigkeit nicht mehr hochkomme. Meine Beine sind schon eingeschlafen."
Während er sich nun scheinbar mühsam langsam nach oben bewegte, waren die beiden Männer bereits aufgesprungen. Mit Blicken verständigen sie sich über das weitere Vorgehen. So wie sie es wohl schon oft getan hatten, wenn sie jemanden hinterhältig töteten.
Yaro stand noch leicht taumelnd auf und stolperte unbeholfen auf den Älteren zu. Gleichzeitig hörte er hinter sich das typische kurze, leicht schabende Geräusch, wenn das Schwert in der Scheide gelockert wird, bevor es gezogen wird.
Als Yaro nun mit dem rechten Fuß leicht nach vorne trat, um scheinbar ein Sturz zu verhindern, zog er gleichzeitig das Katana mit der Scheide so weit aus dem Gürtel, dass es nur noch eine Handbreit im Gürtel stecken blieb. Mit dieser ruckartigen Bewegung und mit beiden Händen rammte er das Ende des Schwertgriffs mit voller Wucht in den Brustkorb seines überraschten Gegners. Dieser taumelte und krümmte sich vor Schmerzen. Der Jüngere der beiden konnte nicht erkennen, was mit seinem Kumpanen vor ihm geschah, weil Yaro ihm die Sicht versperrte. So zögerte er einen Augenblick zu lange.

Nachdem Yaros Schwertende den Brustkorb getroffen hatte, schob er blitzschnell nur die Scheide so weit in den Gürtel zurück, dass plötzlich die Klinge frei lag. Er machte eine Kehrtwendung nach links, wobei er das Stichblatt so an seine Hüfte legte, dass er die Klinge waagerecht nach vorn hielt. In einer fließenden Bewegung machte er rechts einen Schritt auf den Gegner zu und stieß die Klinge mit gestrecktem Arm in den Bauch des jüngeren, der ihn nur noch verblüfft ansah.

Sofort zog Yaro die Klinge wieder heraus. Dann drehte er sich nochmals mit einer Kehrtwendung nach links, hob dabei das Schwert mit beiden Händen über seinen Kopf und ließ es senkrecht fallen, als der Ältere sich gerade aufrichten wollte. Der Schnitt traf ihn schräg in die linke Schulter.
Die Abwehr dauerte nur einen Atemzug und endete für die beiden Banditen tödlich.
Nun trat Yaro rückwärts aus der Mitte heraus, sodass er beide Gegner im Blick hatte. Nachdem von diesen keine Gefahr mehr ausging, hob er sein Schwert soweit, dass er es rechts und waagerecht auf der Höhe seines Kopf hielt. Dann entfernte er mit einem Chiburi die noch vorhandenen Blutrückstände von der geölten Klinge. Diese abschließende Bewegung war nötig, um Verunreinigungen an den aus Holz bestehenden Schwertscheiden innen gering zu halten.

七

Nach dem Kampf, als die Gefahr weiterer Angriffe gebannt war, nahm sich Yaro einen Moment Zeit, um seinen Puls zu beruhigen. Obwohl es ihm gelungen war, die Banditen strategisch klug zu überwältigen, war es unvermeidlich und natürlich, dass ihn der tödliche Einsatz seiner Waffe erschütterte. Zumal es das erste Mal war, dass er sein Schwert mit solch verheerenden Folgen im Kampf einsetzte.

Erst jetzt war er sich sicher, dass sein langes und intensives Training der verschiedenen Schwerttechniken unter Kiochis Anleitung ihn dazu befähigt, in einem Kampf auf Leben und Tod zu bestehen. So trug das ständige Üben der Iaijutsu-Techniken wesentlich zum Erfolg seiner Verteidigung bei. Diese ermöglichten, dass das Ziehen des Schwertes und der erste Schnitt am Körper des Gegners nahtlos ineinander übergehen, woraufhin der Gegner aufgrund seiner Verletzung selten in der Lage ist, sich noch wirkungsvoll zu verteidigen.

In diesem Moment waren seine Gedanken voller Dankbarkeit bei seinem Sensei.

Nun ging Yaro um die Feuerstelle herum und vergewisserte sich, dass die Pferde, die weiter hinten standen, immer noch angebunden waren. Denn die Tiere wieherten und zerrten während des tödlichen Kampfes an ihren Leinen. Er vermutete, dass die Anspannung der Kämpfenden von den Tieren wahrgenommen wurde und sie die Nähe des Todes spürten. Er strich ihnen beruhigend mit den Händen über den Hals.

Dann wandte er sich der gefesselten Person zu.

◇

Erstaunt stellte er fest, dass es sich um ein junges Mädchen handelte, das ihn vor Angst zitternd und mit Tränen in den Augen anstarrte. Er ging langsam auf sie zu, gestikulierte behutsam mit seinen Armen und sagte beruhigend: „Es ist vorbei. Du brauchst keine Angst mehr zu haben. Mein Name ist Yaro und ich komme in guter Absicht. Ich werde jetzt die Fesseln lösen und dich zu deiner Familie zurückbringen, wollen wir das so machen?"
Das Mädchen nickte verstört. Damit sie sich in ihrer sitzenden Position nicht bedrängt fühlte, wenn er sich mit seinem Körper stehend vor ihr aufbaute, ging er seitlich auf sie zu und legte seine rechte Hand sanft auf ihre Schulter, so dass sie, immer noch gefesselt, sich diesem Körperkontakt nicht widersetzen konnte.
Sofort spürte Yaro, wie sich ihr Körper unter seiner Berührung verhärtete und sie wahrscheinlich weggelaufen wäre, wenn sie es gekonnt hätte. Dass er sich so verhielt, lag an seiner Erfahrung beim ersten Körperkontakt mit Himari, als sie ihre Hand so lange auf seinen Unterleib gelegt hatte, bis sich sein Körper entspannte.

Auch bei dem Mädchen spürte er, wie nach einigen Augenblicken ihre Körperspannung nachließ und sie sich beruhigt hatte. Dann löste er den Knebel und gab ihr zu trinken. Gierig trank sie aus dem vorgehaltenen Gefäß.
„Wie heißt du und wie alt bist du?", fragte Yaro.
„Ich heiße Ayumi und bin vierzehn Jahre alt", kam ihre schnelle Antwort mit kindlicher Stimme.
„Gut Ayumi, ich nehme dir jetzt die Fesseln ab und dann suchen wir uns einen anderen Platz, von dem aus du die beiden toten Männer nicht sehen kannst. Dann gebe ich dir

meine Reiskuchen und hoffe, dass du Appetit darauf hast. Wenn du mir dann vertraust, begleite ich dich zu deiner Familie, damit dir auf dem Weg dorthin nichts Böses zustößt. Wärst du damit einverstanden?"
„Hai", antwortete sie nun etwas lebhafter und offener, „hai, Arigato gozaimasu."
Dann löste Yaro ihre Fesseln. Sie stand auf, streckte ihren Körper und lief im Kreis, um ihren Kreislauf wieder in Schwung zu bringen. Sie trug einen schwarzen Gi mit Gürtel und war für ihr Alter ziemlich groß. Ihr schwarzes Haar war kurz geschnitten und ihr Körper und ihre Bewegungen wirkten etwas unbeholfen. Aber ihr Gesicht war erfrischend weiblich. Sie war barfuß. Dann setzte sie sich wieder zu Yaro und aß den Rest der Reiskuchen. Dann fragte Yaro, wie die Männer sie gefangen hatten.

„Ich sollte mit meinem Großonkel nach Shimo gehen. Wie so oft suchten wir auf dem Weg Beeren und aßen sie sofort. Er erklärte mir die vielen verschiedenen Pflanzen, damit ich lerne, welche man essen oder für andere Zwecke verwenden kann. Und welche nicht gut für die Gesundheit sind", begann Ayumi zu erzählen.
„Dann überholen uns die beiden Männer, grüßten uns und ritten weiter in Richtung Shimo. Doch nur ein kurzes Stück des Weges weiter, kam der Ältere schnell hinter den Büschen hervor und bedrohte uns mit einem gezückten Schwert. Während mein schon älterer Großonkel mich schützte, tauchte der Mann mit dem Pferdeschwanz hinter uns auf und schlug ihm mit einem Stock auf den Kopf, dass er zusammenbrach. Dann nahm der andere sein Schwert und tötete ihn, als er wehrlos auf dem Boden kniete. Ich rannte sofort in den Wald, aber sie schlugen mich auch nieder und fesselten mich."
'Zum Glück hatten sie noch keine Zeit gehabt, ihr etwas anzutun', dachte Yaro bei sich.

„Wo ist dein Dorf und kennst du den Weg zurück?"
„Wir müssen erst durch diesen Wald nach Osten, dann sehen wir in der Ferne schon ein paar Hügel. Aber erst müssen wir an einer großen Wiese und einem Bach vorbei und noch einmal durch einen kleinen Wald, bis wir dort sind.", erklärte Ayumi.
„Das schaffen wir schon, denn jetzt haben wir ja Pferde, die uns den Weg erleichtern", ermutigte sie Yaro. „Dann musst du auch nicht barfuß laufen."
„Oh ja, danke, ich habe meine Zori im Wald verloren, als ich vor den Männern geflüchtet bin."
„Haben euch die Männer ausgeraubt?", fragte Yaro.
„Ja, der Mann mit dem Pferdeschwanz hat meinem Onkel einen schwarzen Beutel aus der Tasche gezogen und ihn in seinem Kimono versteckt."
Während Yaro aufstand sagte er: „Dann werde ich mal sehen, ob ich diesen Beutel finde und dann reiten wir los."

So ging Yaro noch einmal zu den Toten. Das Lagerfeuer war schon erloschen. Die Suche nach dem gestohlenen Beutel war für Yaro nur ein Vorwand, um noch einmal an den Ort des Kampfes zurückzukehren. Dort legte er die beiden Toten so zueinander, dass Außenstehende annehmen mussten, die beiden seien in einen Streit geraten und hätten sich dabei gegenseitig tödliche Verletzungen zugefügt.
Den gestohlenen Beutel hatte Yaro schnell gefunden. Ansonsten nahm er den Toten keine Wertgegenstände ab, um den Anschein einer persönlichen Auseinandersetzung zu wahren und die Beteiligung Dritter auszuschließen.

◇

Bevor es losging, stellte sich heraus, dass Ayumi noch nie mit Pferden zu tun gehabt hatte und Angst davor hatte, auf ein so großes Tier zu steigen. Yaro hatte es da leichter,

denn er durfte in Satama oft auf Kanos Pferd reiten, das
Kiochi nach seinem Tod für sich behalten hatte. So bot er
Ayumi an, mit ihm auf seinem Pferd zu reiten. Sie nahm
das Angebot gerne an, setzte sich hinter ihn und legte ihre
Arme um ihn. Sie schmiegte sich an ihn und fühlte sich
wohl.

So ritten sie im langsamen Trab los, das zweite Pferd locker
an der Leine. Yaro folgte nun den Anweisungen von Ayumi.
Es dauerte länger als gedacht, bis sie aus dem Wald in die
Sonne kamen. Manchmal hatte er die Befürchtung, dass
Ayumi unsicher war und den Rückweg nicht kannte. Aber
schon bald sah er die Wiese und den Wald, der sich vor den
Hügeln ausbreitete.

Nach einem langsamen Ritt erreichten sie den kühlen Bach,
den Ayumi schon angekündigt hatte. Vom Pferd aus half
Yaro seiner Begleiterin beim Absteigen. Obwohl er sie sicher hielt, zeigte sie sich ängstlich und unbeholfen, bevor
sie den Boden berührte. Sie bedankte sich mit einer noch
wenig ausgeprägten Stimme, wie man sie eher bei Jungen
im Stimmbruch findet. Als Ayumi mit unsicherem Gang
zum Bach ging, um etwas zu trinken und sich zu erfrischen,
hatte Yaro den Eindruck, dass der Schock über das erst vor
wenigen Stunden Erlebte ihren Geist und Körper noch immer gefangen hielt.

Auch ihre Augen waren noch vor Aufregung geweitet, und
so legte er ihr wieder schweigend die Hand auf die Schulter,
um sie zu beruhigen. So saßen sie schweigend auf der Wiese,
bis die Pferde getrunken hatten. Nachdem Yaro ihr wieder
auf das Pferd geholfen hatte, umschlang Ayumi ihn sofort
mit ihren Armen und drückte Kopf und Körper an Yaro,
um sicher zu sitzen.

Yaro hatte das Gefühl, dass die Berührung ihrer Körper ihr
einen beruhigenden Schutz gab. Er wiederum empfand ihre
Nähe als angenehm und fühlte sich gut bei dem Gedanken,

dass er durch sein Verhalten schwächeren Menschen vorübergehend Sicherheit und Geborgenheit geben konnte.

Am späten Nachmittag erreichten sie endlich den Wald, der sie mit einer angenehmen Kühle empfing. Wieder folgte Yaro Ayumis Anweisungen und wieder hatte er das Gefühl, in die Irre geführt zu werden.
Also fragte er noch einmal: „Bist du sicher, dass wir noch auf dem richtigen Weg sind?"
Doch bevor Ayumi antworten konnte, vernahm er ein kurzes, ihm schon bekanntes Schwirren in der Luft, bevor ein Pfeil in unmittelbarer Nähe einen Baumstamm traf. Er riss an den Zügeln und das Pferd bäumte sich leicht auf. Zwei Männer in schwarzen Gi traten hinter den Büschen hervor und hielten ihre gespannten Bögen auf ihn gerichtet. Yaro wusste, dass der Pfeil ihn hätte töten können, wenn sie es gewollt hätten.

„Was wollt ihr, ich gebe euch alles, was ich habe", rief er den Bogenschützen zu, „aber lasst das Mädchen zu ihrer Familie, sie hat heute schon Schreckliches erlebt." Die Männer sahen sich erst gegenseitig und dann ihn erstaunt an, als wüssten sie nicht, wovon er sprach. Anscheinend hatten sie Ayumi hinter Yaros Rücken noch gar nicht bemerkt. Als ein weiterer Mann zwischen den beiden auftauchte, griff Yaro reflexartig nach seinem Schwert, um es zu ziehen.
Da legte sich von hinten Ayumis Hand sanft auf seine und sie flüsterte ihm mit fester, nicht wiederzuerkennender Stimme ins Ohr: „Lass es, du bist unter Freunden und hast nichts zu befürchten."
Dann schaute sie hinter Yaros Rücken hervor und rief laut: „Vater, ich bin es, Ayumi!"

Mit einem Satz sprang sie vom Pferd, klopfte Yaro im Vorbeigehen beruhigend auf den Oberschenkel und ging mit festen Schritten wie eine Erwachsene auf den Mann in der Mitte zu. Dort umarmten sie sich.

„Was ist passiert, wo ist Hano, mein Onkel?", fragte ihr Vater. Yaro saß immer noch überrascht auf dem Pferd, während die Bogenschützen ihn immer noch im Auge behielten. Doch nun waren ihre Bögen schussbereit nach unten gerichtet. Ayumi und ihr Vater hatten sich inzwischen so aufgestellt, dass sie ihm den Rücken zuwandten und sich außer Hörweite unterhielten. Nach einer kurzen Weile drehten sie sich um und kamen auf ihn zu.

Erst vor dem Pferd blieb der Vater stehen und sagte: „Ich heiße Sodo und bin Ayumis Vater. Meine Tochter hat mir erzählt, was du für sie getan hast. Deshalb vertraue ich deinem Charakter und bitte dich, vom Pferd zu steigen. Aber zuerst gib mir dein Schwert. Wir werden es mit Respekt behandeln und es dir zu gegebener Zeit zurückgeben. Vertrau uns, bei uns wird dir nichts geschehen. Das verspreche ich dir." Dann verbeugte er sich respektvoll.

Trotz der aufmerksamen Schützen fühlte sich Yaro sicher. Daher reichte er sein Langschwert und sein Gepäck mit dem Kurzschwert herunter und legte es in Sodos bereithaltenden Hände. Dann stieg er ab.

„Wir möchten, dass du so lange du willst Gast in unserem Dorf bist. Aber auf dem Weg dorthin werden wir dir die Augen verbinden, denn wir müssen uns schützen. Auf dem Weg ins Dorf wird Ayumi an deiner Seite sein und sich fürsorglich um dich kümmern", sagte Sodo und konnte sich am Ende ein leichtes Lächeln nicht verkneifen.

Doch schnell wurde er wieder ernst und sagte:„Der tote Mann, den du am Wegesrand gefunden hast, ist mein Onkel Hano. Ich möchte seinen Leichnam in unserem Dorf begraben. Deshalb bitte ich dich, uns deine Pferde zu überlassen, damit wir ihn schnell nach Hause bringen können. Bitte sag uns, wo wir ihn finden können."

„Ja, ich stelle euch die Pferde für diesen Zweck zur Verfügung", entgegnete Yaro. „Den Weg zu der Stelle, an der Ayumi von den Banditen festgehalten wurde, kann sie wohl genauer beschreiben. Wenn ihr dort angekommen seid, folgt dem Weg in Richtung Tari. Nach kurzer Zeit kommt ihr an einem hohen Busch vorbei, an dem ich gut sichtbar einen weißen Stoffstreifen befestigt habe. Hinter dem Busch ist er versteckt. Kein schöner Anblick."
Während Yaro den Weg erklärt, traten die Bogenschützen auf ihn zu, um seinen Angaben zu folgen. Auf ein Zeichen von Sodo stiegen beide auf die Pferde und ritten in der Abenddämmerung davon.

Mit einem schlechten Gewissen legte Ayumi behutsam die schwarze Binde über Yaros Gesicht. Denn sie spürte die Traurigkeit in ihm, als sie sich lange in die Augen schauten. Dabei sah sie seine Enttäuschung darüber, dass sie sich ihm gegenüber nicht ehrlich verhalten hatte. So sehnte sie den Moment herbei, in dem sie ihr Verhalten erklären konnte.
Doch nun liefen sie über den unebenen Waldboden und Yaro hielt mit seiner rechten Hand den Kontakt zu Ayumis Schulter, damit er nicht ins Straucheln kam. Im Gehen staunte er noch immer darüber, wie sich Ayumi anscheinend leicht in ihrem Wesen und in ihrer Körperhaltung von einem schüchternen Mädchen zu einer selbstbewussten, jungen Frau wandelte.

Er hatte schon öfters von Personen gehört, die sich so in ihren Äußeren verändern können, dass sie bei einer späteren Gegenüberstellung nicht wiedererkannt werden. Diese Fähigkeit schreibt man den Ninja zu, die auch als Schattenkämpfer bezeichnet werden. Diese ausgebildeten Kämpfer waren bei den Herrschenden gefragt, um für sie den Gegner auszuspionieren oder sie sogar als Attentäter einzusetzen.

In vielen Legenden werden sie als Krieger erwähnt, die sich unsichtbar machen und katzenhaft über Mauern und Dächer verschwinden können. Sie scheinen unverwundbar und geheimnisvoll, den selten werden sie lebend gefasst. Bevor dies geschehen kann, vergiften sie sich mit einem Biss auf eine Giftkapsel, die sie bei ihren Einsätzen in der Mundhöhle bereithielten. Wenn jedoch ihre Vergiftung fehlschlug und sie lebend gefangen wurden, bissen sie sich mitunter die Zunge ab, um schnell zu verbluten. Die Ninja waren daher sehr gefürchtet.

Neben dem Schwertkampf mit dem Ninjato, einem geraden Kurzschwert, waren sie darin geübt, ihre Opfer mit vergifteten Wurfsternen oder Wurfnadeln, den Shuriken, zu töten. Sie sollen auch die Kunst des Tötens mit Giften oder der Würgeschlinge beherrschen.

Sie waren die Feinde der Samurai, die nach ihrem Moralkodex ihre Waffen nicht hinterhältig einsetzen durften. Die Ninja hingegen waren Mörder, die ihre Aufträge gegen Bezahlung ausführten.

Während sie ihren Weg gingen, fragte Yaro ohne Vorwarnung: „Seid ihr Ninja?"
„Warte, es steht mir nicht zu, mit dir darüber zu sprechen. Zu gegebener Zeit wirst du erfahren, was du wissen sollst", antwortete Ayumi mit trauriger Stimme.
„Aber glaube mir, es war nicht leicht für mich, dich gegen mein Gefühl in die Irre zu führen. Sumimasen, es tut mir sehr leid."

Yaro spürte, wie Ayumi unter der Situation litt. Aber er antwortete nicht, obwohl er ihr innerlich schon verziehen hatte. Aber er wollte seine Gefühle noch nicht zeigen, das hätten ihm die anderen als Schwäche auslegen können. So hielt er sich noch zurück.
„Warum bist du den ganzen Weg hierher auf meinem Pferd geritten, obwohl du es auf dem zweiten Pferd bequemer ge-

habt hättest?"

„Weil ich die Gelegenheit nutzen wollte, mich an dich zu lehnen und dich ganz nah bei mir zu haben", antwortete sie ohne Umschweife.

Durch die Binde konnte Yaro zwar nichts sehen, aber er hörte am Klang ihrer Stimme, dass sie ihn dabei anlächelte. Überrascht blieb Yaro sprachlos stehen, er spürte eine wohlige Wärme in sich aufsteigen und ahnte, dass sie sich in ihn verliebt hatte.

◇

Yaro spürte, wie sich der Boden veränderte. Wie der Waldboden erst zu feinem und dann zu grobem Schotter wechselte. Dann begann ein leichter Anstieg, der übergangslos in einen Abstieg überging. Nun hakte Ayumi sich ungeniert unter seinem rechten Arm ein, damit er auf diesem Geröll des abschüssigen Hanges nicht zu Fall kam.

Als sie wieder ebenen Boden erreichten, hörte er Sodo sagen: „Wir sind jetzt da und nehmen dir die Binde ab." Yaro fühlte, wie Ayumis Finger die Binde lösten und sie dann abnahm. Das erste, was Yaro sah, war ihr lächelndes Gesicht, was seine Stimmung sofort hob. Dann sah er sich um.

Inzwischen war es dunkel geworden. Vor ihm lag ein kleines Dorf mit etwa fünfzehn Häusern, die in einem Halbbogen angeordnet waren. Nur schwach drang das Licht von innen durch die Fenster. Aber es reichte aus, dass Yaro vor den Häusern einen kleinen Teich entdeckte, in dem sich die Fenster einiger Häuser spiegelten. Doch hinter den Häusern und um ihn herum war alles dunkel. Erst als er nach oben zum Himmel schaute, konnte er die Sterne sehen. Überrascht stellte er fest, dass das Dorf in einem engen Tal lag.

Sodo riss Yaro aus seinen Gedanken und sagte: „Jetzt komm

zu uns nach Hause und du kannst bei uns schlafen. Aber vorher musst du etwas essen. Ich werde gleich dafür sorgen, dass dir ein heißes Bad zubereitet wird." So traten sie aus der Dunkelheit in die spärlich beleuchteten Räume, die auf ihn einen ärmlichen Eindruck machten. Das Haus hatte vier Räume. Deren Wände waren aus dunklem Holzbrettern errichtet worden. Sie waren dürftig eingerichtet ohne jeglichen Wandschmuck. Der Fußboden war nicht vollständig mit Matten ausgelegt. Nur dort, wo man offenbar zusammen saß und schlief, war der feste Lehmboden mit alten Binsenmatten bedeckt.

An der Eingangstür standen Sodos Frau Hana und ihre drei Kinder aufgereiht. Das älteste Kind war der zwanzigjährige Sono, dann kam Ayumi, die in Wirklichkeit schon achtzehn Jahre alt war und sich jetzt wie eine junge Frau benahm und gestikulierte, und schließlich das Nesthäkchen Aiko mit ihren zehn Jahren.

Aus Hana sprach große Dankbarkeit, als sie sich herzlich dafür bedankte, dass Yaro ihre Tochter befreit und ihr damit wahrscheinlich das Leben gerettet hatte. Ayumi beobachtete die Szene mit einem verschmitzten Lächeln, denn sie spürte, wie peinlich Yaro die Dankbarkeit war. Aiko freute sich offen über den neuen Gast, während bei Sono noch eine gewisse Zurückhaltung zu spüren war.

Auch das Essen, das sie später gemeinsam an der Feuerstelle einnahmen, war einfach. Es bestand aus einer klaren Suppe mit Hirse und Rettich. Trotz Yaros Einwand bestand Sodo darauf, ihm ein heißes Bad herzurichten. Als er nach einer ausgiebigen Körperreinigung in den hölzernen Zuber gestiegen war, fand er etwas Ruhe nach diesem ereignisreichen Tag. Er hatte nicht damit gerechnet, dass er sich am Abend in einem ärmlichen, versteckten Dorf, abseits seiner geplanten Route, wiederfinden würde.

Am nächsten Morgen weckte ihn die Ankunft von Reitern

und das Schnauben ihrer Pferde. Neugierig stand er auf, wünschte den noch anwesenden Familienmitgliedern einen guten Morgen und trat aus dem Haus. Die beiden Männer waren mit seinen Pferden zurückgekehrt. In diesem Augenblick luden sie den verhüllten Leichnam vom Pferd und brachten ihn in eines der Häuser, vor dem die Familie des Toten wartete. Das Haus war wahrscheinlich für solche Zwecke bestimmt, damit der Leichnam bis zur Beerdigung nicht in den Wohnräumen aufgebahrt werden musste.

Als die Männer Yaro sahen, grüßten sie ihn kurz aber nicht unfreundlich. Eher dankbar, dass er geholfen hatte, die Leiche zu finden. Dann ging Yaro zu den Pferden und streichelte sie beruhigend an Hals und Kopf. Anschließend ging er zu dem kleinen Teich, hockte sich davor und erfrischte sich mit seinem kühlen Wasser. Als er sich erhob, schaute er sich das Dorf genauer an.

Das Dorf mit seinen wenigen Häusern war zwischen Felswänden gebaut und machte sofort den Eindruck eines geheimen Ortes. Die Felswände waren nicht sehr hoch, aber sie hielten die Sonnenstrahlen von den Häusern fern. In den Sommermonaten war das sicher von Vorteil, um die Hitze abzuhalten. Auch wenn Yaro genau hinsah, konnte er den Eingang zu diesem kleinen Tal nicht erkennen. So vermutete er, dass dieses Dorf auch von außen nicht zu sehen war. Diese örtlichen Gegebenheiten bestärkten ihn in seinem Verdacht, dass die hier lebenden Menschen nicht entdeckt werden wollten.

Wie Yaro vermutete, wussten die wenigen Dorfbewohner und Dorfbewohnerinnen von ihm und was geschehen war. Deshalb kümmerten sie sich nicht um ihn, sondern gingen ihrer Arbeit nach, sofern sie eine hatten oder bereit waren, sie zu zeigen. So saß er demonstrativ gelangweilt am See und wartete darauf, endlich weiterziehen zu können.

◇

Kurze Zeit später kam Sodo zu ihm und sagte, der Dorfvorsteher wolle ihn sehen. Gemeinsam gingen sie zum anderen Ende des Dorfes und blieben vor einem größeren Haus stehen. Um in das Haus zu gelangen, mussten sie über drei Stufen und eine kleine Veranda gehen. Dort standen zwei Männer mit Kurzschwertern zu beiden Seiten der geöffneten Eingangstür und beobachteten wachsam den fremden Besucher.
Hier war der Empfangsraum mit Matten ausgelegt und die Wände ockerfarben gestrichen. Da es keine Fenster gab, wirkte der Raum dunkel. Die beiden setzten sich auf den Boden und warteten, bis der Dorfvorsteher nach wenigen Augenblicken aus einem Nebenraum erschien. Er war mittelgroß, schon älter und ähnelte Sodo in Gesicht und Gestik. Trotz seines fortgeschrittenen Alters wirkte er durchtrainiert, geistig wach und mit seinem durchdringenden Blick gefährlich.

„Konnichiwa", begrüßte er Yaro ohne ein Anzeichen von Freundlichkeit, „ich bin der Dorfvorsteher und mein Name ist Moru Katiro. Ich bin ein Bruder von Sodo. Würdet ihr euch bitte vorstellen."
„Mein Name ist Yamato Ichiro, ich werde Yaro genannt und ich komme aus Satama. Ich bin auf dem Weg nach Jatsuma, um dort in zwei Tagen mein Amt als Leiter des Lagerhauses unseres Fürsten Iroda anzutreten. Deshalb bitte ich euch, mich unverzüglich ziehen zu lassen, damit ich meiner Dienstpflicht nachkommen kann."
„So, so, Ihr seid noch recht jung für ein so hohes Amt", antwortete Katiro leicht arrogant.
„Nur weil ich jung bin, bin ich noch lange nicht dumm", erwiderte Yaro knapp, der an diesem Ort und mit diesen Leuten keine Lust hatte, seinen beruflichen Werdegang zu

erläutern.

„Sumimasen, verzeiht mir, Yaro-san, ich wollte euch nicht beleidigen."

Als Yaro nicht darauf einging, fuhr Katiro fort, „Man sagte mir, ihr seid sehr geschickt im Umgang mit dem Schwert und sehr einfallsreich im Überlisten von Banditen. Deshalb wundert es mich, dass ihr uns ohne Widerspruch euer Schwert überlassen habt."

„Ich kann gut einschätzen, in welchen Situationen es sinnvoll ist, den Kampf aufzunehmen und die Waffen einzusetzen. Außerdem hat mir Sodo versprochen, meine Schwerter bis zur Rückgabe respektvoll aufzubewahren. Ich vertraue seinem Versprechen, oder ist euer Ehrenwort nichts wert?"

„Oh doch, wir stehen zu unserem Wort und es wird geschehen wie versprochen, denn wir stehen in deiner Schuld. Du kannst unser Dorf verlassen, wann du willst. Bitte verstehe, dass wir dein Katana und dein Gepäck in Gewahrsam genommen und dir beim Betreten unseres Dorfes die Augen verbunden haben", antwortete Katiro nun zugänglicher, „wir haben unsere Gründe dafür."

;„Liegt der Grund vielleicht darin, dass ihr Ninja seid und euer Dorf unentdeckt bleiben soll?", fragte Yaro unerschrocken.

Katiro und Sodo sahen sich wortlos an, bis Katiro antwortete.

„Ja, wir sind Ninja und es ist überlebenswichtig, dass unser Dorf geheim bleibt. Es ist das Heimatdorf und der Rückzugsort der Familie Moru. Deshalb haben wir unserem Ort den Namen Moru gegeben, der aber nur den Mitgliedern unseres Clans bekannt ist und nur von ihnen benutzt wird."

Nach einer kurzen Pause fuhr er fort: „Du hast sicher bemerkt, dass unser Dorf hauptsächlich von alten und jungen Menschen bewohnt wird und wir keine nennenswerten Anbauflächen für Nahrungsmittel haben. Wir können nur

überleben, wenn wir Unterstützung von außen bekommen. Viele unserer erwachsenen Söhne und Töchter arbeiten in den größeren Orten und Städten. Einige besitzen sogar lukrative Textilbetriebe, so dass sie auch unsere Dorfgemeinschaft unterstützen können."
„Nicht zu vergessen die Einkünfte, die ihr als Entlohnung für eure Einsätze als gedungene Kämpfer und Kämpferinnen bekommt", warf Yaro ein.
„Ja, auch diese Entlohnungen helfen unserer Familie zu überleben", ergänzte Katiro.

„Wie ihr euch vorstellen könnt, ist es mir als Samurai zuwider, auf diese Weise meinen Lebensunterhalt zu verdienen", sagte Yaro. „Aber es steht mir nicht zu, eure Lebensweise zu verurteilen, da ich mich noch nie in einer solchen Situation befand, um meine Familie vor dem Hungertod zu retten. Ich versichere euch hiermit, dass ich in Zukunft mit niemandem über unsere Begegnung sprechen und diesen Ort nicht verraten werde. Sollte ich jedoch jemals von Ninjas angegriffen werden, so seid versichert, dass ich sie ohne Gnade töten werde."
Dann verbeugte sich Yaro mit dem gebührenden Respekt und sagte: „Ich danke euch aufrichtig für das Vertrauen, das ihr mir entgegengebracht habt und dafür, dass ihr mir eure Geheimnisse offenbart habt, Arigato gozaimasu. Doch nun möchte ich mich mit meinen Pferden auf den Weg machen, sonst werde ich mein Ziel, die Hauptstadt Jatsuma, nicht rechtzeitig erreichen."

Katiro erwiderte die Verbeugung stilvoll. „Aber es gibt noch etwas zu besprechen."
Katiro gab ein Zeichen zur Eingangstür, woraufhin sich einer der Wächter mit Yaros Gepäck und seinem Kantana näherte. Er kniete sich neben der Sitzgruppe und legte die Sachen respektvoll vor Yaro ab. Nachdem Yaro nun wieder im Besitz seines Schwertes war, blieb der Wächter bei den

Männern. Auf einem Bein kniend und mit einer Hand am Schwert ließ er Yaro nicht aus den Augen.
Dann griff Katiro in sein Gi und holte einen dunklen Beutel hervor, den er scheppernd vor Yaro auf die Matte fallen ließ.
„Dank deines umsichtigen Verhaltens konnten unsere Männer noch gestern Abend den Leichnam unseres Onkels Hano bergen und vor dem Fraß der Tiere retten. Sie haben auch die Leichen der Banditen begraben und den Lagerplatz von allen Spuren gesäubert."
Auf den Beutel deutend fuhr Katiro fort: „Diesen Beutel voller Münzen haben die Banditen bei sich getragen. Du hast sie bekämpft und besiegt, so geht er in deinen Besitz über."
„Vielen Dank für das Angebot, aber das Geld interessiert mich nicht. Es würde mir keine Freude bereiten es auszugeben. Ich verzichte darauf und bitte euch, es zu behalten, für die, die es bei euch mehr benötigen", antwortete Yaro.
„Arigato gozaimasu, ihr seid sehr großzügig und mitfühlend. Ich und unsere Familie Moru wissen euer Verhalten zu schätzen. Yaro-san, wir werden eure Großzügigkeit nicht vergessen."

Als Yaro sich verabschieden wollte, legte Sodo seine Hand auf Yaros Arm.
„Warte, ich möchte dich bitten, Ayumi auf ihrem Weg nach Jatsuma zu begleiten, wo sie ihre Verwandten erneut besuchen muss. Mit den Pferden wird ihr der Weg leichter fallen und bei dir wüsste ich sie in sicherer Obhut."
Yaro war von dieser Bitte sichtlich überrascht und musste einen Moment überlegen, ob er sie begleiten wollte. Denn er ahnte, dass ihr Zusammensein seinen Weg erschweren würde. Andererseits schien sie einen wachen Verstand zu haben und sich in Jatsuma besser auszukennen, was ihm von Nutzen sein könnte. So willigte er schließlich ein, da er sich in

ihrer Gegenwart wohl fühlte. Er gestand sich auch ein, dass sich sein Puls beschleunigte, wenn er an sie dachte, jetzt als junge Frau.

Als Yaro und Sodo die Stufen zum Haus hinabstiegen, stand Ayumi am Ufer des Sees und blickte erwartungsvoll auf die beiden Männer, die auf sie zukamen. Ihr Blick hing an Sodos Lippen, um zu erfahren, ob Yaro sie auf seinem Weg nach Jatsuma mitnehmen würde. Als sie die Nachricht erhielt, verbeugte sie sich dankend und bescheiden, wie es sich gehörte. Doch am liebsten wäre sie Yaro vor Freude um den Hals gefallen. Aber sie hielt sich zurück, denn sie war sich sicher, dass sich diese Gelegenheit auf der Reise ergeben würde.

Noch bevor die Mittagssonne am höchsten stand, verabschiedete sich Ayumi von ihrer Familie, als würde sie für längere Zeit von zu Hause wegbleiben. Besonders Sodo bedankte sich herzlich bei Yaro für seine Unterstützung und sein Verständnis für das Leben der Ninja. Es blieb unausgesprochen, aber beide hofften, nie gegeneinander kämpfen zu müssen. Dann war es an der Zeit Yaro wieder die Augen zu verbinden.

In enger Begleitung von Ayumi und im Beisein der Bogenschützen verließen sie das Tal auf dem geheimen Weg. Nachdem sie auf Irrwegen fast den Wald durchquert hatten, wurde Yaro die Binde abgenommen. Die Bogenschützen verneigten sich respektvoll und machten sich auf den Weg zu ihren Wachposten im Wald. Als Yaro und Ayumi allein waren, bestiegen sie ihre Pferde und ritten in leichtem Galopp in Richtung Shimo.

八

„Wie oft warst du schon in Jatsuma?", fragte Yaro Ayumi, die neben ihm ritt.
„Seit fünf Jahren bin ich einmal im Jahr dort", antwortete sie, „ich arbeite dort in einer Wäscherei, die der Cousine meiner Mutter gehört.
Aber ich habe auch noch zwei Onkels, die in Jatsuma leben, der eine hat ein Restaurant, der andere eine Schnapsbrennerei. Aber ich bin immer in der Wäscherei beschäftigt."
„Und hast du dort auch einen Freund, mit dem du deine Zeit verbringst?", fragte Yaro bewusst naiv und sah sie erwartungsvoll an.
„Nein, ich hatte noch keinen Freund, weder im Dorf noch in der Stadt", antwortete sie freimütig. „Ich habe meine Unschuld nicht durch einen Freund verloren", sagte sie fast zu sich selbst.
„Vielleicht bin ich den jungen Männern gegenüber zu stark und direkt, so dass sie sich unsicher fühlen. Aber der wahre Grund ist, dass mein Schicksal von mir verlangte, zu warten, bis ich den Richtigen treffe, und das ist jetzt geschehen." Während sie das sagte, lachte sie ihn aus tiefstem Herzen und mit all ihrer Schönheit an.
„Und du bist sicher, dass du ihm jetzt begegnet bist?", fragte er sich dumm stellend.
„Ja ganz sicher", spielte sie mit.
„Das freut mich für dich, kenne ich ihn?"
„Komm ich zeig ihn dir", sagte sie, griff nach seinen Zügeln und führte die Pferde zusammen. Dann lehnte sie sich weit zu Yaro hinüber, bis er seinen Mund zu einem langen Kuss

entgegen hielt.
Anscheinend spürten die Pferde ihre Liebe, denn sie blieben so dicht beieinander, bis sie sich beide wieder in den Sätteln aufrichteten. Dann ritten sie im langsamen Trab weiter und hielten sich schweigend an den Händen.

„Ah, da kommt ja ein Päderast mit seinem Lustknaben."
Wieder sprangen zwei Räuber aus dem Gebüsch und stellten sich ihnen in den Weg. Der eine stand mit gezogenem Schwert vor Yaros Pferd, der andere mit gespanntem Bogen etwa drei Schritte hinter ihm. Der Bogenschütze stand seitlich versetzt, um ein besseres Schussfeld zu haben, und zielte direkt auf Yaro.
Die Banditen vermuteten, dass es sich bei Ayumi um einen Jungen handelt. Sie trug nur Zori zu ihrem schwarzen Gi und verhielt sich einfältig und knabenhaft.
„Wir werden dir deine lüsternen Späße schon austreiben, du geiler Bastard. Komm vom Pferd runter, aber schnell."
Auf dem Pferd hatte Yaro eine schlechte Ausgangsposition, um sein Schwert erfolgreich einzusetzen. Außerdem wollte er Ayumi nicht durch eine überstürzte Aktion in Bedrängnis bringen. Als er Anzeichen zum Absteigen gab, änderte Ayumi ihr Verhalten. Sie begann laut zu wimmern und rutschte wie in Panik auf ihrem Pferd hin und her.
„Danke, dass ihr mich von diesem Ungeheuer befreit habt. Ich habe mich so sehr gefürchtet, dass er mir wieder etwas antun würde."
„Beruhige dich, um dich kümmern wir uns später", sagte der Schwertträger gefährlich lachend.

Aber Ayumi stand wie unter Schock und konnte sich nicht beruhigen, während sie beide Arme unkontrolliert himmelwärts hob. Unmittelbar nachdem sie den rechten Arm ruckartig nach unten riss, ließ der Bogenschütze seinen Bogen fallen, griff sich keuchend an den Hals und brach auf

der Stelle zusammen. Nur einen Augenblick später, als der andere Räuber sich verwundert zu seinem Gefährten umdrehen wollte, brach auch er zusammen, nachdem auch er sich an den Hals gegriffen hatte. Beide krümmten sich vor Schmerzen am Boden.
Ayumi sprang blitzschnell vom Pferd und war schon bei dem Bogenschützen und griff ihm an den Hals. Danach tat sie dasselbe mit dem anderen. Kurz darauf lagen beide tot in ihrem eigenen Blut am Wegesrand. Langsam drehte Ayumi sich von den Toten weg und sah Yaro traurig in die Augen und sagte in ernstem Tonfall: „Jetzt wäre es fast vorbei gewesen mit unserer jungen Liebe."

„Was war das denn?", fragte Yaro immer noch fassungslos und rutschte vom Pferd.
Sie kam auf ihn zu, öffnete ihre geschlossene Hand und sagte nur: „Shuriken"
In ihrer Handfläche lagen zwei blutverschmierte Wurfpfeile, die sie aus den Hälsen der Banditen so gezogen hatte, dass deren Halsschlagadern durchtrennt wurden.
Bei ihrem Angriff hatte sie einen Pfeil so in ihre Hand gelegt, dass das stumpfe Ende in der Handfläche lag. Der Pfeil war so zwischen Zeige- und Ringfinger eingeklemmt, dass die Spitze leicht über den ausgestreckten Mittelfinger hinausragte. Das blitzschnelle Absenken des Armes gab dem Pfeil seine Geschwindigkeit. Der Wurfpfeil verließ ihre Hand, als der ausgestreckte Arm seine horizontale Position erreicht hatte.
„So, jetzt hast du erlebt, was passieren kann, wenn man sich in eine weibliche Ninja verliebt." Dann gab sie ihm einen kurzen aufmunternden Kuss und einen liebevollen Klaps auf den Po, bevor sie zu ihrem Pferd ging.

Yaro packte die Toten an den Füßen und zog sie hinter die Büsche. Er wollte nicht, dass Reisende die Leichen so schnell finden.

„Es ist kaum zu glauben, was einem auf diesem Waldweg passieren kann. Es ist, als würde der Wald das Unglück anziehen", sagte Yaro.

„Wahrscheinlich ist das ein Omen für das, was mich in meinem neuen Leben erwartet."

„Aber der Wald hat uns Glück gebracht, sonst wären wir uns nie begegnet", antwortete Ayumi aufmunternd.

„Der Wald ist als gefährlich bekannt. Denn viele wohlhabende Händler nehmen die Abkürzung durch den Wald, um schnell ihre Geschäfte zu erledigen. Das wissen natürlich auch die verarmten Ronin und Banditen, denen ein Menschenleben nicht viel bedeutet."

„Das hätte man mir auch sagen können, als man mir in Tari diesen Weg als Abkürzung empfohlen hatte", sagte Yaro und schwang sich wieder auf sein Pferd.

◇

Am Nachmittag erreichten sie Shimo. Kurz vor dem Ortseingang führte ihr Waldweg wieder auf die Hauptstraße nach Jatsuma, die in kurzer Entfernung an Shimo vorbeiführte. Der einzigen Abzweigung folgend, erreichten sie den Ort, der sich nicht wesentlich von seinem Heimatdorf Satama unterschied.

Auch hier führte eine breitere Straße durch den Ort, an deren Seiten sich Wohnhäuser und Geschäfte aneinanderreihten. So war es nicht schwer, die wohl einzige Herberge zu finden. Nachdem sie dort ihre Pferde versorgt hatten, betraten sie über eine erhöhte Terrasse die Gaststube, die um diese Zeit bereits gut von Reisenden besucht war. Neugierige Blicke begleiteten sie auf ihrem Weg zur Theke. Dort fragte Yaro, ob sie ein Zimmer für die Nacht bekommen könnten. Zu ihrem Bedauern erklärte der Mann am Tresen,

dass alle Zimmer belegt seien.
Nun trat Ayumi vor. Sie legte ihre Hände verschränkt auf die Theke und fragte noch einmal nach. Daraufhin blätterte der Wirt noch einmal in seinen Unterlagen und entdeckte scheinbar zufällig doch noch ein Zimmer für sie. Er entschuldigte sich, dass er diesen Raum übersehen hatte und begleitete sie in den ersten Stock.

Kaum hatte der Wirt die Tür geschlossen, umarmten sich die beiden und küssten sich hemmungslos. Noch während sie auf die Schlafmatte sanken, öffneten sie sich mit zitternden Händen gegenseitig die Kleider, damit ihre Körper sich hüllenlos berühren konnten. Völlig im Liebesrausch und gefesselt von der körperlichen Ekstase vergaßen sie die Welt um sich, bis sie erschöpft, aber glücklich ineinander verschlungen zur Ruhe kamen.

Dann erhoben sie sich unfreiwillig von ihren Matten, um ihr Abendessen einzunehmen. Ayumi war wieder in ihre Rolle als schüchterner junger Mann geschlüpft. Im Gastraum suchten sie sich einen Tisch, an dem sie sich ungestört unterhalten konnten.
Als die junge Kellnerin an den Tisch kam, um sich nach den Essenswünschen zu erkundigen, bemühte sie sich besonders um den vermeintlich hübschen jungen Burschen. Als sie gegangen war, mussten beide lächeln.
„Da geht sie mit einer unerfüllbaren Liebe", sagte Yaro.
„Wer weiß, es kommt darauf an, wie du dich heute Abend benimmst. Ich kann sie ja mal fragen, wo ihr Zimmer ist", antwortete sie schelmisch.

Sie aßen Miso-Suppe mit Tofu und Gemüseeinlagen und Reis. Während des Essens stellte Yaro zufrieden fest: „Wir haben Glück gehabt, dass wir das Zimmer nur wegen deiner Nachfrage bekommen haben und so ein gutes Essen vor uns steht."

„Das mit dem Essen mag Glück sein, aber nicht das mit unserem Raum. Den haben wir nur bekommen, weil ich mich als Ninja gezeigt habe und der Wirt mich verstanden hat", antwortete Ayumi.
„Wie soll ich das verstehen", fragte Yaro verständnislos.
„Wir Ninja können uns mit geheimen Zeichen zu erkennen geben und je nach der Situation reagieren", erklärte sie.
„Und hast du vorhin ein Zeichen gegeben, das ich nicht wahrgenommen habe?", hakte er nach.
„Ja sicher, schau, das ist eines der Erkennungszeichen unserer Familie für den Alltag", sagte sie und legte die drei Innenfinger ihrer rechten Hand von oben an das linke Handgelenk, wobei der kleine Finger der oberen Hand sich mit dem Daumen der unteren Hand verhakte.
„Wenn die andere Person das Zeichen verstanden hat, wischt sie sich wie beiläufig mit zwei Fingern über die Lippen."
„Und das soll funktionieren?", fragte Yaro skeptisch.
„Du musst mir glauben und meinen Worten vertrauen", antwortete sie.
Dann winkte sie dem Mädchen und bestellte noch etwas Tee. Bevor dieses zurückkam und ihren Tisch erreichte, legt Ayumi ihre Hände, entsprechend dem Zeichen, für das Mädchen sichtbar aber für die anderen Gäste nicht erkennbar, vor sich auf den Tisch.
Als das Mädchen den Tee abstellte und dabei Ayumis Hände sah, war ein kurzes Zögern in ihrer Bewegung zu erkennen. Dann richtet sie sich wieder auf und fragte nach weiteren Wünschen. Wie zufällig strich sie sich dabei mit dem Zeigefinger und Mittelfinger über ihre Lippen.
„Arigato gozaimasu", bedankte sich Ayumi und beide schauten sich wissend an. Zu Yaro gewandt sagte sie: „Auf diesem Wege haben wir noch ein Zimmer bekommen. Du siehst unsere Familie ist weit verzweigt."

Dann ging sie bald in ihr Zimmer. Sie liebten sich intensiv und fanden wenig Schlaf. Auch aus Sorge, weil sie nicht wussten, was die Zukunft bringen würde. Ob sie zusammenbleiben konnten oder ob die kommenden Aufgaben und Ereignisse sie auseinanderreißen würden. Yaro wusste nicht, was sein Lehnsherr von ihm verlangen würde, und Ayumi wusste nicht, was ihre Familie mit ihr vorhatte.

Ayumi war sich bewusst, dass sie fest in ihre Familie eingebunden war, die wahrscheinlich keine Rücksicht auf ihre Gefühle nahm. Wenn sie ihre Familie ohne Erlaubnis verlässt, was einem Verrat gleichkommt, wäre das ihr Todesurteil. Wenn sie sich zwischen Yaro und ihrer Familie entscheiden muss, dann würde sie schweren Herzens ihrer Familie folgen.

◇

Früh am Morgen verließen sie Shimo, um noch vor Mittag in Jatsuma anzukommen. Denn Yaro musste sich erst einmal in der Stadt zurechtfinden und sich dann bei den Verantwortlichen am Hof des Daimyo vorstellen. Deshalb hatten sie vereinbart, dass er seine Pferde zunächst Ayumi überließ, denn die Tiere würden ihm den Anfang nur erschweren. Er war sich sicher, dass sie die Pferde gut behandeln würde.

Die bevorstehende Trennung und ihre unabsehbaren Folgen vor Augen, ritten beide traurig ihrem Ziel entgegen. Die Hauptstraße war schon am frühen Morgen sehr belebt. Es waren viele Händler unterwegs, die mit ihren Karren die verschiedensten Waren transportierten, um sie auf den Märkten in Jatsuma zu verkaufen. Die Karren wurden zum Teil von Ochsen gezogen, die sich in ihrer Langsamkeit nicht aus der Ruhe bringen ließen, obwohl sie von ihren Begleitern mit lautem Gebrüll angetrieben wurden. In dieser Hektik dauerte es dann einige Zeit, bis sie mit ihren Pferden diese großen Transportkarren überholen konnten. Jetzt gab es keine Ruhe mehr, um noch einmal Zärtlichkeiten auszutauschen.

So ritten sie in bedrückter Stimmung ihrem Ziel entgegen, das sich nach Überwindung einer kleinen Anhöhe überraschend vor ihnen auftat. In der Mittagssonne sahen sie ein großes Häusermeer, in dem die Residenz des Daimyo Iroda zu erkennen war. Deutlich war auch zu erkennen, dass ein Fluss, der sich wie ein silbernes Band in der Sonne spiegelte, die Stadt Jatsuma teilte. Als Yaro näher kam, erkannte er, dass die Residenz auf einer leichten Anhöhe errichtet worden war, was sie besser schützte und ihr ein bedeutsames Aussehen verlieh. Bei diesem Anblick dachte er:'Hier wird sich mein Leben in der Zukunft abspielen'. Dieses Gefühl war zwar bedrückend für ihn, aber andererseits freute er sich auf die neuen Aufgaben, die auf ihn warteten.

Je mehr sie in die Stadt kamen, desto größer wurde das Gedränge und desto hektischer erschien ihm hier das Verhalten der Menschen. Als hätten alle etwas Wichtiges zu erledigen und müssten deshalb so schnell wie möglich von einem Ort zum anderen eilen. Unterschiedlicher hätte das Treiben zu seinem früheren Leben in Satama nicht sein können. So eilten Menschen mit Gepäck durch die Gassen, das ausbalanciert an den beiden Enden der Stangen hing. Während Samurai und hochrangige Soldaten sich auf ihren Pferden arrogant Platz verschafften.

Er sah auch Männer mit freien Oberkörpern, die mit schnellen Schritten Sänften transportierten. In diesem für ihn ungewohnten Verkehr stiegen sie bald von den Pferden ab und gingen zu Fuß weiter.

Sie gingen bis an den Fluss, wo an der Brücke der Verkehr zum Stillstand kam. Doch kurz vor der Brücke bogen sie links ab und erreichten nach wenigen Schritten die Wäscherei, die direkt am Fluss lag. Dort arbeitete nun Ayumi, eine junge Frau mit so vielen anderen Talenten.

Während Yaro mit den Pferden in einer Nische neben der Wäscherei wartete, betrat Ayumi das Haus und kündigte ihre Ankunft an. Yaro vermutete, dass Ayumi die Familie auf den noch unbekannten Besuch vorbereiten wollte. Offensichtlich hatte Ayumi von ihren gemeinsamen Erlebnissen erzählt, so dass die Begrüßung der Familienmitglieder freundlich ausfiel und sie Yaro zum Verweilen einluden. Was dieser dankend ablehnte, da er pünktlich in der Residenz ankommen wollte.

Kurz bevor sich Yaro und Ayumi trennten, brachten sie die Pferde hinter dem Haus in einen von außen nicht einsehbaren Schuppen. Dort waren sie unbeobachtet und umarmten sich noch einmal innig und küssten sich leidenschaftlich. Dann nahm Yaro sein Gepäck und band es sich quer über den Rücken. Sie umarmte ihn noch einmal lange, bis Yaro sich von ihr löste und sie schweigend verließ.

◇

Obwohl er es sich nicht eingestehen wollte, fühlte er sich jetzt, allein gelassen, freier. Er konnte sich auf neue Herausforderungen konzentrieren. Aber er wusste, dass es auch in Zukunft Momente geben würde, in denen er sich nach Aymis Umarmungen sehnte.

So ging er auf die Residenz zu, die mit jedem Schritt größer wurde, bis er beeindruckt vor dem bewachten Eingang der Residenz stehen blieb. Das Gelände war von einer Mauer aus grauen Felssteinen umgeben, die so hoch war, dass man, wenn man davor stand, das Gelände nicht einsehen konnte.

Am Eingangstor wurde Yaro von einem Wachposten am

Eintreten gehindert und nach seinem Anliegen befragt. Als er sich mit seinen Ernennungsurkunden ausgewiesen und nach dem Weg zu Revisor Nakayama gefragt hatte, wurde ihm ein Soldat als Begleiter zugeteilt. Dieser begleitete ihn auf einem der vielen Wege, die mit kleinen weißen Kieselsteinen bedeckt waren und sich wunderschön in die gepflegte Gartenanlage einfügten, bis sie das Haus des Speicheramtes erreichten.

Es war ein einstöckiges Haus, das der Tradition entsprechend auf kurzen Pfeilern ruhte. Die Außenwände bestanden meist aus dunkelbraunen, senkrecht verlegten Holzlamellen. Diese wurden durch verschiebbare, mit Reispapier bespannte Gitterwände aufgelockert, um Tageslicht in die Räume zu lassen. Über zwei Stufen gelangte er auf eine schmale Veranda, auf der ein Soldat den Eingang bewachte.

Nachdem sich Yaro noch einmal vorgestellt und sein Anliegen vorgetragen hatte, verschwand der Wachposten im Haus und kam bald in Begleitung von Nakayama-san zurück.

„Willkommen Yamato-san", begrüßte er Yaro freundlich.
„Es freut mich sehr, dass Sie zur rechten Zeit bei uns eingetroffen sind. Kommen Sie in unser Haus."

Mit einer einladenden Handbewegung machte er Yaro den Weg frei, woraufhin sich der Soldat, der Yaro begleitete, mit einer Verbeugung entfernte. Über eine Holztreppe stiegen sie in den ersten Stock, wo sich Nakayamas Büro befand. Im Vorbeigehen deutete er bereits auf einen Raum neben seinem Büro, in dem künftig Yaros Arbeitsplatz sein würde.

In Nakayamas Büro ließen sie sich auf den hellen, frisch duftenden Matten an der offenen Raumwand nieder, der ihnen einen Blick in den Park gestattete. Als ein Angestellter ihnen kurz darauf eine Teekanne mit erdfarbenen Teeschalen aus edlem Ton brachte, fragte Nakayama ihn, wie seine Reise nach Jatsuma verlaufen sei.

In dieser angenehmen Atmosphäre fiel es Yaro leicht, ausführlich über seine Reise zu berichten, ohne den Kontakt mit den Ninja und Ayumi zu erwähnen. Als er seinen Bericht beendet hatte, ohne von seinem Zuhörer unterbrochen worden zu sein, nickte Nakayama nachdenklich mit dem Kopf und sagte dann: „Sie haben einige Abenteuer erlebt. Ich wusste gar nicht, dass wir mit ihnen einen sehr guten Schwertkämpfer bekommen haben.

Was uns in der nächsten Zeit noch nützlich sein kann", fügte er hinzu, ohne weiter darauf einzugehen.

Bescheiden gab Yaro zu bedenken: „Ich bin mir bewusst, dass ich gut mit dem Schwert umgehen kann. Ob ich wirklich ein guter Schwertkämpfer bin, sollen andere und hier vor allem meine Gegner beurteilen. Ich werde es nicht von mir behaupten."

„Ihre Bescheidenheit ist lobenswert. Aber bedenken Sie, dass falsche Bescheidenheit ebenso ein Fehler ist wie Überheblichkeit. Es ist eine Kunst, zwischen diesen beiden Extremen zu balancieren und sie, je nach den Umständen, effektiv für die eigenen Zwecke einzusetzen.

So kann ich falsche Bescheidenheit dazu benutzen, mich unbedeutend zu machen und damit dem Gegner eine Überlegenheit vorzutäuschen, die er nicht hat. Erst in einer geistigen und körperlichen Auseinandersetzung zeigen sich dann die wirklichen Stärken der Kontrahenten.

Andererseits kann der bewusste Einsatz von gespielter Arroganz so manchen Angreifer von einem Angriff abhalten."

Nun erhoben sich beide und Nakayama sagte: „Jetzt zeige ich Ihnen, wo Sie heute Nacht hier im ersten Stock schlafen können. Meine Frau hat den Schlafplatz schon für sie hergerichtet und ihnen etwas zum Abendessen gebracht.

Morgen ziehen sie in ihr eigenes, kleines Haus außerhalb der Residenz. Dort wohnen sie mit einem älteren Ehepaar zusammen, das sich um sie kümmert. Dort können sie auch ihr Pferd unterbringen. Ihr Lohn, der monatlich ausgezahlt wird, ist so bemessen, dass sie gut über die Runden kommen."

„Benötigen Sie einen Vorschuss für die nächsten Tage?", fragte er abschließend. Als Yaro verneinte fuhr Nakayama fort: „Schauen sie sich morgen die Stadt an und beginnen sie am darauffolgenden Tag hier mit der Arbeit."

„Arigato gozaimasu Nakayama-san für Ihre Unterstützung", sagte Yaro, der wirklich beeindruckt war von dem Einfühlungsvermögen und der Großzügigkeit seines Vorgesetzten. Er verhielt sich hier ganz anders als bei der ersten kurzen Begegnung im Speicherbüro von Satama.

„Doitashimashite, gern geschehen", antwortete Nakayama lächelnd und verbeugte sich.

九

Yaro hatte in der Nacht gut geschlafen und wurde vom Zwitschern der Vögel geweckt. Mit geschlossenen Augen genoss er die Morgenstunde und das Gespräch der Vögel, das man wahrnimmt, wenn man die innere Ruhe gefunden hat und die Fähigkeit besitzt, Vogellaute als Austausch unter Artgenossen herauszuhören. Wenige Augenblicke später hörte er jedoch Geräusche neben seiner Matratze, die ihn sofort aufhorchen ließen. Er entspannte sich aber schnell, als er einen Jungen und ein Mädchen in bunten Kimonos dort sitzen sah.
„Wer seid ihr denn?", fragte er die beiden noch etwas verschlafen.
„Ich bin Aoi", antwortete der Junge, „und das ist meine Schwester Misako." Dabei deutete er auf das Mädchen neben sich, um gleich darauf zu fragen, „Und wer bist du? Wie heißt du? Was machst du in unserem Spielzimmer?"
„Oh, ich wusste gar nicht, dass das euer Zimmer ist. Aber danke, dass ich hier übernachten durfte. Ich bin gestern in die Stadt gekommen und man hat mir das Zimmer für die Nacht gegeben, weil ich nicht wusste, wo ich sonst hätte schlafen können. Ihr könnt mich Yaro nennen."
„Es macht nichts, dass du in unserem Zimmer schläfst", meldete sich das Mädchen, „du bist nett." Aoi nickte dazu.

Noch bevor er antworten konnte, erschien eine junge Frau im Türrahmen und sagte, „Da seid ihr ja, ich habe euch schon gesucht."
Dann wandte sie sich an Yaro, „Ohayo gozaimasu, guten

Morgen junger Herr, entschuldigen Sie die Störung durch die Kinder. Mein Name ist Nakayama Hina, ich bin die Frau von Herrn Nakayama, den sie bereits kennen."
„Ohayo gozaimasu Nakayama-san, vielen Dank für das gute Abendessen und die Matratze, auf der ich schlafen durfte. Arigato gozaimasu", bedankte sich Yaro noch mit der Bettdecke zugedeckt und auf der Matratze sitzend. Als er sich in dieser Position noch verbeugte, sah es komisch aus, dass die Kinder zu lachen begannen und die Erwachsenen sich von ihrem Lachen anstecken ließen.

Bevor Yaro in die Stadt ging, um seine Angelegenheiten zu regeln, betrat er Nakayamas Büro, um sich noch einmal für die Unterbringung in seinem privaten Räumen zu bedanken. Außerdem wollte er sich für seinen Ausflug in die Stadt abmelden. Bei dieser Gelegenheit erhielt er von Nakayama zunächst die Papiere, die ihn als Mitglied des Hofstaates und Vasall des Daimyo Iroda auswiesen. Nun konnte er sich beim Betreten der Residenz, die von den Mauern umgeben war, legitimieren.
Nakayama stellte noch einen Mann ab, der Yaro zu seinem eigenen Wohnhaus führen sollte.

Sein Begleiter hieß Hondo und war in Jatsuma geboren, so dass er bereitwillig seine Heimatstadt erklärte. So erfuhr Yaro, dass der Fluss Rinzo die Stadt in zwei Hälften teilt. Östlich der Stadt zweigt vom Rinzo ein Nebenfluss ab, der Shoma benannt wird. Dieser fließt zunächst nördlich, um dann nach einer kurzen Strecke fast parallel zum Rinzo nach Westen weiter zu fließen.
Vor langer Zeit hatte man die beiden Flüsse durch einen Kanal so miteinander verbunden, dass eine Insel entstand, auf der die Residenz des Daimyo errichtet wurde. Über den Rinzo führte eine Steinbrücke.

Außerhalb der Residenz und damit außerhalb der Mauern

lagen die Häuser der Bediensteten, während die höheren Beamten ihre Unterkünfte innerhalb der Residenz hatten, aber abseits von dem Gebäude, in dem der Daimyo und seine Familie wohnten.

Die Polizeistation war auf der Insel neben den Lagerhallen des Speicheramtes errichtet worden, während die Leibgarde in unmittelbarer Nähe des Daimyo innerhalb der Mauern untergebracht war.

Auch auf der Insel befand sich das Zen-Kloster Sakuraji. Im Volksmund heißt es so, weil es von zahlreichen Sakura-Bäumen umgeben war, die zur Zeit der Kirschblüten im Frühjahr zu einem Anziehungspunkt für die Bevölkerung wurden.

Nicht zu vergessen das Vergnügungsviertel am Ostrand der Stadt, das von den Männern besucht wurde, die es sich leisten konnten.

◇

Endlich erreichten sie Yaros neues Zuhause. Es erinnerte ihn an das Haus seiner Eltern in Satama. Auch hier verwehrte ein geschlossener Holzzaun, der von Sträuchern überwuchert war, den Blick auf das Grundstück. Als er durch die Eingangstür trat, sah er rechts neben dem Haus einen gepflegten Gemüse- und Obstgarten. Auch hier stand das Haus auf kurzen Holzpfeilern, welches über zwei Stufen und die angrenzende Veranda betreten werden konnte. Beim Betreten des Grundstücks kniete ein älteres Ehepaar vor der Haustür, das offenbar schon eine Weile auf sein Erscheinen gewartet hatte.

„Konnichiwa, junger Herr", sprach ihn die Frau an, „wir heißen Sie in Ihrem neuen Zuhause herzlich willkommen. Wir sind von Herrn Nakayama beauftragt worden, für ihr Wohl-

ergehen zu sorgen. Mein Name ist Tama Asuka und ich werde mich um den Haushalt kümmern. Mein Mann, Tama Kenza, ist für die Instandhaltung des Anwesens zuständig."
Dann verneigten sich beide auf den Knien und hielten den Kopf gesenkt, bis sie angesprochen wurden.
„Vielen Dank für die Begrüßung. Bitte erhebt euch. Ich schaue mir erst einmal die Räume an", sagte Yaro mit einer gebührenden Verbeugung und ging ins Haus. Das Ehepaar folgte ihm und erklärte das Nötigste.
Vier Räume standen Yaro zur Verfügung. Auch hier war die Feuerstelle in der Nähe des Eingangs. Die Tatami hinterließen einen sauberen Eindruck und in den Räumen roch es nach frischem Stroh. Einige kleine Schränke waren in den Räumen verteilt, im Schlafzimmer stand ein etwas größerer Schrank für die zusammengerollten Schlafmatratzen.
Ebenso wohnte das Ehepaar in einem Nebengebäude auf dem Grundstück. So blieb das Haus immer unter Aufsicht. In seiner Abwesenheit kümmerten sie sich um Haus und Garten. In ihrem Beisein schaute er sich im Garten um und fand die Toilette auf der Rückseite des Hauses, die über die Veranda zu erreichen war.
Bei diesem Rundgang wurde Yaro bewusst, welche Entwicklung und welchen sozialen Aufstieg er als junger Mann bereits hinter sich hatte. So stand ihm nun als Einzelperson ein Haus zur Verfügung, das so groß war wie das seiner Eltern, in dem fünf Familienmitglieder lebten.

Dann packte er die wenigen Habseligkeiten, die er bei sich trug, in die Schränke. Als er sein Gepäck öffnete, fiel ihm ein kleines, liebevoll verpacktes Geschenk in die Hände. Er war sich sicher, dass es nur von Ayumi sein konnte, welches sie ihm bei ihrer letzten Umarmung unbemerkt zugesteckt hatte.
Als er das Päckchen öffnete, rollten zwei Wurfpfeile heraus, die Ayumi im Wald benutzt hatte. Außerdem fand er

eine etwa eineinhalb handbreite, extrem dünne und spitze Nadel, deren Ende abgeflacht war und die Größe eines Daumennagels hatte.
Er vermutete, dass die Nadel als tödliche Waffe von Frauen benutzt wird, die sie unbemerkt als Haarnadel in ihren hochgesteckten Frisuren trugen.
Auf dem beigefügten Zettel hatte sie geschrieben: 'Pass auf dich auf. A.'

Die Gedanken an Ayumi erinnerten ihn daran, dass er noch sein Pferd von der Wäscherei abholen musste. Er hatte also einen guten Grund, Ayumi wiederzusehen. Doch er wurde enttäuscht, denn die Besitzerin der Wäscherei teilte ihm mit, dass sie zu ihrer Familie zurückgerufen wurde.
Dieser Umstand ließ Yaro vermuten, dass Ayumi nach Hause musste, weil die Familie etwas über ihre Intimitäten erfahren hatte. Wahrscheinlich befürchteten sie eine zu enge emotionale Bindung zwischen den beiden und die Gefahr, dass Ayumi die Aufgaben, welche die Familie von ihr erwartet, in Zukunft nicht mehr in der geforderten Weise zuverlässig erfüllen könnte.
So blieb ihm nichts anderes übrig, als das nun allein im Stall stehende Pferd zu satteln und nach draußen zu führen. Der Hengst freute sich, ihn wiederzusehen. Denn er tänzelte aufgeregt und rieb seine Nase beharrlich an seiner Schulter, bis Yaro die Blesse des Braunen herzlich und beruhigend streichelte. Dabei schaute er dem Pferd in die klugen Augen und als es die Ohren aufstellte, sagte er: „Ab jetzt nenne ich dich Aiki."
Dann ritt er mit Aiki zum Marstall und übergab ihn dort den Stallmeister. Die Ställe machten einen sauberen Eindruck, so dass er sein Pferd dort ohne Sorge zurücklassen konnte.

◇

Da es erst früher Nachmittag war und Yaro sich bereits wieder auf der Insel befand, fasste er den Entschluss, zum Zen-Kloster Sakuraji zu gehen, um Abt Mori-san die Grüße von Kiochi zu überbringen.

So ging er in westlicher Richtung an den zahlreichen Häusern der Beamten vorbei, bis er auf einen Hain mit vielen Kirschbäumen stieß. Bei diesem Anblick konnte Yaro erahnen, wie beeindruckend dieser Ort sich während der Kirschblüte darbieten wird und wie groß das Verlangen der Menschen sein wird, um sich während der Blütezeit auf den Wiesen unter diesem rosa Blütenmeer niederzulassen und sich mit der Natur verbunden zu fühlen.

Yaro folgte dem Feldweg unter den Kirschbäumen, bis der lichte Hain, von Zedern und Lärchen aufgefüllt, sich zu einem dichteren Mischwald wandelte. Doch schon bald trat er aus dem Wald heraus auf eine weite, von grünen Lärchen gesäumte Lichtung. Sie erstrahlte in hellem Licht, denn fast der gesamte Waldboden war mit weißen Kieselsteinen bedeckt. Die grünen Nadeln der vereinzelt gepflanzten alten Zedern hoben sich von dem weißen Kiesboden besonders ab.

In der Mitte der Lichtung stand das einstöckige Kloster aus dunkelbraunem Holz. Das Erdgeschoss war etwa vierzig Schritte breit und quadratisch angelegt. Die Wände waren mit vertikal verlegten Holzlamellen übergangslos verkleidet, die Fronten teilweise durch Schiebetüren, die Shoji, unterbrochen.

Wie aufgesetzt war das erste Stockwerk wesentlich kleiner und bis auf die Ecken überwiegend mit Shoji verkleidet. Die Dächer waren mit grauen Ziegeln gedeckt, deren Traufen leicht nach oben gebogen waren. Auch hier stand das Gebäude auf Stützpfeilern, wobei einige breitere Pfosten das überstehende Dach des Erdgeschosses stabilisierten. Um das Erdgeschoss herum verlief eine breite Veranda, die über eine Treppe zu erreichen war.

Es war sehr ruhig, nur das Zwitschern der Vögel und das Zirpen der Grillen waren zu hören. Umso lauter und unangenehmer empfand Yaro das Knirschen der Steine unter seinen Schuhsohlen, als er sich dem Eingang des Klosters näherte. Kurz bevor er diesen erreichte, trat ein Mönch aus dem Eingang, um sich nach seinem Anliegen zu erkundigen und gleichzeitig den Zugang zum Kloster zu versperren.

Als Yaro das Kloster erreichte, blieb er vor den Stufen stehen, verbeugte sich respektvoll und sagte: „Konnichiwa, mein Name ist Yamato Ichiro und ich bitte um ein Gespräch mit Abt Mori-san."
Der Mönch verzog gelangweilt das Gesicht und antwortete: „Der Abt ist für Sie nicht zu sprechen. Wenn er allen Bitten der Bevölkerung nachgehen würde, käme er nicht zu seiner Arbeit. Also geht bitte, ich lasse euch nicht zu ihm."
Als er sich überheblich abwenden wollte, sagte Yaro: „Ich bin nicht hier, um etwas zu erbitten. Ich bin hier, um dem Abt die besten Grüße von meinem Sensei, Okimoto Kiochi, zu überbringen."

Der Mönch hielt in seiner Bewegung inne und wandte sich wieder Yaro zu.
„Sumimasen", sagte er mit tiefer Verbeugung, „ich wusste nicht, dass sie ein Schüler von Meister Okimoto sind. Treten Sie bitte ein, ich werde sofort unseren Abt über ihren Besuch informieren. Ich bin sicher, er wird sich Zeit für sie nehmen."
Respektvoll führte ihn der Mönch durch das Erdgeschoss auf die Rückseite des Klosters. Er begleitete ihn in einen Raum, der mit hellen Tatamis ausgelegt war. Die Shojis waren bereits aufgeschoben, so dass das Sonnenlicht ungehindert den Raum erhellte. Dort bat er ihn zu warten. Yaro ließ sich an die offene Wandseite im Seiza nieder, bei dem

das Gesäß die Fersen der auf dem Spann ruhenden Füße berührt.

Beim Blick nach außen stockte ihm kurz der Atem, als er einen wunderschönen Garten sah. Denn vor ihm lag eine rechteckige, mit dunklen, schmalen Holzlatten eingefasste Fläche, die mit weißem Kiessand gefüllt war. In dieser Fläche standen fünf dunkle Felsblöcke unterschiedlicher Größe. Sie waren der Größe nach abfallend in einem leichten Boden angeordnet. Die Anordnung erinnerte an eine einsame, vom Meer umspülte Inselgruppe.
Der Eindruck wurde dadurch verstärkt, dass der feine Kies mit einem Rechen übergangslos zusammen geharkt wurde. Dadurch entstanden kleine, gleichmäßige Erhebungen, die an Meereswellen erinnern. Wellen, die entstehen und vergehen wie wir Menschen. Denn alles ist vergänglich.
Dieses mit Sand aufgefüllte Karree war von saftig grünem Gras umgeben. Eine rotbraune Mauer, die oben mit dunkelbraunen Rundziegeln abschloss, umgab diesen Garten.

Dieser Anblick beeindruckte Yaro zutiefst und berührte seine Seele so sehr, dass er das leise Eintreten des Abtes erst bemerkte, als dieser sich neben ihn setzte und ihn mit „Konnichiwa" sanft aus seinen Träumen riss.

„Sumimasen, verzeiht Mori-san, dass ich so unhöflich war und Ihr Erscheinen nicht mit dem nötigen Respekt behandelt habe", sagte Yaro, dem die Situation sehr unangenehm war. „Es ist nicht ungewöhnlich", sagte der Abt, „dass man vom Anblick des Gartens so verzaubert ist und in eine andere Welt versetzt wird, und die reale Welt für einen Moment vergisst. Das passiert mir oft und kommt dem Ziel der Meditation nahe, den Kopf von störenden Gedanken zu befreien, sich geistig zu entleeren.
Daher sagt man ‚Nur eine leere Muschel kann tönen'.
Jeder von uns weiß, wie schwer es ist, für kurze Zeit an

nichts zu denken. So haben sie eben erfahren, dass auch sie die Fähigkeit haben, mit Erfolg zu meditieren".

„Sumimasen", wiederholte Yaro noch einmal, „entschuldigen Sie bitte mein Verhalten, aber ich war von der Schönheit des Gartens verzaubert. So etwas Außergewöhnliches habe ich noch nie gesehen."
„Diese Art von Steingärten nennt man Kare-san-sui oder Zengarten, die nicht selten in Zen-Klöstern angelegt werden", erklärte der Abt, um gleich darauf zu fragen, „Aber nun zu ihnen, was führt Sie zu mir?"

„Mein Name ist Yamato Ichiro und ich werde Yaro genannt. Okimoto Kiochi hat mich gebeten, sie zu besuchen und ihnen seine Grüße auszurichten, was ich hiermit tue. Er ist mein Sensei und in der Zwischenzeit auch mein Schwager geworden", begann Yaro sich vorzustellen.
Der Abt klopfte sich lachend auf die Oberschenkel, „Es freut mich, dass es ihm gut geht, seit er uns verlassen hat und dass er nun eine Frau gefunden hat, mit der er Kinder haben kann. Aber erzählt mir, Yaro-san, wie ihr euch kennengelernt habt und wie eine Lehrer-Schüler-Beziehung zwischen euch entstanden ist."
So begann Yaro von Anfang an über ihr Kennenlernen und ihre gemeinsamen Erlebnisse zu erzählen. Auf Anregung des Abtes musste er dann auch von sich und seinem Werdegang erzählen.

Als Yaro mit seinen Erzählungen fertig war, sagte Mori-san: „Ich freue mich sehr, dass du zu mir gekommen bist und mir von Kiochi erzählt hast, denn er ist mir mit seiner Aufrichtigkeit und Menschlichkeit wie ein Sohn ans Herz gewachsen. Ich freue mich, dass er in dir einen Schüler gefunden hat, der fähig und bereit ist, sein Wissen aufzunehmen und in seinem Sinne anzuwenden. Denn Meister wird erst man durch seine Schüler.

Kiochi-san kam regelmäßig zum Meditieren zu uns, auch als er später als Leutnant der Leibgarde seinen Dienst versah. Ich konnte ihn überreden, unsere Mönche in waffenloser Selbstverteidigung und im Umgang mit dem Stock zu unterrichten.

Wir hatten auch viele Gespräche über so unterschiedliche Themen wie die Ethik der Verteidigung, den Sinn des Kampfes und tugendhaftes Verhalten. In diesen Gesprächen haben wir uns gegenseitig inspiriert. Solche Gespräche vermisse ich sehr. Aber wer weiß, vielleicht können wir sie wieder aufleben lassen. Ihr seid jederzeit bei mir willkommen. Sie können gerne zu mir kommen, wenn ihnen das Herz schwer ist und sie einen Rat brauchen.

Doch nun verabschiede ich mich und freue mich auf ein Wiedersehen. Bleiben Sie ruhig sitzen und genießen Sie den Anblick unseres Gartens in der Abendsonne."

Dann stand er auf und ging leichtfüßig über die Treppe in den ersten Stock.

Yaro war überrascht von der Vitalität des alten Abtes. Trotz seines schon faltigen Gesichts waren seine Augen wachsam und lebhaft. Es schien, als könne er in einen hineinsehen und die Gedanken seines Gegenübers erraten. Trotz dieser Fähigkeiten schien er ein lebenslustiger und fröhlicher Mensch zu sein. Yaro nahm sich vor, diesen Ort öfter zu besuchen als ursprünglich geplant.

◇

Wie verabredet erschien Yaro am nächsten Morgen in Nakayamas Büro, wo er freundlich begrüßt wurde. Er zeigte ihm sein kleines Büro, in dem er alles vorfand, was er für seine Arbeit brauchte. Ein Schreibtisch und ein kleiner halbhoher Schrank, auf dem auch ein Gestell stand, in dem er vorüber-

gehend seine Schwerter ablegen konnte. Dann erklärte ihm Nakayama, welche Aufgaben er zu erledigen hatte.
Er wurde zum Leiter des Speicheramtes der Präfektur Tagai ernannt und hatte dafür zu sorgen, dass die Versorgung des Militärs und der Bevölkerung mit Lebensmitteln gesichert war. Dazu gehörte die Einhaltung der Termine für die Anlieferung der Lebensmittel in der geforderten Qualität und auch deren sachgerechte Lagerung in den auswärtigen Speicherämtern. Bei dieser schwierigen Aufgabe sagte ihm Nakayama seine Unterstützung zu.

Um sich einen Überblick über seinen Arbeitsbereich zu verschaffen, studierte er zunächst die vorhandenen Unterlagen und Berichte über die Anlieferungen und Lagerbestände. Ab und zu bat er Nakayama um fachliche Auskünfte.
Dieser bemerkte, dass Yaro über eine schnelle Auffassungsgabe verfügte, Sachverhalte gut nach ihrer Wichtigkeit einordnen und überdurchschnittlich gut rechnen konnte. Nakayama war mit seiner Entscheidung, Yaro nach Jatsuma zu holen, mehr als zufrieden. Er selbst freut sich über seine Fähigkeit, Menschen bereits nach einer einmaligen Begegnung in ihrem Grundverhalten richtig einschätzen zu können.

Am Nachmittag begaben sich beide zu den Lagerhallen des Speicheramtes, wo sie von den Mitarbeitern erwartet wurden. Nakayama stellte ihnen Yaro als neuen Leiter und ihren Vorgesetzten vor. Außerdem machte er Yaro mit dem Leiter der Lagerhaltung, Yasuki Morihito, bekannt. Nach einigen kurzen Begrüßungsworten kündigte Yaro für den nächsten Morgen eine Besprechung in der Lagerhalle an.

In Abwesenheit von Nakayama erläuterte Yaro am nächsten Tag, wie er sich die zukünftige Arbeit im Lager vorstelle, ohne zu schnelle Änderungen der Arbeitsabläufe zu fordern. Vielmehr fragte er die erfahrenen Mitarbeiter nach Verbesserungsvorschlägen zur Kontrolle der Haltbarkeit. Aber auch zur Qualitätskontrolle der angelieferten Waren, nachdem die Mitarbeiter wiederholt auf die mangelhafte Qualität von Lebensmittel hinwiesen, die meist von denselben auswärtigen Speicherämtern angeliefert werden.

Als Yaro nach der Besprechung in sein Büro zurückkehren wollte, empfing ihn Nakayama bereits auf dem Flur und teilte ihm mit, dass der Daimyo seinen neuen Lagerleiter noch heute sehen wolle.

Also ließ Yaro seine Arbeit liegen und eilte nach Hause, um sich zu waschen und umzuziehen. Zu Hause angekommen, verlangte er sofort nach heißem Wasser, das Asuka, nachdem sie erfahren hatte, dass ihr junger Herr vom Daimyo empfangen wurde, sofort aufkochte. Nach einer Stunde war er fertig.

Er hatte einen dunkelblauen Kimono, einen grauen Hakama und weiße Tabi zu seinen Zori angezogen. Seine Haare hatte er zu einem Zopf geflochten. Als er mit seinen Schwertern im Gürtel aus dem Haus trat, waren die Älteren beeindruckt von der Kraft und dem Selbstbewusstsein, die ihr junger Herr ausstrahlte.

◇

Auch Nakayama war beeindruckt von der stabilen Persönlichkeit Yaros, als sie sich auf den Weg zur Audienz bei ihrem Fürsten machten.

Unterwegs gab Nakayama einige Verhaltensregeln für den Aufenthalt in den Räumlichkeiten des Fürsten aus. „Sprecht nur, wenn ihr gefragt werdet. Wenn ihr antwortet, verwendet den Zusatz „sama" also Iroda-sama.

Steht nicht aufrecht vor dem Fürsten, bewegt euch nur im Shiko auf den Knien und sitzt im Seiza. Bei der Begrüßung verbeugt ihr euch im Seiza und bleibt so lange gebeugt, bis man euch erlaubt, sich aufzurichten. Als enger Berater des

Daimyo bin ich diesen Regeln nicht mehr unterworfen. Eure Katana wird euch abgenommen, bevor ihr den Audienzsaal betretet", endete Nakayamas Belehrung, als sie die Stufen des Haupteingangs erreichten.

Bevor sie das Gebäude über die breiten Holzstufen betreten konnten, trat ein bewaffneter Samurai aus dem Schatten des Hauses und begrüßte Nakayama mit einer respektvollen Verbeugung.
„Konnichiwa Nakayama-san, die Herrschaften sind bereits im Audienzsaal". Von Yaro forderte er sein Schwert zur Aufbewahrung. Nachdem sie ihre Zori am Eingang abgelegt hatten, gingen sie mit den Tabi an den Füßen über das glänzende Parkett durch die holzverkleideten Gänge. Bis sie vor einem Shoji standen, das von zwei Samurai bewacht wurde, die halb im Tatehiza knieten.
Sobald sie die beiden Besucher erkannten, erhoben sie sich und verbeugten sich mit der Hand am Schwert. Als Nakayama dankbar mit dem Kopf nickte, kniete sich einer der Wächter hin und öffnete die Schiebetür im Kiza, dem Kniesitz.
Nachdem Nakayama und Yaro die Schwelle überschritten hatten, sanken sie auf die Knie und verharrten in gebeugter Haltung im Seiza. Yaro hörte eine dunkle, dominante Stimme, die Anweisungen gab. Doch kurz darauf nahm er eine laute Stimme wahr, die sich an ihn wandte: „Nakayama und unser neuer Mitarbeiter, setzt euch auf und kommt näher." Beide gingen im Shiko auf den Daimyo zu.
„Kommt Nakayama-san, setzt euch zu mir und berichtet mir über unsere finanziellen Transaktionen und unsere wirtschaftliche Lage."
Als Nakayama seinen Bericht vortrug, betrachtete Yaro aus den Augenwinkeln seine Umgebung. Der Raum war etwa zehn Schritte breit und zwanzig tief. Im hinteren Drittel war der Boden etwa drei Handbreit erhöht, auf dem der Daimyo

im Agura, dem Schneidersitz, auf einem Kissen saß. Zu seiner Rechten stand ein hölzernes Gestell, auf dessen Ablage er gelegentlich seinen Unterarm legte, um seinen Körper zu stützen.
Iroda war etwa fünfzig Jahre alt und schien wohlwollend im Umgang mit seinen Untergebenen zu sein. Er war in einen bequemen braunen Kimono gekleidet, dessen Stoff jedoch von guter Qualität war. Offensichtlich mochte er seinen Reichtum und seine Macht nicht zur Schau stellen. Seine Wangen waren bereits füllig und seine Arme fleischig. Er war sicher kein Mann, der Askese als Lebensinhalt bevorzugte.

Auf dem Podest erblickte er den Kommandanten der Leibgarde, Sugita Masahiro, der ihn an ihre Begegnung in Satama erinnerte. Auch er und Nakayama saßen inzwischen entspannt im Agura zur Rechten des Daimyo. Links von ihm bemerkte Yaro einen Mann in seinem Alter, der nur scheinbar entspannt im Seiza saß. Doch seine wachen Augen huschten immer wieder über die Besucher durch die Halle, während seine linke Hand auf der Scheide des Katanas ruhte, um es blitzschnell ziehen zu können.
Hinter dem Daimyo stand ein in Pastellfarben bemalter Paravent, hinter dem Yaro Menschen wahrzunehmen glaubte.

Als der Daimyo sein Gespräch mit Nakayama beendet hatte, wandte er sich an Yaro: „Yamoto-san, mein Berater Nakayama hat mir von deinen Qualitäten berichtet, so dass wir beschlossen haben, dich hierher in die Residenz zu holen. Ich hoffe, du bist nicht mit Widerwillen zu uns gekommen. Oder irre ich mich? Sprich!"
„Arigato gozaimasu Iroda-sama, ich danke euch, dass ihr mir die Gelegenheit gebt, euch hier zu dienen. Ich werde mich bemühen, euren Ansprüchen gerecht zu werden und weiter an mir zu arbeiten, um euch zufrieden zu stellen."
„So wie du sprichst, scheinst du ein intelligenter junger

Mann mit gutem Charakter zu sein. Ich habe gehört, dass du ein guter Schwertkämpfer bist. Ist das wahr?"
„Mein Sensei, Okimoto Kiochi, hat mir die Kunst des Kampfes mit dem Kurz- und Langschwert beigebracht, und durch mein tägliches Training bemühe ich mich, meine technischen und mentalen Fähigkeiten ständig zu verbessern. In Kämpfen, in denen es um Leben und Tod ging und denen ich mich stellen musste, aber nie stellen wollte, habe ich mich bisher immer gut geschlagen. Daher bin ich mir sicher, auch ein guter Schwertkämpfer zu sein."

Der Daimyo blickte nachdenklich zu Boden und nickte bedächtig. Dann blickte er Nakayama von der Seite an und sagte, „Da haben Sie wohl einen Guten gefunden."
Und zu Yaro sagte er: „ Du kannst jetzt aufstehen und gehen."

◇

Die nächsten Wochen verliefen für Yaro ruhig. Es gelang ihm, das Vertrauen seiner Untergebenen zu gewinnen und sie ihre Aufgaben selbstständig erledigen zu lassen. Der Lagerleiter Yasuki kam öfter in sein Büro, um Vorschläge für Arbeitsabläufe oder ähnliches zu machen. Bis er eines Tages mit einem besonderen Anliegen zu ihm kam und unschlüssig zu reden begann.
„Yamato-san, ich habe lange mit mir gerungen, ob ich einen Verdacht weitergeben soll, auch wenn er sich später als unbegründet herausstellen könnte. Aber nachdem auch meine Kollegen mich in meinem Verdacht bestärkt haben, bin ich jetzt hier."
Sofort wurde Yaro hellhörig und bat Asuki sich zu setzen und zu berichten. Woraufhin dieser erleichtert begann.
„Bei unseren Kontrollen stellen wir manchmal fest, dass vor

allem bei den verschiedenen Getreidesorten die Qualität sehr zu wünschen übrig lässt. In den meisten Fällen sind die Mängel auf schlechte Ernten zurückzuführen. Wir haben aber auch den Verdacht, dass manchmal gut gewachsene Getreidekörner absichtlich mit minderwertigen Körnern und mit Getreidespreu vermischt werden, um das geforderte Gewicht der Getreidesäcke zu erreichen. Wahrscheinlich wird das so zurückgehaltene Getreide von den Ortsvorstehern unter der Hand an den Meistbietenden verkauft."
„Das können wir nicht zulassen", sagte Yaro spontan, „gerade mit meiner jetzigen Übernahme als Leiter des Speicheramtes müssen wir ein Exempel statuieren, um diese Entwicklung im Keim zu ersticken. Haben sie einen bestimmten Verdächtigen?", fragte Yaro.
„Wir haben gehört, dass der Ortsvorsteher von Yoshima, Tasame Daiki, besonders dreist ist und vor seinen eingeschüchterten Untergebenen mit seinen Taten prahlt", fuhr Asuki fort.
„Danke für ihre Offenheit Asuki-san. Ich werde mich sofort darum kümmern", beendete Yaro das Gespräch.

Noch am selben Tag erörterte er die Angelegenheit mit Herrn Nakayama. Auch er stimmte ihm zu, dass diese inakzeptable Vorgehensweise sofort und rigoros unterbunden werden müsse, um ein Zeichen für mögliche Nachahmer zu setzen. So verabredeten sie, am übernächsten Tag nach Yoshima zu reiten. Sie rechneten damit, dass der Ritt dorthin etwa einen halben Tag dauern würde.

Bevor sie sich verabschiedeten, überreichte Nakayama Yaro eine dunkelblaue Haori, eine Jacke, die über dem Kimono zu getragen ist und auf deren Brust- und Rückenseite die Embleme der Familie Iroda in dezenter Größe aufgenäht waren. Dennoch war nun deutlich zu erkennen, dass er als offizieller Vertreter des Daimyo Iroda auftrat und mit Rechten ausgestattet war, um dessen Vorgaben und Anweisungen durchzusetzen.

✢

Bevor Yaro nach Yoshima aufbrach, hielt er es für angebracht, Hauptmann Sugita aufzusuchen, um ihm die Grüße von Kiochi auszurichten. Dazu überquerte er den großen Platz vor dem Haupthaus, in dem der Daimyo residierte, denn die Kaserne der Leibgarde befand sich auf der anderen Seite gegenüber seines Büros.
Im ersten Stock der Kaserne befanden sich, wie er später erfuhr, die Wohnräume des Hauptmanns Sugita und seiner Familie sowie die Schlafräume der dreißig stationierten Samurai der Leibgarde. Im Erdgeschoss befanden sich die großen und kleinen Übungsräume, deren Böden alle mit dunklem Parkett ausgelegt waren. Die Wände der großen Trainingshalle, welche die Hälfte des Erdgeschosses einnahm, waren mit Shoji ausgestattet, die an heißen Tagen geöffnet werden konnten und so für Abkühlung beim schweißtreibenden Training sorgten.
Als Yaro sich der Kaserne näherte, sah und hörte er Samurai, die in Partnerübungen trainierten. Mit dem Bokuto, dem Holzschwert, übten sie den Schwertkampf, das Kenjutsu, während andere mit ihrem Katana für sich allein das Iaijutsu, das schnelle Ziehen des Schwertes, trainierten. Yaro fühlte sich sofort zu den Männern hingezogen und hätte am liebsten mittrainiert.

Ein Samurai empfing ihn vor der Kaserne und führte ihn zu Hauptmann Sugita, der sich sichtlich über seinen Besuch freute.
„Yamato-san, es freut mich, dass sie mich besuchen. Kom-

men Sie herein und setzen sich zu mir", sagte er und begrüßte Yaro freundlich.

„Arigato gozaimasu Sugita-san, entschuldigen sie bitte, dass ich erst jetzt zu ihnen komme. Aber ich war so in meine neue Arbeit eingebunden, dass ich nicht viel Zeit hatte. Bitte betrachten sie mein verspätetes Erscheinen nicht als Missachtung ihrer Person."

„Keine Sorge, ich kann die Dinge gut einschätzen und mir vorstellen, was auf sie zukommt", antwortete Sugita lächelnd.

Mit einer tiefen Verbeugung bedankte sich Yaro für das entgegengebrachte Verständnis und sagte: „Zunächst möchte ich Ihnen die herzlichsten Grüße von Okimoto Kiochi ausrichten, der immer mit großer Hochachtung von Ihnen gesprochen hat. Er war viele Jahre mein Sensei und wurde sogar mein Schwager. Von ihm habe ich viel über die Kampfkunst gelernt. Nicht nur über den unbewaffneten oder bewaffneten Kampf, sondern auch über die Ethik der Kampfkunst."

„Das ist gut, denn beide Eigenschaften gehören zusammen, um ein vollendeter Krieger zu sein. So hat euch das Schicksal zusammengeführt. Für sie war es eine gute Fügung, einen so tugendhaften und technisch versierten Mann als Sensei an ihrer Seite zu haben.

Aber auch für Kiochi war euer Zusammentreffen gut, denn sein Wissen ist bei ihnen gut aufgehoben. Denn Wissen, das nicht weitergegeben wird, geht verloren. So konnte Kiochi Spuren hinterlassen, die auch nach seinem Tod noch sichtbar sind. Aber nun zu Ihnen, Yamato-san, wie ist es Ihnen seit unserer Begegnung in Satama ergangen?"

Yaro erzählte in groben Zügen, was ihm in der vergangenen Zeit widerfahren war. Wobei er auch diesmal nicht alles preisgab. Als er seine Erzählung beendet hatte, fragte er Sugita, ob er am Training der Leibgarde teilnehmen könne, um sich weiter zu verbessern.

„Ja gerne, wir können viel von euch lernen. Vor allem im Kampf mit dem Kurzschwert. Mein Sohn Kaito würde sich sehr freuen, euch in unseren Reihen zu wissen. Ihr habt ihn ja schon kennengelernt", sagte der Hauptmann.
„Sumimasen Sugita-san, aber ich kann mich nicht erinnern, Euren Sohn kennengelernt zu haben", antwortete Yaro erstaunt.
„Doch, er ist der Leutnant der Leibwache und sie hatten ihn während der Audienz gesehen. Er saß als Leibwächter neben dem Daimyo."
„Ja, jetzt erinnere ich mich. Er beeindruckte mich durch seine Wachsamkeit und seine Körperspannung. Es wäre mir eine Ehre, ihn kennen zu lernen", versicherte Yaro.
„So soll es sein", sagte Sugita entschlossen und stand auf, „wir gehen gleich zu ihm."

Sie betraten die große, offene Trainingshalle, in der das Training unter der Leitung von Sugita Kaito in vollem Gange war. Als dieser ihr Eintreten bemerkte, klatschte er zweimal kurz in die Hände, woraufhin die Kämpfer sofort ihre Aktionen einstellten und auf der Stelle niederknieten. Kaito blieb stehen und verbeugte sich erwartungsvoll vor seinem Vater.
„Ich möchte euch Yamato-san vorstellen, den Leiter des Lagerhauses. Er ist ein Meister im Schwertkampf und hier besonders im Umgang mit dem Kurzschwert. Gerne komme ich seiner Bitte nach, ihn bei uns trainieren zu lassen", begann Sugita seine Rede.
„Ich weiß, dass sie morgen eine brisante Aufgabe zu erledigen haben", sagte er zu Yaro gewandt. „Wenn Sie von dieser zurückkehren, sind Sie jederzeit in unserem Kreis willkommen."
„Arigato gozaimasu", bedankte sich Yaro und verbeugte sich respektvoll vor dem Hauptmann und der Trainingsgruppe. Auf ein Zeichen von Sugita Kaito nahm die Gruppe das

Training wieder auf. Er verbeugte sich vor Yaro und sagte: „Ich freue mich sehr, euch jetzt persönlich kennen zu lernen und es freut mich, wenn wir in der nächsten Zeit oft zusammen trainieren könnten." Dann wandte er seine Aufmerksamkeit wieder dem Training zu.

Nachdem sie die Halle verlassen hatten, um sich zu verabschieden, sagte Yaro: „Hauptmann Sugita, sie kennen mich seit ich ein Jugendlicher war und sie waren sehr großzügig zu mir in einer für mich bedrückenden Situation. Deshalb möchte ich diesen Moment nutzen, um ihnen von ganzem Herzen für ihre damalige Güte zu danken.
Ich werde es nie vergessen und verspreche ihnen meine Treue. Es würde mich freuen, wenn sie mich in Zukunft Yaro nennen würden."
Überrascht und beeindruckt antwortete Sugita: „Das werde ich gerne tun, Yaro-san."

◇

Schon am Morgen machten sich Yaro und Nakayama auf den Weg nach Yoshima, um dort am Nachmittag anzukommen und rechtzeitig eine Übernachtungsmöglichkeit zu finden. Nakayama überlegte, sich von zwei Soldaten begleiten zu lassen, aber Yaro überzeugte ihn, dass eine Eskorte zu auffällig wäre. Notfalls könnten sie immer noch auf die dort stationierten Ordnungshüter zurückgreifen.
Nachdem sie ihre Pferde aus dem Stall geholt hatten, tänzelte und schnaubte Aiki beim Wiedersehen mit seinem Herrn, obwohl Yaro sich in den letzten Wochen öfter die Zeit genommen hatte, allein mit seinem Pferd die Gegend um Jatsuma zu durchstreifen. Die beiden hatten sich schnell aneinander gewöhnt, und Yaro war froh, sich für das gutmütige und aufmerksame Pferd entschieden zu haben.
Nicht selten schloss er seinen Ausritt mit einem Besuch im

Kloster Sakuraji ab, um mit dem Abt zu sprechen oder, wenn dieser verhindert war, sich in der stimmungsvollen Umgebung der Meditation zu widmen.
Manchmal ritt er an der Wäscherei vorbei, in der Hoffnung, Ayumi zufällig zu treffen, aber leider vergeblich. Oft dachte er an sie und die leidenschaftlichen Momente, die sie zusammen verbracht hatten. Er wünschte sich, sie wäre bei ihm geblieben. Auch als Nakayama sich vor dem Ausritt von seiner Familie verabschiedete, dachte er an sie und wie schön es wäre, wenn auch auf ihn jemand warten würde.

So ritten sie in gemächlichem Trab aus der Stadt hinaus nach Westen, bis sie die Straße nach Yoshima erreichten. Vor dem Ritt hatten sie sich nicht überlegt, wie sie dem Ortsvorsteher begegnen wollten. Ihr Verhalten sollte sich nach der Situation richten, die sie vorfanden.
Wie bei einem Kampf wäre es falsch, sich im Voraus auf eine Vorgehensweise festzulegen. Nur so kann man vermeiden, von einem anders erfolgten Angriff überrascht zu werden. Um einem Gegner in dieser Form entgegentreten zu können, bedarf es jedoch der notwendigen körperlichen und geistigen Fähigkeiten, die nur durch intensives Training erlangt werden können.

So trabten sie in der warmen Morgensonne noch entspannt durch die flache Ebene, in der sich kleine Wälder mit weiten Getreidefeldern abwechselten. Neben dem Weg, auf dem ihm nur wenige Reisende begegneten, begleitete sie ein kleiner Bach, der sich manchmal in der Ebene verlor, um sich dann wieder dem Weg zu nähern. Unter den Bäumen eines kleinen Wäldchens machten sie Rast und aßen etwas von ihrem mitgebrachten Proviant. So in völliger Ruhe sitzend, hielt Yaro es für an der Zeit, seinen Reisegefährten anzusprechen.

„Nakayama-san, verzeihen Sie mir meine Frage, aber es wür-

de mich interessieren, warum sie mich ausgewählt haben, an ihrer Seite in Jatsuma zu dienen. Denn meiner Meinung nach war unsere Begegnung in Satama zu kurz, um sich ein abschließendes Urteil über meine Person zu bilden."
„Täuschen Sie sich nicht, wenn man genügend Erfahrung im Umgang mit Menschen hat und über eine gute Beobachtungsgabe verfügt, ist es nicht schwer, sich schon nach wenigen Begegnungen ein ausreichendes Bild von einer Person zu machen.
Zunächst wird darauf geachtet, dass der Betreffende ein tugendhaftes Verhalten an den Tag legt und somit über eine stabile Persönlichkeit verfügt. Denn nur wer einen widerstandsfähigen Körper und einen wachen Geist besitzt, ist in der Lage, den negativen Versuchungen des Alltags zu widerstehen und dabei auch in Kauf zu nehmen, gelegentlich als seltsam angesehen zu werden.
Was mich an ihnen beeindruckte und mich dazu bewogen hat, sie nach Jatsuma zu beordern, ist die Tatsache, dass sie überdurchschnittlich intelligent sind und es auch wissen. Aber das haben sie den Menschen, die geistig und körperlich schwächer und von ihnen abhängig waren, nie spüren lassen.
Sie haben die Fähigkeit, Menschen das Gefühl zu geben, dass sie gleich behandelt werden. Sie können das tun, weil sie sich als Vorgesetzter vorbildlich verhalten. Darum können von den Untergebenen eben solch ein Verhalten und eine korrekte Ausführung ihrer Aufgaben einfordern. Nur so kann man erfolgreich Kinder und Erwachsene erziehen. Denn die Grundlage für eine gute Erziehung ist ehrliche Zuneigung und vorbildliches Verhalten."

Lächelnd fügt er hinzu: „Natürlich war auch Eigennutz im Spiel, als ich sie nach Jatsuma holte. Ich habe lieber eine kluge als eine dumme Person an meiner Seite."
„Arigato gozaimasu für die lobenden Worte, Nakayama-

san", bedankte sich Yaro mit einer angemessenen Verbeugung.

„Wenn ich Ihnen einen Rat geben darf", begann Nakayama das Gespräch erneut, „dann empfehle ich Ihnen, den Kontakt zu Sugita Kaito zu suchen und zu pflegen. Auch er ist ein junger Mann mit einer tugendhaften Einstellung, die er von seinem Vater gelernt hat.

Wir wissen nicht, wie sich die Verhältnisse am Hofe ändern werden, wenn der erstgeborene Sohn Kamaro des jetzigen Daimyo die Herrschaft übernimmt. Er ist ein Mann ohne tugendhafte Eigenschaften. Er ist herrschsüchtig, wankelmütig und verschwenderisch, um nur einige seiner schlechten Eigenschaften zu nennen. Mit seinen Freunden vergnügt er sich allzu oft in den Freudenhäusern der Stadt und wirft mit Geld um sich. Sein Vater Katsumura kann ihn nur zeitweise unter Kontrolle halten. Meine Einschätzung wird auch von Hauptmann Sugita geteilt.

Kamaro drängt seinen Vater immer öfter zum Rücktritt, doch der hat keinen Grund dazu. Denn er fühlt sich geistig und körperlich noch in der Lage, die Amtsgeschäfte zu führen. Es wird ihnen also helfen, Kaito in unruhigen Zeiten an deiner Seite zu wissen. Für uns wäre es beruhigender, wenn Katsumuras zweiter Sohn Akira sein Nachfolger würde. Er ist intelligenter und menschlicher, wie seine Schwester Kazumi.

Beide sind Kinder aus der zweiten Ehe des Daimyo. Beide Frauen des Daimyo, Hina und Yua, starben früh. Seine zweite Frau Yua starb nach der Geburt von Kazumi. So lebten ihre beiden Kinder zurückgezogen in den Räumen der Residenz und traten leider nicht besonders in Erscheinung. Kamaro, der Erstgeborene, setzte bei seinem Vater durch, dass sie nicht am öffentlichen Leben teilnehmen. Nur bei Audienzen dürfen sie hinter dem Paravent sitzen. So führen sie ein trauriges Leben, das sie nicht verdienen."

Danach machten sich die beiden wieder auf den Weg und kamen wie geplant am Nachmittag in Yoshima an. Die Stadt war etwas größer als Yaros Heimatstadt, lag aber in einer weiten Ebene, umgeben von blühenden Feldern. Da Nakayama schon mehrmals in dieser Stadt gewesen war, fanden sie sofort eine geeignete Herberge, in der sie auch ihre Pferde unterbringen konnten. Bevor sie die Stadt betraten, legten sie ihre über dem Kimono getragenen Haori mit dem Emblem der Familie Iroda ab, um bis zum nächsten Tag in der Stadt und vor allem abends im Gasthaus nicht aufzufallen.

Diese Maßnahme erwies sich im Nachhinein als richtig. So konnten sie unbemerkt im Gastraum pöbelnde Männer beobachten, die nach Aussage des Wirtes zum engsten Kreis des Ortsvorstehers Tasame gehörten und daher für ihr Verhalten keine Repressalien zu befürchten hatten. Diese Situation erinnerte Yaro an die Unterdrückung der Bewohner seines Heimatdorfes Satama unter dem Ronin Kano.

◇

Nach dem Frühstück in der Herberge suchten sie die nahe gelegene Polizeistation auf und baten um Begleitung durch zwei Polizisten. Als Nakayama sich als Berater des Daimyo zu erkennen gab, kam der Leiter der Dienststelle dem Wunsch sofort nach.
Vor dem Haus des Ortsvorstehers wurden die Polizisten angewiesen, dort zunächst auf Abruf zu warten. Während Nakayama seinen Haori trug, auf dem die Embleme des Daimyo zu sehen waren und der ihn als dessen Vertreter auswies, verzichtete Yaro vorsichtshalber auf dieses Kleidungsstück. Der Grund dafür war, dass der hüftlange Haori einen schnellen Zugriff auf das Schwert verhindert.

So vorbereitet betraten sie das Haus des Ortsvorstehers, wo sie von einem ungepflegten Mann gelangweilt empfangen wurden. Yaro erkannte ihn sofort als einen der Männer, die sich am Abend zuvor in der Gaststube des Wirtshauses so ungehobelt benommen hatten.

„Was wollt ihr?", fragte er unhöflich. Offensichtlich hatten sie einen Dummkopf vor sich, der nicht erkannte, wer vor ihm stand.

„Wir wollen zum Ortsvorsteher Tasame", sagte Nakayama.

„Er hat jetzt eine Besprechung und keine Zeit für euch. Kommt morgen wieder, vielleicht klappt es dann."

Während er das sagte, hörten die beiden Besucher aus einem Nebenraum lautes, ausgelassenes Gelächter.

Nakayama versuchte es noch einmal: „Das Gespräch könnte für den Ortsvorsteher wichtig sein. Deshalb bitten wir noch einmal darum, dass er uns empfängt."

Langsam erhob sich der Mann und ging in das Zimmer, aus dem das Gelächter drang. Nach einer kurzen Stille hörten sie erneut ein lautes Lachen, das auch nicht verstummte, als der Mann den Raum verließ und zu ihnen sagte: „Der Ortsvorsteher lässt ausrichten, dass er jetzt keine Zeit hat und ihr morgen wiederkommen sollt."

Yaro und Nakayama sahen sich kurz an. Dann ging Yaro zielstrebig auf die Tür zu, hinter der das Gelächter anhielt. Er stieß die Schiebetür auf, dass sie fast aus den Angeln fiel, und betrat den Raum, in dem sich drei Personen aufhielten. Sofort sprang einer von ihnen auf und ging auf Yaro zu, um ihn aus dem Raum zu stoßen.

Yaro griff die Hand am vorderen, ausgestreckten Arm des Angreifers und verdrehte sie so, dass die Handfläche nach vorne zeigte und die nach unten verdrehten Fingern zusammengedrückt wurden. Diese Variante der Handdrehung war sehr schmerzhaft, brach das Gleichgewicht und stellte den Gegner auf die Zehenspitzen. Derart vom Schmerz gelähmt, rammte Yaro ihm seinen freien, ausgestreckten Arm in die Brust. Keuchend flog der Angreifer nach hinten gegen die Wand des Raumes, die er krachend durchbrach und rücklings in dem angrenzenden Schreibbüro zu Fall kam. Die dort arbeitenden Schreibkräfte sprangen vor Schreck von ihren Plätzen auf.

Noch während Yaro den ersten Angreifer wegstieß, hatte er bereits seinen Kumpanen im Visier, der gerade sein Langschwert ziehen wollte. Von dessen rechten Seite aus verhinderte Yaro, dass der Schwertkämpfer sein Schwert hinausziehen konnte. Denn seine linke Hand blockierte den Ellenbogen des Schwertarmes.
Mit seiner freien, rechten Hand zog er blitzschnell sein Kurzschwert und setzte die scharfe Klinge am Hals an. Dann sagte er mit zischender Stimme: „Jetzt überlege dir gut, was du als nächstes tun willst. Entweder du steckst deine Klinge wieder in die Scheide und übergibst Nakayama-san dein Katana senkrecht haltend oder ich werde dich um einen Kopf kürzer machen. Denn dazu bin ich bei bewaffnetem Widerstand gegen die Staatsgewalt befugt. Hast du verstanden, was ich gesagt habe?" Soweit es mit der Klinge an seiner Kehle möglich war, nickte er leicht.
„Ich habe dich nicht verstanden", sagte Yaro mit scharfer Stimme.
„Ja Herr, ich habe verstanden", dann zog er sein Schwert samt Scheide aus dem Gürtel und reichte es, wie befohlen, an Nakayama weiter.

Yaro nahm die Klinge vom Hals, trat sofort zwei Schritte zurück, um einen sicheren Abstand zu wahren, und sagte: „So, nun nimm deinen Begleiter. Bis heute Abend werdet ihr aus Yoshima verschwunden sein. Wenn die Polizei euch hier aufgreift, bringt sie euch nach Jatsuma, wo ihr vor Gericht gestellt werdet. Und jetzt verschwindet."
Der Schwertkämpfer meldete sich noch einmal frech zu Wort

und sagte: „Mein Schwert hätte ich aber noch zurückgehabt."
Yaro schien auf die Unverschämtheit einzugehen und antwortete: „Natürlich bekommst du dein Schwert zurück."
Dann zog er das Schwert aus der Scheide und rammte es in den Boden, ohne es loszulassen. Danach trat er von der Seite gegen die Klinge, so dass sie in zwei Teile zerbrach, und warf ihm die zerstörte Klinge vor die Füße.
„Hier hast du dein Schwert und jetzt verschwinde, bevor wir es uns anders überlegen."

Nun trat Nakayama vor und wandte sich dem Ortsvorsteher zu, der sich eingeschüchtert in eine Ecke des Raumes geflüchtet hatte, um nicht in die körperliche Auseinandersetzung hineingezogen zu werden. Dennoch wusste er, dass seine Zeit als Ortsvorsteher abgelaufen war und sein Leben in den Händen der Beauftragten des Daimyo lag.
Er machte eine jämmerliche Figur, obwohl er mit seinen Gewändern aus feinsten Stoffen prunkvoll wie ein Fürst gekleidet war. Diese übertriebene Ausstattung und seinen aufwendigen Lebensstil hatte er wahrscheinlich mit seinen Betrügereien finanziert.
„Ihr seid also Tasame Daiki, der Ortsvorsteher von Yoshima", begann Nakayama ruhig, „der die Dreistigkeit besessen hat, dem Daimyo in betrügerischer Absicht minderwertige Lebensmittel zu liefern, um sich vorsätzlich zu bereichern. Diese Tat kann mit dem Tode bestraft werden.
Ich, Nakayama Tamaro, der Berater des Daimyo Iroda, und Yamato Ichiro, der Leiter des Speicheramtes, sind befugt, diesem betrügerischen Treiben ein Ende zu setzen."

Dann drehte er sich um und befahl dem immer noch am Eingang stehenden und nun stark eingeschüchterten Mann, die Polizisten von draußen hereinzubitten. Als diese in dem verwüsteten Raum erschienen, wandte sich Nakayama erneut an Tasame.

„Du weißt, dass wir für diese Untat befehlen können, dir den Kopf abzuschlagen oder dir das Leben zu nehmen. Aber wir sehen in dir einen Verirrten, der auf irgendeine Weise zur Macht gekommen ist, aber nicht mit ihr umgehen konnte. Darum wollen wir großmütig sein und dich leben lassen. Stattdessen musst du Yoshima sofort verlassen und innerhalb von drei Tagen die Präfektur Tagai. Wenn wir dich danach noch in Tagai antreffen, wirst du getötet. Du darfst nur mitnehmen, was du am Leibe trägst. Dein angesammeltes Vermögen wird im Namen des Daimyo beschlagnahmt."

Zu den Polizisten gewandt sagte er: „Verhaftet Tasame Daiki und begleitet ihn ohne Zwischenhalt bis zur Stadtgrenze. Versiegelt sein Haus, bis wir entschieden haben, was mit seinem Besitz geschehen soll. Wenn ihr unsere Befehle nicht bedingungslos ausführt, müsst ihr mit ernsten Konsequenzen rechnen."
„Ihr könnt euch auf uns verlassen, Nakayama-san", kam die Antwort der Polizisten wie aus einem Munde. Dann führten sie den innerlich gebrochenen ehemaligen Ortsvorsteher Tasame Aiki hinaus.

Dann rief er die Leiter des Schreibbüros Okano-san und des Lagerhauses Kumi-san sowie den Leiter der Polizeistation Hamata-san zu sich. Als sie alle im Haus des Ortsvorstehers angekommen waren, fragte Nakayama, wie es zu diesen Betrügereien kommen konnte. Okano und Kumi wurden getrennt voneinander verhört.
Ihre Aussagen waren insofern übereinstimmend, als dass sie diese Manipulationen gegenüber Tasame wiederholt kritisierten, woraufhin dieser mit Gewalt gegen sie und ihre Familien drohte. Es kam sogar zu Übergriffen durch seine betrunkenen Kumpanen, so dass sie nichts weiter unternahmen. Eine Anzeige bei der Polizei oder höheren Stellen hätte für sie und ihre Familie das Todesurteil bedeutet, wenn Tasame davon erfahren hätte.

Nach eingehender Befragung der drei wurde der Leiter des Schreibbüros, Okano Ken, als geeigneter Nachfolger für Tasame bestimmt. Er wurde sofort von Nakayama beauftragt, Tasames beschlagnahmtes Vermögen unter Hamatas polizeilicher Aufsicht für die notwendigen Belange des Dorfes zu verwenden.

◇

Es war bereits Nachmittag als Yaro und Nakayama alles Notwendige erledigt hatten und es war schon zu spät, um die Rückreise anzutreten. So beschlossen sie, noch einen Ausritt in die Umgebung der Stadt zu machen. Bei blauem, fast wolkenlosem Himmel hielten sie irgendwo an einem kleinen Bach an, um die Pferde zu tränken. Dort legten sie sich ins Gras, lauschten dem wohltuenden Plätschern des Baches und genossen die noch warmen Sonnenstrahlen.

Nach einer Weile der Entspannung sagte Yaro: „Nakayama-san, es hat mich beeindruckt, wie wir den Konflikt ohne Blutvergießen gelöst haben. Denn auch ich glaube, dass eine harte Auseinandersetzung nicht immer zerstörerisch enden muss, wenn die Situation es zulässt. So hätte der Tod von Tasame und seinen Kumpanen nichts verbessert.
Was geschehen ist, ist geschehen. Ich denke, der Ehrverlust, den Tasame erlitten hat, ist Warnung genug für andere Ortsvorsteher, wenn auch sie meinen, sich auf diese unehrliche Weise bereichern zu können."
„Ja, es ist wichtig, einschätzen zu können, wann eine destruktive Maßnahme notwendig ist. Es ist legitim, sich zu schützen, wenn das eigene Leben bedroht ist. Aber auch das Leben anderer, wenn sie ohne eigenes Verschulden um ihr Leben fürchten müssen.
An eurer Denkweise erkenne ich, dass ihr oft ins Kloster Sakuraji geht, um zu meditieren und mit Abt Mori-san tief-

gründige Gespräche zu führen. Es ist lobenswert, dass ihr euch im Zen-Kloster mit der Suche nach dem Weg und der Lehre des Do beschäftigt.

Vielleicht wird sich eines Tages in einer aufgeklärten Welt der Umgang mit dem Schwert in eine Do-Disziplin verwandeln. In der das Schwert als Mittel dient, die eigene Persönlichkeit durch intensives Üben mit der Waffe positiv zu stärken.

Das Schwert dient dann als Werkzeug wie die Blume beim Blumenstecken, dem Kado, oder wie der Pinsel beim Schönschreiben, dem Shodo, oder wie der Tee bei der Teezubereitung, dem Sado."

Als die Dämmerung langsam hereinbrach, machten sie sich auf den Rückweg zu ihrer Herberge.

◇

Einige Tage später nach ihrer Rückkehr wurden Nakayama und Yaro zu einer Audienz beim Daimyo Iroda aufgefordert, um über die Ergebnisse ihres Besuchs in Yoshima zu berichten. Während Nakayama sofort den Empfangssaal betrat, um mit dem Fürsten über das Budget der Präfektur zu sprechen, musste Yaro vor dem Eingang warten, bis er hereingebeten wurde.

Diesen Moment nutzte Yaro, um durch den Spalt eines zurückgeschobenen Shoji in einen gepflegten Landschaftsgarten hinter dem Gebäude des Daimyo zu blicken. Da dieser Garten von einer hohen Mauer umgeben war, war ihm nie aufgefallen, dass sich dahinter ein so wunderbares, von Menschenhand geschaffenes Meisterwerk befand.

Fast die gesamte Fläche war mit saftig grünem, dichtem Gras bewachsen. Das Gras war so kurz geschnitten, dass es einem Teppich glich, auf dem man sich ausstrecken wollte. Im hinteren Bereich, leicht nach links versetzt, erhob sich

sanft ein Hügel, an dessen Fuß ein kleiner Teich angelegt war.
Aus dem dunklen Teich ragte rechts ein kleiner, weißer, filigran verzierter Pavillon, den ein schmaler Steg mit dem Ufer verband, an den sich wiederum ein gewundener Weg anschloss. Der See war teilweise mit Schilf bewachsen, so dass der Steg auf den ersten Blick nicht auffiel. Auf der dem Steg gegenüberliegenden Uferseite stand eine alte Zeder neben einem großen schwarzen, mit weißen Adern durchzogenen Stein. Wie um das Stillleben zu vervollständigen, entdeckte Yaro im Pavillon eine Frau bei der Handarbeit.
Yaro war von der Stimmung, die von diesem Bild ausging, so angetan, dass er für einen Moment die bevorstehende Audienz vergaß und von der Wache in den Audienzsaal wiederholt aufgefordert werden musste.

Wie bei der ersten Audienz gelernt, kniete Yaro beim Betreten des Raumes nieder und verbeugte sich, bis Daimyo Iroda ihn aufforderte, sich zu erheben und näher zu kommen. Iroda saß wieder auf seinem Holzgestell gestützt und beobachtete, wie Yaro sich auf seinen Knien, dem Shiko, näherte. Immer darauf bedacht, den Daimyo nicht zu überragen.
Auf dem erhöhten Podest saßen wieder rechts neben ihm Nakayama als Berater für die Finanzen und Sugita als Oberbefehlshaber des Heeres. Diesmal war auch Tada Gozo als Oberster Richter dabei. An seiner linken Seite saß Irodas Leibwächter Sugita Kaito, der beim ersten Blickkontakt mit Yaro, für die anderen kaum wahrnehmbar, ihm mit beiden Augen zuzwinkerte.

In den letzten Tagen waren sich die beiden durch das tägliche gemeinsame Training in den frühen Morgenstunden emotional so nahe gekommen, dass man ihr Verhältnis als freundschaftlich bezeichnen konnte. Nach dem Training nahmen sie sich meist Zeit, um über alltägliche Dinge zu spre-

chen, aber auch, um sich ihre Geheimnisse und Träume anzuvertrauen.
So erfuhr Yaro, dass Kaito mit Akira und Kazumi, den Kindern aus Irodas zweiter Ehe, im ständigen Kontakt stand und sich zwischen Kazumi und Kaito eine zarte Liebesbande entwickelt hatte. Daher konnte es nicht ausbleiben, dass auch Yaro von seinen Gefühlen für Ayumi erzählte, ohne ihre Verbindung zu den Ninja zu erwähnen. So wurden sie zu Brüder im Geiste, die sich gegenseitig vertrauten und einander in der Not beistanden.

Nun wandte sich Iroda an Nakayama und bat ihn, von seiner Reise zu berichten. Nakayama berichtete ausführlich über den Verlauf seines Besuchs bei den örtlichen Behörden und über die Lösungen, die sie für das Problem gefunden hatten. Nakayama vermied es, sich in den Vordergrund zu drängen, ließ aber durchblicken, dass der Erfolg ihrer Aktion beiden zu gleichen Teilen zu verdanken sei.
Dabei schilderte er die Abläufe so bildhaft, dass die Anwesenden mit leicht vorgebeugtem Oberkörper gespannt den Schilderungen folgten und Yaro sich ein Schmunzeln verkneifen musste. Nakayama betonte, wie beeindruckt er selbst von Yaros außergewöhnlichen Fähigkeiten in den Kampfsituationen sei. So etwas habe er noch nie erlebt. Damit schloss er seinen Bericht.

Nun blickte der Daimyo zu Yaro, der im Fersensitz mit gesenktem Blick vor ihm saß. Eine Weile, den Kopf leicht nickend, schaute er schweigend auf Yaro herab, um dann zu fragen: „Warum hast du die beiden Angreifer nicht getötet, sie hätten es verdient und du hättest das Recht dazu gehabt?"

„Weil das Leben eines jeden Menschen zu wertvoll ist, um es leichtfertig mit Gewalt zu beenden", begann Yaro.
„Ich töte einen Menschen nur, wenn ich erkenne, dass mein

Leben oder das Leben anderer Unschuldiger in großer Gefahr ist. In Yoshima war die Lage angespannt, aber für einen geübten Kämpfer nicht wirklich lebensbedrohlich.

Außerdem hielten Nakayama-san und ich es für strategisch sinnvoller, wenn die Vertreter des Daimyo eines seiner Dörfer mit einer wohlüberlegten Entscheidung verließen, die von den Bewohnern auch so wahrgenommen wird. Anstatt eine Blutspur zu hinterlassen, die den Menschen in schlechter Erinnerung bleibt und immer mit dem Daimyo Iroda in Verbindung gebracht wird."

◇

„Ho, ho", lachte Iroda gut gelaunt, „du kannst gut argumentieren. Aber du hast recht, dein Vorgehen war ganz in meinem Sinne. Yamato, du bist klug, gefährlich klug."

Den anderen zugewandt fuhr er fort. „Wir sollten uns überlegen, wie wir Yamato-san noch anders einsetzen können, ich könnte mir vorstellen, ihn..."
Weiter kam er nicht, denn draußen vor der Tür entstand Unruhe, die in einen Tumult ausartete, bis die Shoji aufgerissen wurde und ein junger Mann stürmisch eintrat. Yaro hatte sich auf den Knien blitzschnell um die eigene Achse gedreht und sein Kurzschwert zum Ziehen gefasst. Inzwischen hatte sich auch Kaito halb kniend im Tatehiza vor dem Daimyo positioniert.

„Was soll das, man lässt mich nicht rein", schimpfte der junge Mann aufgebracht. Er war mittelgroß und sehr dünn. Er wirkte ungepflegt und seine Gesichtshaut war großporig und teilweise pickelig. Die Haare hingen ihm in Strähnen ins Gesicht. Sein Blick wanderte unruhig hin und her und sein Gang war leicht schwankend.
„Kamaro, wie führst du dich schon wieder auf", tadelte der

Daimyo seinen Erstgeborenen. „Ich hielt es nicht für nötig, dich an diesem Gespräch teilhaben zu lassen. Außerdem warst du nicht in deinen Gemächern. Wahrscheinlich hast du dich wieder mit deinen falschen Freunden im Vergnügungsviertel herumgetrieben.
Hast du dich auch diese Nacht wieder mit den käuflichen Frauen vergnügt und deine Freunde mit viel Geld ausgehalten? Geh in dein Zimmer und wasch dich, du stinkst nach Alkohol. Du beschämst alle Anwesenden durch dein Erscheinen. Deshalb warne ich dich jetzt hier vor allen anwesenden hohen Persönlichkeiten unserer Präfektur.
Sollte es noch einmal zu einem solchen Eklat kommen, werde ich dich von der Erbfolge ausschließen und deinem Bruder Akira den Vorzug für meine Nachfolge geben."
„Das kannst du mir nicht antun", antwortete Kamaro mit schon weinerlicher Stimme, „ich bin dein Erstgeborener und habe das Recht zu erben."
„Was Recht ist bestimme ich und es gilt, was ich entscheide. Merke dir das und jetzt verlasse uns", befahl Iroda in gebieterischem Ton.
„Das wirst du bereuen", drohte er nun wütend seinem Vater und stampfte hinaus, wobei er die Wachen am Eingang unbeherrscht zur Seite stieß. Nach einer Weile der Bestürzung sagte der Daimyo fast zu sich selbst: „Das wird kein gutes Ende nehmen", und dann zu den anderen: "Wir müssen etwas tun, um das Schlimmste zu verhindern. Denn in seiner Wut ist er zu allem fähig. Diese schlechte Eigenschaft hat er wohl von seiner Mutter geerbt, die im Zorn auch unberechenbar war. Bei Kamaro hatte ich gehofft, dass diese ererbte Untugend mit dem Älterwerden verschwinden würde, aber das Gegenteil ist der Fall.
Einem Menschen mit diesen schlechten Eigenschaften kann ich das Amt des Daimyo nicht anvertrauen. Ich vermute bald, dass er alles daran setzen wird, vielleicht sogar meine Ermordung in Kauf nehmen wird, um Daimyo zu werden.

Deshalb werde ich ihn zu meinem Onkel nach Kumamoto schicken, damit er aus Jatsuma verschwindet und hier in der Residenz keinen Schaden anrichten kann."
Dann befahl er: „Tada-san, in Ihrer Eigenschaft als Oberster Richter beauftrage ich Sie hiermit, einen Erlass vorzubereiten, in dem mein zweiter Sohn Akira als mein rechtmäßiger Nachfolger verkündet wird."
Tada verbeugte sich und versicherte, dass er sein Bestes tun werde.

Dann wurde die Audienz aufgelöst, und jeder verließ nachdenklich die Residenz. Allen war klar, dass die Entscheidung des Daimyo in den nächsten Wochen noch für viel Unruhe sorgen wird.

◇

Traurig über das Erlebte ging Yaro nach Hause, wo er von Asuka und Kenza freundlich empfangen wurde. Das Abendessen, das sie zubereitet hatten, aß er schweigend und ohne Appetit. In der Abenddämmerung saß er auf der kleinen Veranda, trank Tee und hing seinen Gedanken nach. Die noch warme Luft fühlte sich seidig an und die Grillen schienen sich wieder in ihrer Lautstärke überbieten zu wollen. Deren monotones Geräusch machte ihn schläfrig.
Die Ereignisse des Tages beschäftigten ihn noch immer. Belastend war für ihn die Erkenntnis, dass ein Mensch wie Kamaro über Menschen herrschen sollte, ohne dass bei ihm auch nur ansatzweise moralische Werte zu erkennen waren. Bedrückend war für Yaro, dass nur die standesgemäße Geburt ausreichte, um in eine verantwortungsvolle Position erhoben zu werden.
Yaro fragte sich, wie er sich verhalten sollte, wenn Kamaro wider Erwarten Daimyo von Tagai werden würde. Doch auch hier erinnerte er sich an den Grundsatz des Kamp-

fes, abzuwarten bis die Form des Angriffs erkennbar ist, um dann mit der richtigen Strategie in den Kampf zu gehen.
Nachdem die Sonne untergegangen war, beschloss Yaro, entgegen seiner Gewohnheit, sich früher auf seine Schlafmatratze zu begeben. An diesem Abend hatte er keine Lust mehr, im hinteren Teil des Gartens mit dem Schwert oder den Wurfpfeilen zu üben. Durch das tägliche intensive Training mit den Wurfpfeilen, die Ayumi ihm geschenkt hatte, hatte er sich schnell die technische Fertigkeit angeeignet, sein Ziel aus einer Entfernung von fünf Schritten zu treffen. Diese Wurfübungen führte er meist mit den letzten Sonnenstrahlen durch, um nicht entdeckt zu werden, denn der Gebrauch der Wurfpfeile war typisch für Ninja, aber für Samurai unter ihrer Würde. Um nicht den Verdacht aufkommen zu lassen, er sei ein Ninja, übte er heimlich. Seit er die Wurftechnik zu seiner Zufriedenheit beherrschte, trug er die Pfeile immer in den Ärmeln seiner Kimonojacke bei sich.

Yaro lag lange wach, bis er in einen unruhigen Schlaf fiel. Als er zu später Stunde aufschreckte, griff er sofort nach seinem Kurzschwert, das neben der Matratze lag. Sofort spürte er, dass noch eine Person im Raum war, obwohl er im schwachen Mondlicht nichts erkennen konnte.
„Psst, ich bin es, Ayumi", kam ihre Stimme aus der dunklen Ecke.
„Ayumi, was machst du denn hier?" fragte Yaro erstaunt.
„Was soll ich schon von dir wollen? Kann ich zu dir kommen?"
„Natürlich", antwortete Yaro nun freudig erregt.

Er sah, wie Ayumi schwarz gekleidet aus der Ecke des Raumes trat. Im Mondlicht begann sie langsam ihre Kleidung abzulegen, dass er es vor Erregung bald nicht mehr aushielt. Dann stand sie so nackt vor ihm, dass der Mond die

Rundungen und Muskeln ihres Körpers wie eine Statue hervorhob.
Sie sank auf die Knie und schlüpfte unter die Decke, wo sie sich voller Lust vereinten. Erst später, als sie etwas zur Ruhe gekommen waren, liebten sie sich voller Sehnsucht und Glück, dass sie wieder zueinander gefunden hatten, weil sie es beide so wollten.
„Was machst du hier in Jatsuma", fragte Yaro, „bleibst du jetzt hier und können wir uns dann öfter sehen und natürlich lieben?"
„ Ich bin nur für zwei Tage in der Stadt, weil ich einen Auftrag zu erledigen habe.", antwortete Ayumi.
„Was für einen Auftrag?"
„Das spielt für dich keine Rolle und geht dich nichts an."
„Ein Auftrag der Familie?", fragte Yaro noch einmal.
„Kann sein", war die knappe Antwort.
Yaro wusste, dass es keinen Sinn hatte, sie weiter zu bedrängen. Also zog er sie an sich, um ihre warme Haut und ihren Atem zu spüren. Sofort schmiegte sie sich an ihn.
Dann sagte Ayumi: „Es gibt noch einen Grund, warum ich hier bin. Ich bin schwanger und du bist der Vater unseres Kindes."
Yaro brauchte einen Moment, um die überraschende Nachricht zu verarbeiten, dann sagte er: „Das ist eine schöne Nachricht und ich freue mich auf das Kind. Von keiner anderen Frau als von dir möchte ich meine Kinder haben."
Vor Freude umarmten sich beide innig und voller Liebe drang er in sie ein, bis beide gleichzeitig zum Höhepunkt kamen. Glücklich nebeneinander liegend fragte Yaro: „Wer weiß von unserem Kind?"
„Alle aus meiner Familie. Meine Eltern wunderten sich nicht. Sie spürten unsere Verbundenheit, als wir zusammen unser Dorf verließen", sagte Ayumi.
„Und wie geht es jetzt weiter?", fragte Yaro.
„Das muss ich mit meiner Familie besprechen. Wir wussten

ja nicht, wie du auf die Nachricht reagieren würdest."
„Dachtest du, ich würde das Kind ablehnen", fragte Yaro ernst und verärgert. Ayumi rückte näher an ihn heran, gab ihm einen langen Kuss und meinte einschmeichelnd, „Bei euch Männern weiß man ja nie, wie ihr auf so eine Nachricht reagiert."
„Ja, ja, das kannst du auch gut beurteilen, bei den vielen Männern, die du schon hattest", neckte sie Yaro, der nun wieder besser gelaunt war.
Nachdem sie ihm für diese freche Antwort einen Klaps auf den nackten Po gegeben hatte, stand sie auf und zog sich an. In ihrem engen schwarzen Anzug kam sie noch einmal auf ihn zu und gab ihm einen langen, intensiven Abschiedskuss. Dann ging sie ein paar Schritte zurück und verschwand in der Dunkelheit des Raumes. Bei diesem Abschiedskuss hatte Yaro das Gefühl, dass Ayumi schon wieder in die Welt der Ninja zurückgekehrt war und er eine fremde Frau geküsst hatte, die nichts mit ihm zu tun hatte.

Am nächsten Morgen trainierte er wieder intensiv mit Kaito. Als sie danach noch kurz zusammensaßen, fragte ihn Kaito einfühlsam: „Bedrückt dich etwas? Ich hatte heute den Eindruck, dass du beim Training unkonzentriert und mit den Gedanken woanders warst. Wenn ich dir helfen kann, sag es mir."
Yaro schwieg eine Weile. Dann antwortete er: „Nun, da du ein guter Freund bist und ich mich auf deine Verschwiegenheit verlassen kann, möchte ich vorerst nur dir mein freudiges Geheimnis verraten. Ich habe letzte Nacht erfahren, dass Ayumi ein Kind von mir erwartet."
Kaito strahlte über das ganze Gesicht. „Das freut mich für euch beide, mein Freund. Und wann zieht sie bei dir ein?"
„Das müssen wir noch mit ihrer Familie klären. Wenn es soweit ist, dass sie zu mir zieht, erfährst du es als Erster."

„Das wird kompliziert, oder?", fragte Kaito.
„Ja, das wird es", antwortete Yaro nachdenklich.

Nachdem Yaro seinen täglichen Kontrollgang in den Lagerhallen beendet hatte und in seinem Büro die Unterlagen studierte, erschien Nakayama formlos in seinem Büro. Er nannte ihn jetzt auch Yaro. Seit den Ereignissen in Yoshima hatte sich zwischen ihnen ein vertrautes Verhältnis entwickelt, wozu auch der ständige Kontakt mit Nakayamas Familie beitrug. Seine Kinder waren oft in Yaros Büro. Sie spielten dort, ohne ihn zu stören. Die Kinder mochten Yaro und suchten seine Nähe. Nakayama und er waren nun gleichberechtigt und dankbar für die gegenseitigen Ratschläge.

„Yaro-san, wir haben ein Problem", begann er. „Seit unserer letzten Audienz beim Daimyo ist der Oberrichter Tada spurlos verschwunden. Über die Gründe kann ich nur Vermutungen anstellen. Ich vermute, dass er aus seinem Haus entführt wurde, damit er den Auftrag des Daimyo nicht ausführen kann. Denn die Änderung der Erbfolge des Daimyo kann nur mit dem von ihm verfassten schriftlichen Erlass und dessen Veröffentlichung vollzogen werden.
Wahrscheinlich hat Kamaro seine Finger im Spiel. Vielleicht hat er durch einen Spitzel, vielleicht eine Wache an der Eingangstür zum Empfangssaal, von dem Erlass erfahren und will die Änderung verhindern. Hoffentlich lebt der Richter noch.
Ich befürchte fast, dass Kamaro so weit gehen wird, seinen Vater so schnell wie möglich zu ermorden, bevor der Daimyo jemand anderen mit der Ausarbeitung des Erlasses beauftragt. Kamaro hat sich in der Stadt versteckt und wir wissen nicht, wo er ist und was er vorhat. Die Leibwache ist in Alarmbereitschaft und Kaito weicht dem Daimyo nicht von der Seite."

◇

Als es Abend wurde, besuchte Yaro seinen Freund Kaito in der Residenz, um ihm beizustehen. Kaito hatte ein Zimmer neben dem Schlafgemach des Fürsten bezogen. Dieser freute sich über den Besuch und so aßen sie gemeinsam, bevor Kaito mit einem zweiten Samurai vor dem Schlafgemach des Fürsten Wache stand. In den labyrinthartig angelegten Gängen, die zum Schlafgemach führten, waren doppelte Wachposten aufgestellt, die ein unbemerktes Eindringen in den Schlafbereich unmöglich machten.

Die beiden hatten sich darauf geeinigt, dass Yaro ab Mitternacht für einige Stunden die Wache übernimmt. So legte er sich nicht schlafen, sondern saß meditierend im Nebenraum, bis er ein leises Poltern auf dem Gang hörte. Sofort sprang er auf und betrat den Gang. Er sah wie Kaito regungslos in seiner Blutlache an Boden lag und ein Mann sich mit gezogenen Messer über ihn beugte, um auf ihn einzustechen.

Weil dieser, wegen Yaros plötzlichem Erscheinen, einen Moment zu lange zögerte, konnte Yaro blitzschnell bei ihm sein und seinen Messerarm am Handgelenk fassen. Dann verdrehte er dessen Hand nach oben und zog sie mit einem Schritt nach hinten zu sich, so dass der Angreifer aus dem Gleichgewicht geriet und die Messerspitze auf seinen Hals gerichtet war. Gnadenlos schob Yaro dessen Hand schnell aufwärts, so dass das Messer in seinen Hals eindrang und ihn tötete.

Yaro rief laut 'Alarm' und stürzte in das Schlafgemach des Daimyo. Dieser lag ausgestreckt auf dem Rücken und rührte sich trotz der großen Unruhe nicht. Nur ein diffuses Licht, das von einem Lampion ausging, erhellte seinen Schlafplatz. Dennoch bemerkte Yaro sofort einen schwarz gekleideten Ninja, der in der Dunkelheit des Raumes zu-

nächst nur schwer zu erkennen war.
Blitzschnell warf er einen Wurfpfeil, der die Gestalt traf und zurückweichen ließ. Einen Augenblick später zog der Ninja den Pfeil aus seiner linken Schulter und griff mit der rechten Hand sein kurzes Schwert, das er auf dem Rücken trug. Auch Yaro hatte bereit sein Kurzschwert gezogen.

Sofort prallten beide mit ihren Schwertern aufeinander, dass das Klirren des Metalls den Raum erzittern ließ. Als sich die Klingen an den Stichblättern berührten, versuchte jeder den anderen mit einer geschickten Körperbewegung aus dem Gleichgewicht zu bringen, um den Gegner zu töten. Dann, als der Ninja eine kurze Unkonzentriertheit bei Yaro spürte, nahm er plötzlich den Druck weg, tauchte unter Yaros Armen hindurch auf die andere Seite und hebelte seine Arme so aus, dass er sich nicht mehr verteidigen konnte. Mit seiner nun freien Hand hätte der Ninja Yaro mit dem Schwert töten können, doch er stieß ihn nur so heftig von sich, dass Yaro mit dem Rücken hart auf dem Boden aufschlug.

Trotz der Schmerzen blieb Yaro wachsam im Tatehiza und hatte wieder einen Wurfpfeil in seiner Hand versteckt. Denn er hatte beim Fallen dem Ninja noch einen Schnitt in den Oberschenkel zufügen können. Offensichtlich war die Wunde so tief, dass der Ninja ins Wanken geriet und auf die Knie fiel.

Auf dem Boden kniend, blickte ihn der Ninja einen langen Moment durch den schmalen Augenschlitz an. Alles um sie beide herum schien in diesem Moment still zu stehen. Es entstand eine große Traurigkeit zwischen den beiden.

Als die alarmierten Wachen laut in die Kammer stürmten, krümmte sich der Ninja plötzlich, fiel zur Seite und blieb leblos auf dem Boden liegen. Schnell hob Yaro seinen geworfenen Pfeil vom Boden auf und versteckte ihn mit dem anderen wieder in seinem Kimono, bevor er sich mental erschöpft den Wachen zuwandte.

Yaro ging zum Schlafplatz des Daimyo und konnte nur noch seinen Tod feststellen. Mit weit aufgerissenen Augen und Resten von weißem Schaum auf den Lippen lag er reglos da, wie aufgebahrt. Der Leibarzt, der gleichzeitig mit den Wachen eingetroffen war, stellte den Tod seines Fürsten fest. Als Todesursache vermutete der erfahrene und angesehene Arzt, dass der Daimyo im Schlaf überrascht und von einem Ninja durch Druck auf den Hals in Ohnmacht versetzt wurde. Anschließend träufelte er dem Wehrlosen Gift in den geöffneten Mund, was zum Tod führte.

Nach der Diagnose kümmerte er sich um Kaito, der immer noch vor der Tür lag. Nach einer kurzen Untersuchung kam die beruhigende Nachricht, dass er am Leben sei, aber aufgrund seiner schweren Kopfverletzung noch einige Zeit der Genesung benötige, bevor er über das Geschehene berichten könne.

Dann ging Yaro zurück in das Schlafgemach des Fürsten und riss dem Ninja wütend die Maske vom Kopf. Sein vom Schmerz verzerrtes Gesicht ließ darauf schließen, dass er sich mit einer Giftkapsel selbst getötet hatte, als er keine aussichtsreiche Fluchtmöglichkeit mehr sah. Beim Anblick der schmerzverzerrten Fratze lief ihm plötzlich ein kalter Schauer über den Rücken. Erst jetzt erkannte er den Toten, es war Ayumis älterer Bruder Sono.

Stunden später, nachdem Nakayama und Sugita sich mit dem Kindern des Daimyo, dem Sohn Akira und der Tochter Kazumi, im Beisein von Yaro, über die Zukunft der Präfektur beraten hatten, saß Yaro in Gedanken versunken am Bett seines Freundes Kaito. Dieser war immer noch nicht aufgewacht, was an dem Schlafmittel lag, das ihm der Arzt verabreicht hatte.

Yaro war sich ziemlich sicher, dass das Attentat nur mit

Unterstützung eines Wachpostens gelingen konnte. Wie sich später herausstellte, war der Riegel eines Fensters nur schwer erkennbar gelockert worden, so dass ein leichter Druck von außen einen unbemerkten Einstieg über das Dach ermöglichte.
Zwischendurch erschien Sugita immer wieder am Bett seines Sohnes. Zuvor hatte er sich bei Yaro dafür bedankt, dass er seinem Sohn das Leben gerettet und den Ninja zu seiner Verzweiflungstat getrieben hatte.

◊

Endlich am Abend erwachte Kaito und verlangte etwas zu essen und zu trinken, was die besorgten Gesichter um ihn herum merklich erhellte. Als sie allein waren, musste Yaro in allen Einzelheiten erzählen, was geschehen war.
Als er damit fertig war, reichte Kaito ihm seine Hand und sagte: „Arigato gozaimasu, du hast mir das Leben gerettet. Ich konnte mich nicht wehren. Der Hund schlug mich von hinten nieder und mir wurde schwarz vor Augen. Aber durch dich hat er seine gerechte Strafe bekommen.
Und dass du dann noch den Ninja im Zweikampf zur Strecke gebracht hast, ist schon außergewöhnlich", schwärmte Kaito schon etwas munterer.

„Das Außergewöhnliche ist, dass ich noch lebe. Denn wenn der Ninja mich hätte töten wollen, hätte er es geschafft", antwortet Yaro. „So hat er seinen Tod in Kauf genommen, um mich am Leben zu lassen."
„Das glaubst du doch selbst nicht", antwortete Kaito kopfschüttelnd, „einen Ninja, der Mitleid zeigt und großzügig ist, so etwas gibt es nicht."
„Doch, das gibt es, wenn die Konstellation so ist, wie sie sich bei mir entwickelt hat", antwortete Yaro melancholisch.
Kaito sah ihn fragend an. „Du siehst sehr traurig aus, sprich

dich aus. Ich höre dir gerne zu und versuche dir zu helfen, wenn ich kann."

„Gut, ich werde dir erzählen, was mich belastet. Auch auf die Gefahr hin, dass du dich von mir abwendest, aber ich möchte keine Geheimnisse vor dir haben."

Nach diesen Worten sah Kaito ihn verwundert an und sagte: „Erzähl es mir."

„Der tote Ninja ist Ayumis Bruder Sono und wäre mein Schwager und Onkel meines noch ungeborenen Kindes geworden. Er war sehr überrascht, als ich im Schlafgemach des Fürsten auftauchte und ihn mit einem Wurfpfeil verletzte. Als unsere Schwerter kollidierten, spürte ich keinen Hass in meinem Gegner, sondern nur das Bedürfnis, so schnell wie möglich kampflos zu verschwinden.
Aber ich ließ es nicht zu, sondern drang auf ihn ein. Mit einer blitzschnellen Bewegung stand er neben mir und hätte mich leicht mit seinem Schwert töten können. Stattdessen schleuderte er mich nur nach hinten, wobei ich ihn mit einem Schnitt am Oberschenkel so verletzte, dass er zusammenbrach und mit dem Schwert in der Hand vor mir kniete.

Als wir beide, nur zwei Schritte voneinander entfernt, einander gegenüber knieten, sahen wir uns reglos in die Augen. Wir waren so fasziniert voneinander und im Geiste vereint, dass wir die Welt um uns herum vergaßen. Wir waren uns in diesem Moment so nahe und wussten, dass keiner den anderen töten wollte. Es war ein wunderschöner Moment des Friedens.
Doch als die herbeigerufene Wachmannschaft lautstark hinter mir in den Raum stürmte, war dieser Moment vorbei. Sono wusste sich nicht anders zu helfen, als die Giftkapsel in seinem Mund zu zerbeißen und seinem Leben ein Ende zu setzen.

So viel zu diesem traurigen Ereignis, das mich sehr belastet. An die nächste Begegnung mit Ayumi wage ich gar nicht zu denken", schloss Yaro.
Überwältigt fragte Kaito: „Wie bist du mit Ninja in Kontakt gekommen?".
„Das ist eine lange Geschichte, aber ich erzähle sie nur dir, weil du mein Freund bist und ich dir vertraue und weiß, dass du sie für dich behältst." Und so begann Yaro von seiner ersten Begegnung mit Ayumi zu erzählen, von seinem Aufenthalt im Ninjadorf und von Ayumis Fähigkeiten beim Überfall auf die Banditen.

Als er geendet hatte, war Kaito von dem Erzählten so überwältigt, dass er Yaro zunächst nur sprachlos ansah. Dieser hatte mit wachsendem Erstaunen ohne Unterbrechung zugehört und war von den Neuigkeiten überwältigt.

Als er sich wieder gefangen hatte, schüttelte er leicht den Kopf und sagte: „Was du in deinen jungen Jahren schon alles erlebt hast, ist schon etwas Besonderes. Natürlich ändern deine Erlebnisse und deine Verbundenheit mit den Ninja nichts an meiner Freundschaft zu dir, denn du bist nach wie vor dem Geist eines Samurai verpflichtet und handelst tugendhaft. Außerdem würde der Verlust deiner Freundschaft mein Leben freudloser machen."

+—

Nun geschah, was bald alle Bediensteten am Fürstenhof befürchteten. Zwei Tage nach der Todesnachricht von Iroda Katsumura kehrte sein Erstgeborener, Iroda Kamaro, in die Residenz zurück, um seine Gemächer zu beziehen und sein Erbrecht einzufordern. Er ordnete an, dass sich alle seine Berater und Yaro am Morgen des folgenden Tages im Empfangssaal einzufinden hätten.

Als Yaro und Nakayama den Saal betraten, setzten sie sich in den Fersensitz am Eingang und warteten auf die Aufforderung, vorzutreten. Doch Kamaro beachtete sie zunächst geflissentlich nicht, sondern unterhielt sich lachend mit zwei Männern, die rechts von ihm Platz genommen hatten. Diese nahmen nun die Plätze ein, die seit jeher den Beratern des Fürsten vorbehalten waren. Zu seiner Linken saß der Polizeichef von Jatsuma.

Der Chef der Leibwache, Sugita Masahiro, und sein Sohn Kaito mussten stattdessen nicht nur körperlich gedemütigt auf dem Boden rechts vor dem Podium Platz nehmen. Als Kamaro sein Gespräch beendet hatte, tat er so überrascht, als hätte er Nakayama und Yaro gerade erst gesehen.
Er formlos winkte beide zu sich und sagte: „Schön, dass ihr da seid, setzt euch gleich neben Sugita-san und seinen Sohn."
Dabei deutete er auf einen Platz unterhalb des erhöhten Podestes. Die Zuweisung dieser Plätze war eine offen erkennbare Beleidigung dieser verdienstvollen Männer.
Diesen Männern gegenüber saßen ein junger Mann mit fei-

nen Gesichtszügen und eine junge Frau mit einem schönen, melancholischen Gesicht, deren Augen schamhaft auf den Boden gerichtet waren. Yaro vermutete, dass es sich um Kamaros Bruder Akira und seine Schwester Kazumi handelte. Er hatte beide noch nie aus der Nähe gesehen. Beim Anblick von Kazumi war Yaro nicht überrascht, dass Kaito in sie verliebt war.

Direkt vor Kamaro stand eine schwarze Urne mit der Asche des ehemaligen Daimyo Iroda Katsumura. Sie wurde nach der traditionellen Totenwache verbrannt, an der nur seine Kinder Akira und Kazumi sowie seine engen Berater Nakayama und Sugita teilnahmen.

„Zu Beginn unseres Zusammentreffens sollten wir noch einmal unseres geliebten Vaters gedenken, der auf schändliche Weise ermordet wurde", begann Kamaro.
„Wir werden ihn immer als einen Mann in Erinnerung behalten, der nach Wohlstand für sein Lehen, die Präfektur Tagai, und nach dem Besten für seine Untertanen strebte. Vater, sei versichert, dass ich als dein rechtmäßiger Nachfolger in deinem Sinne weiterregieren werde."
Dann legte er pathetisch eine Hand auf die Urne und schloss die Augen, große Trauer heuchelnd. Nach einem kurzen Moment des Gedenkens richtete er sich wieder auf und sagte: „Nun müssen wir uns den alltäglichen Dingen des Lebens zuwenden." Dann gab er einem Diener ein Zeichen, die Urne hinauszutragen und ihm Sake zu bringen.

◇

„Mit dem Beginn meiner Regentschaft werden sich einige Dinge und Vorgehensweisen ändern", begann Kamaro zu sprechen. „Zunächst einmal ordne ich an, dass in den Räumen, in denen ich mich aufhalte, keine Schwerter getragen werden dürfen, außer von den Wachposten oder von Personen, denen ich es ausdrücklich erlaubt habe. Gebt also eure Waffen den Wachen, die sorgsam darauf aufpassen werden."

Sofort traten Wachposten vor und nahmen die Waffen von Yaro, Kaito und Hauptmann Sugita mit respektvollen Verbeugungen entgegen. Nakayama, der keine Waffen trug, erinnerte daran, dass es eine solche Regelung bei seinem Vater nicht gegeben hätte.
„Ja, die Zeiten haben sich geändert", sagte Kamaro, „und nehmen Sie zur Kenntnis, Nakayama-san, dass Sie in meiner Gegenwart nur noch sprechen, wenn ich Sie darum bitte".
Diese Antwort war so beleidigend, dass alle den Atem anhielten. Sogar die Personen, die neben ihm auf dem Podium saßen und sich irritiert ansahen.
„Nach dem hinterhältigen Mord an meinem Vater in seinen Gemächern ist es wohl verständlich, dass ich niemandem in diesem Haus, der in seiner Nähe wohnte, mehr trauen kann. Selbst die Wachen konnten ihn nicht ausreichend schützen. Wer weiß, was noch alles passiert wäre, wenn Yamato-san nicht so mutig gegen den Ninja gekämpft hätte."
Yaro vermutete, dass Kamaro mit diesem Lob einen Keil zwischen ihn und Nakayama treiben wollte.

„Ich möchte ihnen die Herren neben mir vorstellen, die in Zukunft meine persönlichen Berater sein werden. Rechts außen sitzen Yakamito-san, ein stadtbekannter Textilgroßhändler, und Tusamo-san, ebenfalls ein erfolgreicher Pferdegroßhändler, links Polizeichef Nakamoto Toro, den sie gut kennen werden.

Bevor ich in Zukunft meine Befehle an Sie, Nakayama-san und Sugita-san, zur Ausführung weitergebe, werde ich diese vorher mit meinen persönlichen Beratern besprechen."
Seine neuen Berater nahmen die Anweisungen des neuen

Lehnsherrn unbeweglich und mit starrem Gesichtsausdruck zur Kenntnis.

Nakayama ergriff noch einmal das Wort.

„Ihren neuen Beratern fehlt es an ausreichender Erfahrung und Kenntnis der Abläufe in der Verwaltung unserer Präfektur. Dieser Umstand könnte der Präfektur immensen finanziellen Schaden zufügen. Bitte überdenken sie ihre Entscheidung noch einmal."

„Ich habe sie nicht um Rat gefragt. Es ist so entschieden", stellte Kamaro scharf fest.

„Nehmt auch zur Kenntnis, dass mein Halbbruder Akira nicht an den Regierungsgeschäften teilnehmen wird. Und für meine Stiefschwester werden wir einen interessanten Bräutigam finden. Das wird nicht schwer sein, so hübsch wie sie ist.

So, ihr könnt euch jetzt zurückziehen".

Mit einem übermütigen Lachen rief er ihnen hinterher, als sie den Saal verließen: „Vergesst nicht, eure Schwerter mitzunehmen."

Nachdem sie das Gebäude der Residenz verlassen hatten, verabschiedeten sich die ehemaligen Ratsherren schweigend mit einem Kopfnicken voneinander und begaben sich zu ihren Büros. Auf dem Weg dorthin sprachen Yaro und Nakayama kein Wort miteinander, so niederschmetternd waren die offenen Demütigungen, die ihm und Sugita zugefügt worden waren. Nakayama war innerlich so aufgewühlt, dass er sich nur mit Mühe in seinen Äußerungen über das eben Geschehene zurückhalten konnte.

Auch das Erkennen seiner Ohnmacht gegenüber den falschen Befehlen des neuen Daimyos machte ihn fast rasend vor Wut. So hatte Yaro ihn noch nie erlebt und die Gefühlsausbrüche, die er nun zeigte, überraschten ihn. Er konnte nur erahnen, wie es in Nakayama aussah, den er bisher nur

als besonnenen und disziplinierten Menschen kannte. Um wieder zur Ruhe zu kommen, riet Yaro zur Meditation, die Nakayama nun aufnahm.
So saßen sie sich eine ganze Weile im Fersensitz gegenüber und achteten nur auf ihre gezielte Bauchatmung. Sie verharrten in dieser Position, bis ihre nun aufgenommene, mit guter Energie angereicherte Atem gezielt durch ihre Körper strömte und ihre Köpfe von belastenden Gedanken befreit und bereit für neue Anregungen waren.
Gemäß dem Sprichwort 'Nur eine leere Muschel kann tönen'.

Danach setzten sie sich in Nakayamas Büro an den geöffneten Shoji mit einem frisch aufgebrühten grünen Tee. Von dort hatten sie nun einen beruhigenden Ausblick in die Natur und konnten dem fröhlichen Gezwitscher der Vögel und dem nicht enden wollenden Zirpen der Grillen lauschen. Erst danach machten sie sich Gedanken darüber, welche Auswirkungen die Herrschaft unter Kamaro nach sich zieht und wie sie sich in dieser neuen Situation verhalten sollten.

„Diese Machtkonstellation, wie sie sich jetzt mit Kamaro darstellt, wird unserem Lehen schaden. Kamaro ist nicht nur gefährlich, er ist auch dumm und voller Eitelkeit. Seine neuen Berater sind erfolgreiche Geschäftsleute aus unserer Stadt, deren oberstes Ziel es ist, schnellen Profit zu machen und ihren eigenen Reichtum auf Kosten anderer zu vermehren. Das Wohl der Bevölkerung interessiert sie nur, wenn es ihren Geschäften nützt. Solche Leute werden Kamaro fallen lassen, wenn er seine Macht verliert.
Denn ich konnte beobachten, wie sie sich zurückhielten, als Kamaro seine Beleidigungen gegen uns aussprach, denn sie wollen ihre Geschäfte auch nach einem möglichen erneuten Machtwechsel ungestört weiterführen.
Ich vermute, dass Kamaro mit seinen ausschweifenden Lebenswandel hohe Schulden gemacht hat. Daher steht er bei

ihnen in der Schuld, die er nur abtragen kann, wenn er ihnen aufgrund seiner Machtbefugnisse lukrative Geschäfte verschafft.
Dieses Vorgehen wird in der Geschäftswelt der Präfektur zu erheblichem Unmut führen, der unserem Lehen einigen Schaden zufügen wird."
„Wie ist er an die beiden geraten?", fragte Yaro.
„Ich vermute über falsche Freunde, die seine Schwächen für Alkohol, Völlerei und Frauen genau kannten. Es ist bekannt, dass er oft das Bordellviertel Yoshiwara aufsucht, wo er sich mit den reichen Söhnen von Geschäftsleuten einlässt. Sie nutzen seinen Minderwertigkeitskomplex aus und geben ihm durch ihre falsche Freundschaft ein Gefühl von Zuneigung und scheinbarem Ansehen.
Es würde mich nicht wundern, wenn die Väter ihre Söhne auf Kamaro angesetzt hätten, um ihn in ihre Abhängigkeit zu bringen. Wir sollten sie genau beobachten, was sie tun, um ihre Schwächen für uns zu nutzen."
„Und was ist mit dem Polizeichef, Nakamoto-san", kam die Frage von Yaro.
„Ich denke, er folgt seinem Eid, dem Haus Iroda zu dienen. So wie ich ihn bisher kennengelernt habe, halte ich ihn für einen aufrichtigen Samurai, der Kamaros Verhalten uns gegenüber missbilligt, sich aber seinem Treueeid verpflichtet fühlt", erklärte Nakayama.

„Auch ich fühle mich meinem Eid verpflichtet, den ich nicht einer Person, sondern dem Hause Iroda gegeben habe. Dieses Versprechen wurde im Vertrauen darauf gegeben, dass die Familie Iroda für lebenswerte Verhältnisse in unserem Lehen sorgt und dass die beauftragten Daimyo der Familie dies zu ihrer Aufgabe machen", sagte Nakayama.
"Das ist auch der Grund", fuhr er fort, „warum ich heute versucht habe, Kamaro zu einer Änderung seines Entschlusses zu bewegen. Das werde ich auch weiterhin tun, das ist mei-

ne Aufgabe."
„Aber seid vorsichtig, Kamaro ist mit seiner labilen Persönlichkeit unberechenbar. Denkt nicht nur an euch, sondern auch an eure Familie, wenn ihr bei Kamaro in Ungnade fallt. Er war heute schon sehr gereizt und sucht wahrscheinlich nur nach einer Gelegenheit euch zu schaden. Passt auf euch auf."
„Danke für deinen gut gemeinten Rat. Aber ich kann nicht anders. Ich werde mich diesem Nichtsnutz nicht beugen", betonte Nakayama voller Inbrunst.

Yaro kehrte traurig und besorgt nach Hause zurück. Traurig, weil sein Leben von Umständen beeinflusst wird, die er aus seiner Position heraus nicht so leicht ändern kann, und besorgt, weil er die Sicherheit von Nakayamas Familie bedroht sieht. Es machte ihm das Herz schwer, wenn er an die Gefahr dachte, in welche die ihm liebgewordenen kleinen Kinder und seine gutherzige Frau geraten könnten.
Das würde er nicht zulassen.

Wie von Yaro ersehnt, erschien Ayumi in dieser Nacht bei ihm. Geschmeidig schlüpfte sie wieder unter seine Bettdecke. Dann lagen sie sich lange schweigend in den Armen, bis Yaro zu sprechen begann.
„Es tut mir so leid, was mit Sono passiert ist. Es zerreißt mir fast das Herz, dass ein so junger Mensch für eine so sinnlose und unwürdige Tat sein Leben lassen musste. Wie viel Gutes hätte er tun können, anstatt sich für Geld zu solch heimtückischen Untaten verleiten zu lassen. Fast hätte ich ihn selbst getötet, deinen Bruder, der mir nichts Böses wollte. In dem kurzen Moment vor seinem Selbstmord waren wir uns so nahe, und ich weiß, dass er gerne weitergelebt hätte.
Was ist nur los mit euch? Wie kann man so leben wollen? Wann erwartet dich ein solcher Auftrag, von dem du nicht zurückkommst? Soll dein Kind ohne Mutter aufwachsen,

weil euer Familienoberhaupt es so verlangt?
Wann wollt ihr deiner kleinen Schwester Aiko den ersten Auftrag geben, einen Menschen für Geld zu töten und sich für niederträchtige Zwecke herzugeben? Wie soll es mit uns weitergehen, hast du dir darüber schon Gedanken gemacht?"
„Hör auf", entgegnete Ayumi wütend, „hör auf, ich bin nicht hier, um mit dir zu streiten. Ich bin hier, um deine Liebe zu spüren und in deinen Armen getröstet zu werden."

Fast entschuldigend zog er sie noch näher an sich, als er ein leichtes Zittern in ihrem Körper spürte und seine Haut von ihren stillen Tränen benetzt wurde. Es tat ihm bereits leid, dass er so hart mit ihr geredet hatte. Aber jetzt fühlte er sich von der tagelangen Anspannung befreit.
Behutsam fragte er sie: „Hast du mit deiner Familie darüber gesprochen, wie wir mit dem Kind zusammenleben sollen? Ich möchte jedenfalls nicht, dass unser Kind von klein auf zu einem Ninja erzogen wird."
„Ja, ich habe mit der Familie gesprochen und sie haben sich entschieden, aber wie die Familie sich entschieden hat, wird dir mein Vater sagen. Er ist in Jatsuma und erwartet dich morgen früh in der Wäscherei. Wirst du kommen und mit ihm sprechen?" „Ja, ich werde morgen dort sein", versprach Yaro.

„Oh, du machst mich sehr glücklich mit deiner Antwort, denn ich wusste nicht, wie du reagieren würdest. Aber nun lass uns noch etwas anderes machen, bevor ich wieder gehen muss."
Schon glitt ihre Hand unter der Decke an seinem Körper entlang und fand die Stelle, die sie suchte. Schnell hatte sie ihn so erregt, dass sie sich auf ihn legte.
Nur kurz wunderte sich Yaro über ihren plötzlichen Stimmungswechsel und ihre Robustheit. Doch dann ließ er es geschehen.

◇

Yaro betrat die Wäscherei vormittags in der Stunde der Schlange, wo er sofort erkannt und in einen der hinteren Räume geführt wurde. Er war nur mit einem unauffälligen braunen Yukata bekleidet und hatte seine Haare nicht zu einem Zopf gebunden, um sich im morgendlichen Trubel unauffällig bewegen zu können.

Der karg eingerichtete Raum, in dem Ayumi und ihr Vater Sodo im Seiza auf ihn warteten, diente offensichtlich sonst als Arbeitsraum. Denn die Wände waren nur grau gestrichen und wiesen Schimmelflecken auf, was mangels Fenster bei dem ständigen Wasserdampf wohl unvermeidlich war. Auf dem harten Lehmboden waren provisorisch zwei Tatami-Matten ausgelegt, auf denen die beiden nebeneinander warteten.

Yaro verbeugte sich kurz förmlich und nahm ihnen gegenüber Platz. Er spürte sofort die Spannung, die zwischen den beiden lag.

Nun verbeugte sich Yaro respektvoll vor Sodo und sagte: „Es tut mir sehr leid, was mit Sono passiert ist und dass sein junges Leben so sinnlos geopfert wurde."

Mit versteinerter Miene antwortete Sodo: „Danke für dein Mitgefühl, ich weiß, dass du es ehrlich meinst. Aber was geschehen ist, ist geschehen. Ayumi hat mir schon von deiner Begegnung mit Sono erzählt. Wir in der Familie wissen, dass du keine Schuld an seinem Tod trägst."

„Arigato gozaimasu, danke für das Vertrauen und die Wertschätzung, die ihr mir entgegenbringt", sagte Yaro.

„Nun lasst uns nach vorne schauen und uns um eure Zukunft kümmern", begann Sodo. „Mit dem noch ungeborenen Kind habt ihr uns, den Eltern von Ayumi, eine große Freude bereitet. Auch weil ein aufrichtiger und zuverlässiger Mensch wie du und unsere Tochter Ayumi zueinander

gefunden haben.
Wir hatten seit eurer ersten Begegnung gehofft, dass euch eure Herzbindung zusammenführen würde. Wir haben mit meinem Bruder Katiro, dem Oberhaupt unserer Familie Muro, besprochen, wie es mit euch dreien weitergehen soll. Hana und ich, als Eltern von Ayumi, haben uns nach dem Tod von Sono dafür entschieden, dass Ayumi und ihre jüngere Schwester Aiko der Familie nicht mehr für irgendwelche Aufgaben zur Verfügung stehen. Unsere Töchter sollen in Zukunft ihr Leben selbstständig und damit frei von familiären Verpflichtungen gestalten. Hana und ich werden aber im Dorf wohnen bleiben.
Wofür sich Ayumi entscheidet, kann sie dir selbst sagen."

Mit belegter Stimme begann sie zu sprechen: „Wenn du es auch willst, würde ich von ganzem Herzen gerne bei dir einziehen und dich heiraten, damit wir drei unser Leben teilen können."
Sichtlich gerührt antwortete Yaro, „Es ist auch mein Wunsch, dich zur Frau zu nehmen und mein Leben mit dir und vielleicht noch mit mehr als einem Kind zu teilen. Bleib ab heute bei mir und begleite mich später in mein Haus."

An Sodo gewandt sagte er: „Ich bin mir bewusst, welchen tiefen Einschnitt unsere Entscheidung für eure Familie bedeutet und welche Anfeindungen ihr auf euch genommen habt, um uns ein glückliches Leben zu ermöglichen. Dafür danke ich euch und der Familie von ganzem Herzen.
Wie du weißt, bekleide ich zur Zeit eine hohe Stellung am Hof, die mir ein gutes Leben sichert. Deshalb verspreche ich euch finanzielle Unterstützung, damit ihr sorgenfrei im Dorf leben könnt."
Dankbar verbeugte sich Sodo und sagte: „Hana und ich haben aber noch eine große Bitte an dich. Wir möchten auch Aiko aus dem Dorf herausnehmen und bitten dich, auch sie bei dir aufzunehmen, solange es dir recht ist."

Freudig antwortete Yaro: „Das ist eine gute Idee. So kommt Leben ins Haus. Wir haben genug Platz und Ayumi hat immer eine vertraute Person aus ihrer Familie um sich."

Sodo freute sich sichtlich und rief nach Aiko, die wohl schon länger aufgeregt vor der Tür gewartet hatte und nun schüchtern in den Raum kam. Doch ihr Gesicht hellte sich auf, als sie mit einem allgemeinen Lachen empfangen und von ihrer Schwester, die aufgestanden war, umarmt wurde.

Nachdem die Familienangelegenheit zur Freude aller Anwesenden geklärt war, wurde Yaro wieder ernst und wandte sich an Sodo.
„Sodo, ich weiß, dass ihr Familiengeheimnisse für euch behaltet. Deshalb gehe ich davon aus, dass ihr die Namen eurer Auftraggeber nicht nach außen gebt. Dennoch bitte ich euch um eine Information, die für meine Person, für mein zukünftiges Handeln und für meine zukünftige Lebensgestaltung von großer Bedeutung ist. Ich kann dir versichern, dass ich diese Auskunft nur für mich behalten werde. Darauf gebe ich dir mein Wort.

Ich frage dich also: Wurde der Mordauftrag an Fürst Iroda Katsumura von seinem erstgeborenen Sohn Kamaro erteilt? Du brauchst es nicht auszusprechen, mir genügt ein kurzes Nicken."
Muro Sodo saß mit versteinertem Gesicht vor ihm. Yaro spürte, wie er mit sich rang. Dann sagte er „Ja, der Auftrag kam über Mittelsmänner von Iroda Kamaro."
„Arigato gozaimasu", antwortete Yaro und verbeugte sich respektvoll, „danke für dein Vertrauen. Jetzt weiß ich, mit welcher Vorsicht ich mich Kamaro gegenüber zu verhalten habe."

◇

Nach dem Treffen machten sich Yaro, Ayumi und Aiko auf den Weg zu ihrem neuen gemeinsamen Zuhause. Wie eine kleine Familie gingen sie die Straße entlang, wobei die zwölfjährige Aiko aufgeregt um sie herumtanzte und sie mit Fragen überschüttete. Yaro war froh, dass sie sich noch unbekümmert kindlich verhielt und noch nicht vom Geist der Ninjas infiziert war. Bei Ayumi meinte er eine Erleichterung zu spüren, dass sie den familiären Verpflichtungen entfliehen konnte und sich dank Yaros Großzügigkeit keine Sorgen um den Lebensunterhalt ihrer Eltern machen musste. Wahrscheinlich war sie auch froh darüber, dass sie und Aiko ihre Eltern jederzeit im Dorf besuchen konnten, ohne Repressalien seitens der Familie befürchten zu müssen. So wie sich die Dinge entwickelt haben, hat sie es sich gewünscht, seit sie Yaro kennengelernt hat.

Auch für Yaro ist der Wunsch in Erfüllung gegangen, eine interessante Aufgabe am Hof des Daimyo, die ihm einen gesicherten Lebensunterhalt ermöglicht, und eine kleine Familie. Als die drei das Anwesen betraten, waren Asuka und Kenza sichtlich überrascht. Nachdem sie erfahren hatten, dass Ayumi und Aiko nun dauerhaft bei ihnen leben würden, hießen sie die Frauen willkommen und überboten sich gegenseitig mit Freundlichkeiten. Yaro wurde zunächst nicht mehr beachtet. Obwohl sich alles zu seinen Gunsten entwickelt hatte, machte er sich Sorgen um seine Zukunft und die seiner Familie, die sehr von den Launen und Lastern des neuen Fürsten abhängig war.

Seine Sorgen wurden größer, als er Kaito am nächsten Morgen beim gemeinsamen Training traf. Als sie allein waren, berichtete er von den Erzählungen der Soldaten seiner Leibwache, die gerne gemeinsam das Vergnügungsviertel der Stadt besuchten.

„Soldaten erzählten mir unabhängig voneinander, dass Kamaro nun bald jeden Abend im Vergnügungsviertel seine Exzesse auslebt. Dabei geht er im Alkoholrausch so extrem vor, dass er Frauen durch seine Ausschweifungen schwer verletzt. Immer wieder muss ein Arzt herbeigerufen werden, um die Verletzten an Ort und Stelle zu versorgen. Kein Wunder, dass die Frauen Angst haben, wenn er nach ihnen fragt. Aus Abhängigkeit und Angst vor Strafe kann sich der Wirt seinem Verlangen nicht widersetzen. Der Alkohol macht Kamaro unberechenbar."
Nach einer kurzen Pause fuhr Kaito fort: „Wie du weißt, pflege ich inzwischen einen engen Kontakt zu seinem Stiefbruder Akira, der manchmal mit mir trainiert, und seiner Stiefschwester Kazumi, die mir schon ihre Zuneigung gezeigt hat. Von Akira habe ich erfahren, dass Kamaro auch ihn im betrunkenen Zustand bereits geschlagen und sich Kazumi auch schon anzüglich genähert hat.
Wenn ich nur daran denke, wie unsittlich er diese herzensgute Jungfrau begehrt, könnte ich ihn auf der Stelle umbringen", sagte Kato laut wütend.

Yaro schüttelte ihn mit beiden Händen hart an der Schulter, um ihn zur Vernunft zu bringen und entgegnete ihm leise: „Hör auf, beherrsche dich und hüte deine Zunge. Hier laufen noch zu viele Leute herum, die sich durch Denunziation Kamaros Gunst erschleichen wollen. Nimm dich also zusammen, mein guter Freund, ich will dich nicht verlieren. Wir müssen klug vorgehen."
„Hast du einen Plan?", fragte Kaito nun wieder hellwach.
„Wir werden sehen", antwortete Yaro unverbindlich, „wir müssen ein offensichtliches Attentat verhindern. Ein weiterer Mord an einem Daimyo in so kurzer Zeit würde in der Hauptstadt Edo Misstrauen wecken. Per Dekret könnte der Shogun eventuell unser Lehen an sich reißen, was wir alle nicht wollen. Wir müssen also mit Bedacht vorgehen

und dürfen uns nicht von Emotionen dazu verleiten lassen, etwas Falsches zu tun, auch wenn es schwerfällt, besonnen zu handeln."

Nachdem er seine tägliche Arbeit im Büro erledigt hatte, begab er sich am Nachmittag ins Sakuraji-Kloster, um sich in der Abgeschiedenheit durch Meditation geistig zu reinigen. Danach besuchte er Abt Mori-san, dessen Nähe ihm immer gut tat. Als er Yaro sah, merkte der Abt sofort, dass ihn etwas bedrückte. So fragte er ihn behutsam nach seinen Sorgen.

Yaro erzählte ihm von den Problemen, welche mit der Nachfolge von Hayato als Daimyo entstanden sind. Auch von seiner Furcht, dass ihre Familien durch die Willkür dieses Mannes ernsthaft Schaden nehmen könnten. Er sprach auch von seiner Suche nach einer dauerhaften Lösung des Problems.

Der Abt schaute ihn lange an und sagte dann: „Wie ich dich in der kurzen Zeit unserer Begegnungen kennengelernt habe, bin ich sicher, dass du schon genaue Vorstellungen hast, wie man dagegen vorgehen könnte. Oder irre ich mich?"
„Nein, ihre Vermutungen sind richtig, Mori-san", antwortet Yaro.
„In meinem Kopf habe ich einen Plan vor Augen. Aber ich traue mich nicht, ihn auszusprechen. Denn die notwendige Handlung, die den Plan zum Erfolg führt, widerspricht meiner Natur und meiner Geisteshaltung. Es widerspricht meinem Ethos, das ich mir als Samurai auferlegt habe."

„Ich verstehe", antwortete der Abt, „die einzige Möglichkeit, die Gefahr einer langen Willkür zu beenden, siehst du in der gewaltsamen Entmachtung des jetzigen Daimyo." Yaro sah ihm traurig in die Augen und nickte nur stumm.

„Es ehrt dich, dass dich dieses Thema so sehr beschäftigt. Es spricht für deinen guten Charakter, mit welcher Ernst-

haftigkeit du dich damit auseinandersetzt. Auch wenn du schon Menschen im Kampf getötet hast, geschah dies immer in unmittelbarer Lebensgefahr, um nicht selbst getötet zu werden. Du hattest keine andere Wahl, als so zu handeln.
Jetzt aber, in einer Situation, in der du nicht körperlich bedrängt wirst, erscheint dir die geplante und wahrscheinlich nur mit Gewalt zu lösende Entmachtung als unehrenhaft und verwerflich.
Was weckt in dir Zweifel, so zu handeln?
Es sind wohl die immer gültigen Moralgebote wie: Du sollst nicht lügen, du sollst nicht stehlen, du sollst nicht töten, um nur einige zu nennen. Diese moralischen Gebote finden wir wahrscheinlich überall auf der Welt, auch in weit entfernten Kulturkreisen, von deren Existenz wir in Japan bisher nichts wissen.

Diese Moralvorstellungen sind überall richtig und wichtig, um ein geordnetes, menschenwürdiges Leben in einer Gemeinschaft führen zu können. Das muss aber nicht heißen, dass sie als Dogmen unumstößlich sind.

Wenn nun jemand lügt, um andere zu schützen, oder wenn eine Mutter Reis stiehlt, um ihr Kind vor dem Verhungern zu retten, oder wenn jemand tötet, um großes Unheil abzuwenden, ist es dann gerechtfertigt, diese Menschen generell als böse und verachtenswert zu verurteilen? Ich denke nein. Wir sollten uns davor hüten, das Handeln fremder Menschen vorschnell zu verurteilen, ohne selbst je in einer solchen Notlage gewesen zu sein.

Problematisch wird es, wenn wir selbst über uns urteilen müssen, ob ein Anlass unser Handeln rechtfertigt, obwohl es von den Moralgeboten abweicht. Um dies beurteilen zu können, müssen wir in der Lage sein, akute Gefahren und richtiges Handeln objektiv und ohne Rücksicht auf eigene

Befindlichkeiten abzuwägen. Nur so kann es gelingen, nach einer grundsätzlich verwerflichen Tat mit sich selbst im Reinen zu bleiben. Nur so kann man mit einer solchen Untat noch einigermaßen unbeschwert leben und muss nicht unter Selbstvorwürfen leiden, an denen man seelisch zerbricht.

Doch ich vermute dich belastet ebenfalls, dass sich dein Plan gegen den Lehnsherrn der Familie Iroda richtet, obwohl du ihm bei deinem Dienstantritt mit einem Treueeid bedingungslose Gefolgschaft versprochen hast. Du fühlst dich als Verräter. Was in diesem Fall aber nicht zutrifft."

Da von Yaro keine Antwort kam, fuhr der Abt fort.
„Nach meinem Verständnis verpflichtet ein Treueversprechen allzu oft nur den Untergebenen, sich an die festgelegten Regeln zu halten. In Wirklichkeit verpflichtet es aber beide. Zum Zeitpunkt des Eides wird die Treue zu dem versprochen, was gerade gilt, wie zum Beispiel tugendhaftes Verhalten. Verlässt einer der beiden den Pfad der Tugend, so ändert sich die Grundlage, auf welcher der Eid geleistet wurde. Die Verpflichtungen, die sich aus dem Eid ergeben, verlieren an Bedeutung und lösen sich wie von selbst auf. Das gilt im Großen wie im Kleinen.

So wird ein Eheversprechen gegeben, weil sich beide in ihrem Sein und Handeln so verhalten, wie sie es wollen. Nur unter diesen Voraussetzungen versprechen beide einander ewige Treue.

Ändert sich aber das Verhalten eines der beiden radikal, misshandelt zum Beispiel der Mann seine Frau ständig, so ist es verständlich, dass sie sich nicht mehr an das Treuegelöbnis gebunden fühlt. Sie erklärt den Eid verständlicherweise für sich als aufgelöst, weil die ursprünglichen Voraussetzungen des Eheverhältnisses nicht mehr gegeben sind.

Nicht anders verhält es sich im Verhältnis zwischen einem Lehnsherrn und seinen Bediensteten. Ändert einer von beiden sein Verhalten so radikal, dass die ursprünglichen Gemeinsamkeiten nicht mehr bestehen, so ist der Bruch des Treueversprechens nicht verwerflich. Der Lehnsherr wird dann seinen Bediensteten entlassen, während diesen meist nur die unausgesprochene, geistige Trennung bleibt, weil er sich nicht ganz aus dem Dienstverhältnis zurückziehen will oder kann."

„Arigato gozaimasu Mori-san, eure hilfreichen Erklärungen erinnern mich sehr an die Worte meines Sensei Okimoto Kiochi, die er mich in seinem Unterricht in meinem Geburtsort Satama lehrte. Sie ergänzen sich gut und erleichtern mir die Entscheidung, die ich vielleicht bald treffen muss", antwortete Yaro.

„Vergiss nicht, dass es für einen guten Schwertkämpfer nicht ausreicht, gut mit der Klinge umgehen zu können. Sein Bestreben muss es sein, mit einer stabilen Persönlichkeit gegen das Unrecht zu kämpfen. Ebenso die geistig und körperlich Schwachen vor den Übergriffen der Starken zu schützen.

Vielleicht entwickelt es sich einmal so, dass das Üben mit dem Schwert auch dazu verhilft, die eigene Persönlichkeit gezielt positiv zu stärken. So wäre zu wünschen, dass der erkennbare, wachsende Einfluss der Zen-Lehre auf die Bevölkerung sich bald auch in der Kampfkunst widerspiegelt und dass diese Übungen der Kampfkünste auch der Wegfindung dienen und als dynamische Formen der Meditation an Bedeutung gewinnen."

Mit großer Herzlichkeit verabschiedete sich der Abt mit den Worten: „Solltest du oder andere in dieser Angelegenheit in Not geraten, so biete ich unser Kloster als Zufluchtsort an. Ich gehe davon aus, dass sich keiner der Mächtigen mit dem Kloster anlegen will."

Beeindruckt von dem Vertrauen und der spirituellen Unterstützung bedankte er sich beim Abt und verließ respektvoll den Raum.

十二

Gedankenverloren verließ Yaro die Ruhe, die das Kloster und seine Umgebung ausstrahlten und die ihn immer wieder melancholisch stimmten. Es schien ihm, als ob die friedliche Energie, die von den Mönchen ausging, die Lichtung erfüllte und sie zu einem Ort machte, den man nicht mehr verlassen wollte. Oder war es der umgebende Wald, der seine Ruhe auf das Kloster übertrug? Zu einem Ort, der zur Ruhe und zum ewigen Verweilen einlud. Dann kam ihm manchmal der Gedanke, sich von allem Weltlichen zu lösen und als Mönch sein Leben mit Meditation und der Suche nach dem Weg zu verbringen.

Solcher Gedanke überkam ihn dann, wenn er nach der Meditation oder den anregenden Gesprächen mit dem Abt auf dem Weg zu seinem noch leeren Hause war, als Ayumi und Aiko noch nicht bei ihm wohnten.

Aber auch in diesen nachdenklichen Momenten kam er zu der Erkenntnis, dass ein langes Leben im Kloster ein Rückzug aus dem Alltag bedeutet und, so wie er es empfand, ein Flucht vor den Aufgaben des Lebens darstellt. Ein Leben, das trotz mancher dunkler Momente mit der nötigen Wachsamkeit und Sensibilität lebenswert gestaltet werden kann.

Mit dieser Erkenntnis entschloss er sich, diesmal direkt nach Hause zu gehen, um die Nähe von Ayumi und Aiko zu spüren. So genoss er es, wenn er abends mit beiden zusammen beim Essen saß und sie Fisch oder Meeresfrüchte mit Tsukemono, dem eingelegten Gemüse, und Reis aßen und viel redeten und lachten. Es war auch schön zu sehen, wie Aiko sich bei ihnen eingelebt hatte. Wie sie begeistert von ihren Freunden erzählte, die sie mit ihrer aufgeweckten Art in der Schule schnell gefunden hatte.

Auch Ayumi schien die Befreiung aus dem Ninja-Dasein und die Aussicht auf eine lebenswerte und sichere Zukunft für ihr ungeborenes Kind und Aiko zu genießen. Sie hatte sich die Haare länger wachsen lassen, was sie noch weiblicher und für Yaro noch begehrenswerter machte. Aber in ihren Augen war die Wachsamkeit nicht verloren gegangen. Genauso wenig wie die über Jahre antrainierte Gefährlichkeit.

Nachdem Aiko in ihrem Raum, welcher von dem der Erwachsenen getrennt lag, eingeschlafen war, saßen die beiden noch bei einem Tee zusammen. Zur Überraschung Ayumis sagte Yaro: „Heute Abend werde ich noch ins Bordell gehen." Als er ihren empörten Blick sah, fuhr er sofort fort: „Natürlich nur, um herauszufinden, wo und wie Kamaro seine Abende verbringt und welche Gewohnheiten er hat. Es gibt viele Gerüchte, aber ich möchte sein Verhalten mit meinen eigenen Augen studieren, um mir ein eigenes Urteil zu bilden."

„Wozu soll das gut sein", fragte Ayumi, die ihn aufmerksam beobachtete, „planst du etwas, von dem ich nichts wissen soll?"

„Ich habe das ungute Gefühl, dass in naher Zukunft etwas geschehen wird, das verhindert werden muss. Darauf möchte ich vorbereitet sein", antwortete Yaro.

„Hat diese Sache etwas mit dem Daimyo zu tun?", hakte Ayumi nach. Yaro nickte nur stumm.

„Kann ich dir dabei helfen?", fragte Ayumi. Dabei erkannte Yaro in ihren Augen den erwachten Kampfeswillen der Ninja.

„Nein danke, diese Angelegenheit muss ich selbst regeln.

Denn das Schwierige daran ist nicht die Tat, sondern der Entschluss sie zu tun", sagte er.
„Ich kann jederzeit Aufgaben übernehmen, egal was es ist. Du weißt, dass ich das kann. Ich will nicht, dass wir dich verlieren und unser Kind ohne Vater aufwächst. Du bist derjenige, der uns das Leben ermöglicht, das wir jetzt leben. Lass es mich tun", flehte Ayumi.
„Danke für deinen guten Willen, aber meine Entscheidung steht fest", sagte Yaro und erhob sich zum Gehen.

◇

So begab sich Yaro an jenem Abend in das Vergnügungsviertel der Stadt, das im Vergleich zum Vergnügungsviertel der aufstrebenden Hauptstadt Edo an Größe und Bedeutung eher bescheiden war. Aber immerhin bestand das Viertel in Jatsuma aus fünf einstöckigen Herbergen und einigen kleinen, nur aus einem Erdgeschoss bestehenden Läden oder Kneipen, die zwischen den Häusern platziert waren.

Wie fast überall wurde das Erdgeschoss der Herbergen für den Gastraum genutzt, während sich im ersten Stock die Zimmer befanden, in die sich die männlichen Gäste mit ihren Frauen zurückzogen. Die Gasträume im Erdgeschoss waren durch verschiebbare Wände voneinander getrennt, so dass sie je nach Anzahl der Gäste unterschiedlich groß eingerichtet werden konnten. Die Böden waren mit Tatami aus Reisstroh ausgelegt. In der Mitte stand meist ein großer Tisch, unter dem die Gäste beim Essen und Trinken bequem ihre Füße ausstrecken konnten. Denn stundenlanges Sitzen im Fersensitz ist selbst für Geübte anstrengend. In den größeren Räumen gab es neben den Tischen noch freie Flächen, auf denen Musikanten Platz nehmen konnten oder auf Wunsch von den angestellten Damen Tänze vorgeführt wurden.

Die Herbergen waren innen und außen heller als üblich mit meist roten Lampions erleuchtet. Über den Eingängen hingen große, bunte Schilder mit den Namen der jeweiligen Etablissements wie 'Weidengarten' oder 'Weißer Schwan'. Auch standen Frauen in bunten Kimonos vor den Türen, um Passanten anzusprechen und zum Eintreten zu bewegen.

Yaro schlenderte betont gelassen an den Herbergen vorbei, bis er vor einer mit dem Namen 'Goldener Mond' von einer Empfangsdame zum Eintreten animiert wurde. Scheinbar von ihrem Werben angeregt, betrat er das Haus und ließ sich in den ersten Raum links vom Gang führen, in dem bereits einige Männer saßen.
Er bestellte Sake. Nach kurzer Zeit gesellte sich eine junge Frau zu ihm, die sich als Shiku vorstellte und ihm lächelnd den Sake einschenkte. Die Zeit verging mit einem freundlichen, aber belanglosen Gespräch.
Dabei wurde sein Wissen bestätigt, dass Kamaro und seine Freunde immer den großen Raum reservierten, der direkt neben dem lag, in dem er sich gerade aufhielt. Yaro fragte Shiku nach den Toiletten, weil er wissen wollte, wo der lange Flur endete, von dem die Zimmer abgingen.
Auf dem Weg dorthin musste er den etwa zwanzig Schritte langen Gang bis zum Ende gehen, von wo aus nach links ein Gang ins Freie zu den Toiletten führte. Ungefähr in der Mitte des Ganges führte rechts eine Treppe in entgegengesetzter Richtung nach oben zu den Schlafräumen. Links vom Gang befanden sich drei und rechts zwei Governe. Unmittelbar rechts neben dem Eingang war eine dritte Tür, die in den Wirtschaftsbereich führte.

Als Yaro nach seiner Erkundung zurückkam, war sein Raum bereits gut mit neuen Gästen gefüllt. Auch aus dem Nebenraum hörte er bereits lautes Lachen, Musik und Frauenstimmen. Er erfuhr von Shiku, dass der Daimyo eingetroffen war. Was bedeutete, dass die Nacht wieder lang und für einige Frauen wieder recht unangenehm werden würde. Als Shiku dies erzählte, verzog sie ihr Lächeln bewusst zu einer Grimasse. Offensichtlich schien zumindest hier niemand Kamaro zu mögen.

Als Yaro später nach Hause kam und leise unter die Bettdecke kroch, fragte Ayumi in die Dunkelheit: „Na, wie war es im Bordell?"
„Herrlich", kam seine Antwort, „so etwas Schönes habe ich noch nie erlebt, das muss ich öfter machen."
Sofort bekam er einen kräftigen Stoß in die Rippen, der ihm kurz die Luft nahm.
„Untersteh dich, auch nur daran zu denken.", sagte sie und zog ihn an sich.

◊

Für den nächsten Tag war wieder eine Audienz beim Daimyo angesetzt, bei der die von Nakayama vorgetragenen aktuellen Wirtschaftsdaten besprochen werden sollten, die auch Yaros Arbeitsbereich betrafen.
Nachdem beide zuvor ihre Waffen abgegeben hatten und in den Empfangsraum gebeten worden waren, knieten sie sich wieder am Eingang nieder und warteten darauf, dass man ihnen erlaubte, näher zu treten. Allein diese Behandlung stellte für beide eine Beleidigung dar. Denn dies war die übliche Vorgehensweise gegenüber Personen, die nicht zum Hofstatt gehörten.
Kamaro ignorierte sie weiter und unterhielt sich mit Sugita, der von seinem Sohn Kaito begleitet wurde und bereits mit seinem Bericht begonnen hatte. Kamaro schien die Nacht nicht gut überstanden zu haben und wirkte schlecht gelaunt. Immer wieder unterbrach er Sugita bei seinem Bericht, kritisierte unwirsch dessen Angaben und lehnte des-

sen Vorschläge kommentarlos ab.

Diesmal waren Kamaros neue Berater nicht anwesend, die mit ihrer Geschäftserfahrung zur Versachlichung der Bewertung des Berichts hätten beitragen können. Yaro vermutete, dass sie absichtlich andere Termine als Entschuldigung für ihr Fernbleiben vorschoben, um nicht noch einmal das unwürdige Verhalten Kamaros gegenüber seinen früheren Beratern miterleben zu müssen. Neben Kamaros Geschwistern war nur noch der Polizeichef Nakamoto anwesend, der neben Kamaro auf dem Podium saß und sich in dieser Rolle sichtlich unwohl fühlte.

Schließlich winkte sie Kamaro formlos nach vorne und wies ihnen wieder die Plätze neben Sugita unterhalb des Podiums zu.
„Hoffentlich ist euer Bericht nützlicher als der eures Vorredners", begrüßte er Nakyama und Yaro unverschämt.
Um Sachlichkeit bemüht trug Nakayama seinen Bericht vor, den er mit Unterstützung von Yaro erstellt hatte. Die nüchternen Zahlen schienen Kamaro wenig zu interessieren, er trommelte gelangweilt mit den Fingern auf seine Oberschenkel und trank dabei den bereitgestellten Sake.

Als Nakayama seinen Bericht beendet hatte, fragte Kamaro provozierend gelangweilt, „Was ist nun das Ergebnis eures Vortrags, was sagt der Bericht über den wirtschaftlichen Zustand unserer Präfektur Tagai aus?"
„Im Moment halten sich die Einnahmen und Ausgaben die Waage, weil wir gute Ernten hatten und die Abgaben der Bevölkerung wie geplant eingetroffen sind. Aber das kann sich schnell ändern, wenn schlechtes Wetter die Qualität der Ernte mindert oder die Ernte ganz vernichtet wird.
Daher sollten wir uns verstärkt darum bemühen, genügend Nahrungsmittel für die Bevölkerung einzulagern, um in Notsituationen schnell reagieren zu können."
Als ob er Nakayamas Ausführungen nicht traute, sah Ka-

maro zu Yaro und fragte ihn missmutig: „Was hältst du von der Einschätzung deines Vorgesetzten."

„Ich kann seinen Angaben nur zustimmen, aufgrund der von uns ausgewerteten Aufzeichnungen.", antwortete Yaro. Kamaro wandte sich wieder Nakayama zu und fragte ihn: „Was sollen wir also tun, damit uns in Notzeiten nicht die Bevölkerung verhungert und wichtige Arbeitskräfte verloren gehen?"

„Wir sollten, wo es möglich und sinnvoll ist, die Ausgaben reduzieren, um uns ein Guthaben zu verschaffen. Mit einer soliden Geldreserve können wir bei Ernteausfällen Lebensmittel von anderen Präfekturen kaufen, die aufgrund ihrer Lage und besseren Wetterbedingungen gerade nicht in einer Notlage sind."

„Wir könnten aber auch die Steuern erhöhen, um mehr Geld zu bekommen", warf Kamaro ein.

„Dem kann ich nicht zustimmen, denn wir haben die Steuern schon vor zwei Jahren stark erhöht, was die Bevölkerung sehr belastet hat. Eine weitere Erhöhung ist ihnen nicht mehr zuzumuten und würde vermutlich zu Unruhen führen", sagte Nakayama.

„Was heißt hier nicht mehr zumutbar", empörte sich Kamaro, „auch ich muss mich einschränken. Was von mir als Lehnsherrn verlangt wird, muss ich auch von der Bevölkerung erwarten können."

Yaro spürte, wie sich der Wortwechsel in die falsche Richtung entwickelte, die nur in einem Desaster enden konnte.

„Ich denke, dass Einschränkungen bei ihren Ausgaben noch möglich wären", begann Nakyama, der als Samurai unbeirrbar zu seinem Auftrag stand, „denn ihre Ausgaben haben sich in den wenigen Wochen ihrer Herrschaft im Vergleich zu ihrem Vater ohne Not verdreifacht."

„Wie kannst du es wagen, mich, deinen Fürsten, so zu behandeln?" Kamaro war wütend aufgesprungen und hatte sein Teegeschirr zur Seite geschleudert. So stand er nun auf seinem Podest, ungepflegt und übermüdet, mit dunklen Augenringen im hageren Gesicht, ungekämmten Haaren und halb geöffnetem Kimono.
Wie auf einer Bühne lief er hin und her, von seiner Wut getrieben. Vor Nakayama blieb er stehen. „Höre gut zu und merke dir, ich bin der Daimyo und was ich sage, hat zu geschehen. Ich habe die Macht zu tun, was ich will und ich lasse mir von niemandem vorschreiben, wie ich mein Geld auszugeben habe. Hast du mich verstanden?"

Durch und durch eiskalt und sich der Konsequenzen bewusst, antwortete Nayakama aufrichtig: „Ich erlaube mir darauf hinzuweisen, dass wir die Steuern, die wir von der Bevölkerung einnehmen, so verwalten müssen, dass sie der Bevölkerung wieder zugute kommen. Denn das Geld gehört nach wie vor dem Volk und wir verwalten es nur treuhänderisch für das Volk.
Unsere Aufgabe hier am Hof ist es, Gutes für unser Volk zu tun und nicht unseren Eigennutz in den Vordergrund zu stellen. Das ist die Moral, der wir uns verpflichtet fühlen sollten."

„Du sprichst von Moral und lehnst dich mit deinen Worten gegen deinen Lehnsherrn auf."
Kamaro ging empört wie ein Löwe im Käfig auf und ab. Alle Anwesenden sahen, wie er innerlich mit sich rang, bis er plötzlich innehielt, von seinem Podest herabstieg und sich direkt vor den knienden Nakayama in voller Größe aufstellte.

Dann sagte er: „Ich, dein Lehnsherr Iroda Kamaro, befehle dir hiermit, dein Leben wegen Hochverrats durch Seppuku zu beenden.

Das Ritual soll in zwei Tagen zur Stunde des Pferdes stattfinden, wenn meine neuen Berater wieder in der Stadt sind. Die Einzelheiten wird dir Polizeichef Nakamoto mitteilen, dem du auch deine Schwerter übergibst. Deine Aufgaben werden bis auf weiteres von Yamato-san übernommen.
Dann hast du genug Zeit, dich von deiner Familie zu verabschieden. Um deine Kinder werde ich mich persönlich kümmern und auch für deine hübsche Frau werde ich mir etwas einfallen lassen.

Sollen wir dich bis dahin in Gewahrsam nehmen oder kann ich mich darauf verlassen, dass du zum vereinbarten Zeitpunkt erscheinst?", fragte Kamaro gnadenlos hart.
„Ja, ich gebe dir mein Wort. Ich werde da sein. Ich bitte um euer Mitgefühl, verschont meine Familie", sagte Nakayama tonlos.
„Dafür kann ich nicht garantieren", entgegnete Kamaro großspurig und setzte sich mit einem Lächeln wieder auf seinen Platz, als wäre nichts geschehen.

Alle anderen im Saal erstarrten, weil sie mit ansehen mussten, wie leichtfertig der Daimyo über Leben und Tod entschied. Es war bedrückend, dass ein dummer Mensch wie Kamaro aus Eitelkeit einen rechtschaffenen Mann mit guter Gesinnung und dessen Familie vernichten konnte.
Als Sugita noch versuchte, Kamaros Meinung zu ändern, antwortete dieser drohend: „Wenn du Nakayama folgen willst, kann ich dir dabei helfen."

Für Yaro war es erschreckend zu sehen, dass Kamaro nun alle Umgangsformen fallen ließ. Er empfand es als beschämend, wie beleidigend der Daimyo mit den hohen und verdienten Beratern umsprang und in diesen Räumen einen Ton anschlug, wie man ihn eher in einer billigen Kneipe vermutet.

Dieses Verhalten bestärkte Yaro in seiner Einschätzung,

dass man einen Menschen wie Kamaro nicht mit Redlichkeit und guten Argumenten erreichen konnte. An diesem Tag hatte Kamaro für alle Anwesenden sichtbar seine Maske fallengelassen und sein wahres Gesicht mit all seiner Hinterhältigkeit und Boshaftigkeit gezeigt.

Endlich war diese beschämende Audienz vorbei. Yaro und Nakama gingen schweigend und niedergeschlagen zu ihren Büros. Yaro nahm dessen Kinder mit in sein Büro und spielte mit ihnen, während Nakayama seiner Frau die schreckliche Nachricht überbrachte. Nachdem beide mit traurigen Augen ihre Kinder aus Yaros Büro geholt hatten, verabschiedete sich Yaro, da er ein starkes Bedürfnis nach Ayumis Nähe verspürte.

◇

Auch Ayumi war entsetzt über das Geschehene und wütend, dass ein Mann wie Kamaro die Präfektur als sein Eigentum betrachtete, sich allmächtig fühlte und niemandem Rechenschaft schuldig war. Yaro ahnte ihre Verbitterung darüber, dass ihr Bruder sein Leben lassen musste, damit Kamaro die Nachfolge als Daimyo antreten konnte. Er starb für eine falsche Sache.
Auch Ayumi war erschüttert, dass Nakayamas Familie in großer Gefahr schwebte. Yaro befürchtete das Schlimmste wegen Kamaros süffisanten Äußerungen über Nakayamas Frau Hina und seinen perversen Vorlieben, unter denen die Frauen im Bordell bald täglich litten.

„Wir müssen handeln, bevor der Familie etwas zustößt. Morgen werde ich Nakayama davon überzeugen, dass wir seine Familie vom Gelände der Residenz an einen sicheren Ort bringen", begann Yaro.
„Wo willst du sie verstecken? Hast du schon etwas geplant?"

fragte Ayumi gespannt. Er bemerkte, wie in Ayumi die Lust an Verschwörungen zurückkehrte, welche die Ninjas beherrschten.
„Mein Plan ist, dass Hina und die Kinder morgen zum Einkaufen in die Stadt gehen. Du wirst sie dabei begleiten und sie dann unbeobachtet zum Sakuraji-Kloster bringen. Ich bleibe hinter euch und beobachte, ob euch jemand folgt. Sollte dies der Fall sein, werde ich diese Person vorübergehend ausschalten."
„Und wenn der Abt des Klosters uns nicht aufnehmen will, was passiert dann?", fragte Ayumi.
„Er wird uns aufnehmen, das habe ich schon mit ihm besprochen."
„Was besprochen? Wusstest du schon, was passiert?", fragte sie erstaunt.
„Ich habe nicht gewusst, was passiert, aber ich habe geahnt, dass sich etwas Schlimmes entwickelt", antwortete er.

„Dann gehe ich heute Abend wieder ins Bordell", sagte Yaro zu Ayumi, als die Dämmerung schon hereinbrach.
Normalerweise hätte Ayumi ihn mit einer scherzhaften Bemerkung verabschiedet. Aber diesmal spürte sie, dass der Abschied anders und zu ernst war, um ihn scherzhaft auf den Weg zu schicken. Sie umarmte ihn, hielt ihn länger fest und sagte nur: „Pass auf dich auf."
Er nickte nur stumm und ging.

◇

Als er aus dem Haus trat, war es schon dunkel. Es war eine wolkenlose Nacht. Wie Diamanten auf einem dunkelblauen Kissen zeichneten sich die unzähligen Sterne am Nachthimmel ab. Auch die Mondsichel, die im Zenit stand, strahlte die Stadt an, so dass die leeren Straßen auch ohne Lichter ausreichend beleuchtet waren. Das kam Yaro entgegen, denn so musste er keine unhandliche Laterne mit sich herumtragen, um seinen Weg zu finden.

So konnte er sich unerkannt im Schatten der Häuser bewegen, bis er die Hauptstraße erreichte. Dieser brauchte er nur nach Osten zu folgen, um das Vergnügungsviertel zu erreichen, das mit seinen noch beleuchteten Häusern schon von weitem zu erkennen war. Auch hier blieb er im Schatten der Häuser, bis er die Herberge 'Goldener Mond' erreichte. Unbemerkt verschwand er in der Häuserlücke, die sich auf der linken Seite des Hauses auftat. Er ging so weit hinein, bis er an der Außenwand des Gastraumes stehen blieb, in dem sich Kamaro immer mit seinen Freunden traf. Dann legte er ein Ohr an die Wand und lauschte, ob sich Gäste in diesem Raum befanden. Das schien nicht der Fall zu sein, denn er hörte noch keine lauten Stimmen von drinnen. So schlich er wieder hinaus auf die Straße und stellte sich gegenüber der Herberge in eine dunkle Hausnische und wartete.

Diesmal hatte er bewusst einen dunkelblauen Kimono und auch einen gleichfarbigen Hakama angezogen, um in der Dunkelheit nicht gesehen zu werden. Was ihm auch gelang, denn einige Leute gingen an seinem Beobachtungsposten vorbei, ohne ihn zu bemerken.

Nach langem Warten hörte er laute Stimmen von fünf jungen Männern, die aus der Dunkelheit in das helle, rötliche Licht der Lampions traten und sich zu Fuß auf den Eingang der Herberge zubewegten. Vor der kleinen Treppe blieben sie lachend stehen und scherzten noch mit den Empfangsdamen, welche vor dem Eingang stehend die Männer zum Eintreten verführen sollen.

Alle Männer waren besser gekleidet und es waren, so vermutete Yaro, die Söhne der Kaufleute, mit denen sich Kamaro

regelmäßig in der Herberge bis zum Exzess vergnügte. Doch Kamaro war nicht in der Gruppe, stellte Yaro enttäuscht fest. Doch er beschloss zu warten.
Nachdem wieder einige Zeit vergangen war, wurde sein Warten belohnt. Wie aus dem Nichts tauchte nun auch Kamaro aus den Schatten der Häuser auf und bewegte sich eilig auf den Eingang zu, ohne den Empfangsdamen auch nur eines Blickes zu würdigen. Schnell ging er den Gang entlang und betrat den separaten Gastraum, wo ihn seine Bekannten lautstark begrüßten.

Yaro blieb noch im Hintergrund, von wo aus er durch den offenen Eingang in den Flur blicken konnte, von dem die Gasträume abgingen. Von dort aus konnte er beobachten, dass aus dem Wirtschaftsbereich ständig Getränke und Speisen in den abgetrennten Gastraum gebracht wurden und die Gäste um Kamaro, der Lautstärke nach zu urteilen, sich immer ausgelassener zuprosteten.

Nun verließ auch Yaro seinen Beobachtungsposten und begab sich zum Eingang der Herberge, wo ihn ebenfalls die Empfangsdamen empfingen. Sie führten ihn zu seinem erbetenen Platz im ersten offenen Gastraum, von wo aus er eine freie Sicht auf den gesamten Flur hatte. Kurze Zeit später erschien Shiku an seinem Tisch, brachte ihm den bestellten Tee und setzte sich zu ihm.
Sie saß gerne bei ihm, da er sich nur unterhalten wollte und sich ihr gegenüber dennoch großzügig zeigte. Während des Gesprächs bemerkte er, dass die Gäste nebenan immer öfter auf die Toilette gingen. Durch den ständig servierten Sake wurden ihre Schritte von Mal zu Mal unsicherer, so dass sich einige taumelnd bereits an der Flurwand abstützen mussten.

So erging es auch Kamaro, als er zum dritten Mal zur Toilette ging. Sobald er in der Toilette verschwunden war, entschuldigte sich Yaro kurz bei Shiku und machte sich ebenfalls auf den Weg zur Toilette.

Als er im Flur stand, begann auch er plötzlich an zu torkeln, was ein Außenstehender auf zu viel Sake zurückführen könnte. Er hatte seine Haare geöffnet, so dass ihm die Strähnen ins Gesicht hingen und er nicht so leicht zu erkennen war. So wartete Yaro an der schmalen Stelle des Ganges, wo die Treppe nach oben führte, an der er sich schwankend festhielt. Dann tauchte Kamaro aus dem Toilettengang auf und bewegte sich unsicher auf die Treppe zu. Als er die Engstelle im Gang passieren wollte, konnte sich Yaro nicht mehr halten und fiel nach vorne, so dass die beiden zusammenprallten.

„Pass doch auf, du Idiot!", stammelte Kamaro.

„Es tut mir leid", murmelte Yaro nur. Sich übertrieben entschuldigend, berührte er, wieder nach vorne fallend, mit beiden Händen Kamaros Brust, zog die rechte Hand sofort wieder zurück, tätschelte aber mit der linken Hand weiter beruhigend dessen Brust.

„Aua, du tust mir weh, lass mich in Ruhe", schimpfte Kamaro, rieb sich die Brust und stieß Yaro fluchend von sich, so dass dieser hilflos mit dem Rücken gegen die Wand prallte. Scheinbar von Schmerzen geplagt, krümmte er sich, so dass Kamaro von ihm abließ, da er schnell zu seinen Freunden zurückkehren wollte.

Als er die Shoji zum Öffnen zur Seite schob, riefen sie bereits: „Wo bleibst du nur, der Sake wird kalt und die Frauen warten."

„Keine Sorge, ich bin schon da und jetzt geht es erst richtig los", antwortete er überheblich und schloss die Tür hinter sich.

In gebückter Haltung schaute sich Yaro nach allen Seiten um. Da offensichtlich niemand in den Galsträumen etwas von dem Vorfall mitbekommen hatte, ging er in den Toilettenbereich, wo er allein war und sich die Haare richten konnte.

Dann kehrte er zu Shiku an den Tisch zurück, wo er sich weiter mit ihr unterhielt, als wäre nichts geschehen. Er bestellte noch eine kleine Flasche Sake und verabschiedete sich bald darauf.

◇

Erst als Yaro die Herberge verlassen hatte und die Dunkelheit der Straße ihn aufnahm, löste sich die Anspannung in ihm. Alles schien geklappt zu haben, Kamaro hatte ihn nicht erkannt. Nun hieß es abwarten, wie sich seine Tat auswirken würde. Bevor er sich entspannter auf den Weg machte, vergewisserte er sich, dass die lange Metallnadel, die er von Ayumi mit den beiden Wurfpfeilen bekommen hatte, wieder im Ärmel seiner Jacke steckte.

Es war eine extrem spitze und dünne Nadel, die, weil geschmiedet, nicht brechen konnte. Auch weil sie nur etwas so länger war wie die Breite einer Männerhand. Aber immer noch lang genug, um bei einem Stich in den Oberkörper eines Menschen schwere Verletzungen zu verursachen. Gegen einen mageren Körper war der Stich der Nadel tödlich.

Als Yaro sich gegen Kamaro fallen ließ, hielt er die Nadel in seiner rechten Hand verborgen. Dabei hatte er das breite, stumpfe Ende mit Daumen und Zeigefinger so fixiert, dass die Nadel mit der Spitze nach oben an seinem Unterarm lag und für sein Gegenüber nicht zu sehen war. Kurz bevor er Kamaros Brust berührte, ließ er die Nadel, für Kamaro nicht wahrnehmbar, in einem Halbkreis so weit nach vorne schnellen, dass sie fast waagerecht auf die Brust traf. Mit dem Handballen drückte Yaro die Nadel nach vorne, wo sie leicht durch den Stoff des dünnen Kimonos und durch die Haut glitt und das Herz verletzte.

Genauso schnell zog er die Nadel wieder zurück und verbarg sie wieder in seiner Hand, als er scheinbar hilflos gegen die Wand geworfen wurde. In gebückter Haltung versteckte Yaro die Nadel wieder im Ärmel seiner Jacke.

Als er sein Haus erreichte, lag es nun in völliger Dunkelheit. Aber er wusste, dass Ayumi sich Sorgen um ihn machte und nicht schlafen konnte, bis er sich neben sie legte. Als er vorsichtig unter die Bettdecke glitt und auf dem Rücken zur Ruhe kam, legte Ayumi ihren Kopf auf seine Schulter und umarmte ihn.

„Ist alles gut gegangen?", fragte sie leise mit warmer Stimme.

„Ja, es sieht so aus", antwortete Yaro wortkarg. Dann küsste er sie und sagte: „Gute Nacht".

Ayumi wusste, dass er ihr alles erzählen würde, wenn er es für richtig hielt.

十三

Nach einer unruhigen Nacht, einem gemeinsamen Frühstück und nachdem Aiko bereits zur Schule unterwegs war, saßen Yaro und Ayumi allein im Haus und besprachen die bevorstehenden Ereignisse. Dabei erzählte Yaro, was am letzten Abend in der Herberge passiert war.
„Du hast dich wie ein Ninja verhalten und nicht wie ein Samurai, der sich seiner edlen Kampfweise rühmt", sagte Ayumi provozierend, als Yaro mit seinem Bericht geendet hatte.
„Vergleiche mich nicht mit einem Ninja", erwiderte Yaro erbost, „ich bin nicht stolz auf das, was ich in der letzten Nacht hinterhältig getan habe. Für mich war es in der jetzigen Situation die einzige Möglichkeit, unsere Familie und die von Nakayama vor großem Unheil zu bewahren und die Machtverhältnisse in unserer Präfektur stabil zu halten.

Ich tat es bewusst in dieser Weise, um zu verhindern, dass in der Hauptstadt Edo die Familie der Tokugawa auf die merkwürdigen Geschehnisse an unserem Fürstenhof aufmerksam wird und ihr Familienoberhaupt, der Shogun, die Präfektur unter seine direkte Herrschaft stellt, um seine Macht zu stärken. Aus diesem Grund habe ich es getan und nicht, um mir einen finanziellen Vorteil zu verschaffen."

In dem Moment, in dem Ayumi den Vergleich mit den Ninja zog, bereute sie, was sie gesagt hatte. Ihr war nicht bewusst, dass sie Yaro mit dieser Äußerung so sehr verletzte.
„Sumimasen, verzeih mir bitte, ich wollte dir nicht wehtun", versuchte sie ihn zu beruhigen und kuschelte sich an ihn.

Ohne auf ihre Entschuldigung einzugehen, sagte er: „Ich mache mir große Sorgen um Nakyamas Frau Hina und die beiden Kinder. Nach Kamaros Wutrede gegen Nakayama und seinen anzüglichen Andeutungen über dessen Frau traue ich dem Daimyo alle möglichen Gemeinheiten zu. Deshalb müssen wir sie als erstes aus Kamaros Reichweite bringen. Dazu brauche ich deine Hilfe, soweit es deine Schwangerschaft zulässt."
„Um meinen Körper brauchst du dir keine Sorgen zu machen. Sag mir, was ich tun soll, und ich tue es", antwortete sie entschlossen.

„Ich werde jetzt ganz normal zur Arbeit gehen. Dann muss ich herausfinden, wie es Nakayama und seiner Familie geht", begann Yaro. „Ich hoffe, dass er schon bereit ist, sich von seiner Familie zu verabschieden, damit sie nicht möglichen Repressalien von Kamaro ausgesetzt sind. In seinem derzeitigen Zustand ist er unberechenbar. Daher ist sein Verhalten schwer einzuschätzen.

Komm also gegen Mittag zu mir ins Büro. Damit die Wachen am Eingang der Residenz keinen Verdacht schöpfen, bring mir ein paar Mochi mit, denn ich liebe diese süßen Reiskuchen.

Wenn Hina und die Kinder bereit sind, die Residenz zu verlassen, begleite sie vom Gelände, als ob ihr zur Ablenkung einen Spaziergang machen wollt, und gehe dann zum Kloster. Ich begleite euch bis zum Eingangstor. Dort verabschiede ich mich vor den Augen der Torwächter von euch. Tatsächlich bleibe ich in eurer Nähe, damit euch niemand folgt. Unmittelbar vor dem Kloster werde ich zu euch stoßen und den Abt von eurer Ankunft unterrichten."
„Du kannst dich auf mich verlassen", sagte Ayumi.
„Das weiß ich, deshalb vertraue ich dir blind", sagte Yaro und umarmte sie noch lange, bevor er sich auf den Weg zur Arbeit machte.

◇

Wie nicht anders zu erwarten, waren Nakayama und seine Familie in einer traurigen Stimmung. Es tat ihm in der Seele weh, das Leid zu sehen, was die Eltern der Familie in diesem Moment ertragen mussten. Umso mehr berührte es ihn, als Aoi und Misako, die nichts von der Gefahr wussten, wie immer freudestrahlend auf ihn zuliefen, um sich umarmen zu lassen. Schweren Herzens und mit traurigen Augen beobachteten seine Eltern diese glücklichen Gefühle, die von der Begrüßungsszene ausgingen.
Während die Kinder im Nebenzimmer spielten, unterbreitete Yaro seinen Eltern seinen Plan, wie er Hina und die Kinder vorerst im Kloster in Sicherheit bringen wollte. Später, so seine Überlegung, könne er die drei unerkannt zu Hinas Eltern nach Mataro bringen.

Nakayama stimmte dem Plan sofort zu, weil er seine Familie dann in Sicherheit wusste. Ihm war klar, dass er der Aufforderung, sich das Leben zu nehmen, nicht mehr ausweichen konnte. Einfach zu fliehen und seine Familie Hayato als Geisel zu überlassen, hatte er nie in Erwägung gezogen. Die Sicherheit seiner Familie war ihm wichtiger als seine eigene.

Als Samurai war er dazu erzogen worden, Härten in Kauf zu nehmen, denen er nicht ausweichen konnte. Er erkannte, dass ein alleinstehender Samurai dem Tod leichter ins Auge sehen konnte als einer, der noch eng mit liebenden Menschen verbunden war. So war für ihn und Hina der nun festgesetzte Zeitpunkt sehr bedrückend und für sie seelisch und körperlich fast unerträglich. Dennoch stimmten sie dem Plan und dem Zeitpunkt des Abschieds schweren Herzens zu.

Als Ayumi wie verabredet bei ihnen erschien, erfuhr sie sofort, dass der Plan, wie mit Yaro besprochen, durchgeführt werden würde. Als es Zeit war, sich zu verabschieden, warteten Yaro und Ayumi in seinem Büro. Sie wollten die Familie mit dem Abschied allein lassen, weil der Moment zu intim war und sie den herzzerreißenden Moment nicht miterleben wollten. Dann, nach einer langen Weile, verließen Hina und die Kinder den Raum ohne ihren Mann und Vater. Sie waren wie für einen Spaziergang angezogen und bereit zu gehen.

Als sich die kleine Gruppe über den weißen Kies dem Eingangstor näherte, waren nicht nur Yaros Nerven zum Zerreißen gespannt. Denn er musste damit rechnen, dass auf Kamaros Befehl ein Wachposten den Ausgang verhindern würde. Doch alles verlief nach Plan, bis ihnen plötzlich Polizeichef Nakamoto am Tor entgegentrat.
„Konnichiwa", begrüßte er die Gruppe, „habt ihr noch etwas Größeres vor?"
„Konnichiwa", antwortete Yaro, „wir machen zusammen einen Spaziergang durch die Stadt, um der Familie von Nakayama-san in diesen schweren Stunden etwas Ablenkung zu verschaffen."
Yaro spürte sofort, dass Nakamoto wusste, was sie vorhatten. Dann zog er Yaro zur Seite, damit die anderen nichts von ihrem Gespräch mitbekamen.

„Ja, das ist eine gute Absicht, die die Familie wirklich entlastet", sagte er und fuhr zweideutig fort, „es wird ihnen sicher gut tun, die Residenz für eine Weile zu verlassen."
Zu Yaros Überraschung fuhr er fort: „Denn bei der momentanen Gemütslage des Daimyo kann man nie sicher sein, wie er gerade reagiert. Jetzt liegt er auf der Matratze und fühlt sich unwohl. Kein Wunder bei seinem gestrigen Trinkgelage, von dem er wieder einmal erst spät in der Nacht zurückgekehrt ist."
Mit diesen Worten offenbarte der Polizeichef seine geringe

Wertschätzung für den Daimyo und dessen Entscheidungen.
Als er sich von Yaro abwandte, sagte er verhaltend: „Sie sollen wissen, dass ich auf ihrer Seite stehe."
Noch bevor Yaro auf diese Bemerkung angemessen reagieren konnte, wünschte Nakamoto den anderen mit freundlichen Worten einen schönen Spaziergang und entfernte sich.

Nachdem sie die Residenz verlassen hatten, trennte sich Yaro wie besprochen von den anderen und sie gingen in verschiedene Richtungen auseinander, ohne dass Yaro sie aus den Augen ließ. Er folgte ihnen unbemerkt in ausreichendem Abstand. Niemand schien ihnen zu folgen. Anscheinend meinte der Polizeichef Nakamoto seine Worte ernst, denn es wäre für ihn ein Leichtes gewesen, ihnen einen Verfolger auf den Hals zu hetzen.

Vor dem Hain mit Kirschbäumen schloss Yaro zu der kleinen Gruppe auf und gemeinsam gingen sie durch den Wald zu der großen Lichtung, auf der das Kloster friedlich lag. Kurz nachdem sie die Lichtung betreten hatten, erschien bereits ein Mönch, der Yaro nun freudig begrüßte, denn inzwischen kannte man Yaro von vielen gemeinsamen Zen-Meditationen.
Gleich darauf trat Abt Mori-san auf die Terrasse, begrüßte alle freundlich und lud sie ein, das Kloster zu betreten.
Der Abt und Yaro entfernten sich kurz von der Gruppe und Yaro berichtete über den aktuellen Stand der Dinge, ohne seinen letzten Besuch in der Herberge zu erwähnen. Darüber wollte er erst dann berichten, wenn sich alles doch noch zum Guten entwickeln sollte.
Nach einer kurzen Verabschiedung verließen Yaru und Ayumi das Kloster. Während Ayumi zu Aiko nach Hause ging, wollte Yaru über Nacht bei Nakayama bleiben, um ihm seelischen Beistand zu leisten.

Nakayama war beruhigt zu hören, dass seine Familie in Sicherheit war und im Kloster unter der Obhut der Mönche sicher leben konnte. Er war sehr überrascht über die Begegnung mit Nakamoto und dessen Loyalität ihnen gegenüber.

Dann setzten sie sich zusammen und Nakayama zelebrierte eine kleine Teezeremonie, die jedoch absichtlich recht formlos gehalten war. Als Yaro den Tee aus der ihm gereichten Teeschale in kleinen Schlücken zu trinken begann, nachdem er zuvor die Schönheit der Schale gelobt hatte, sagte Nakayama unvermittelt: „Yaro-san, ich bitte Sie, mein Kaishaku-nin, mein Sekundant, zu sein, wenn ich Seppuku begehe, um mir einen ehrenvollen Tod mit dem Schwert zu ermöglichen."

Obwohl er diese an ihn gerichtete Bitte befürchtete, fühlte er sich geehrt, dass Nakayama ihm die Aufgabe des Sekundanten zutraute.

„Arigato gozaimasu, ich danke euch für diese Ehre und das Vertrauen, das ihr mir entgegenbringt. Ich werde mein Bestes geben, um die Aufgabe zu eurer Zufriedenheit zu erfüllen", bedankte sich Yaro mit einer respektvollen Verbeugung.

„Ich danke euch, dass ihr euch dazu bereit erklärt habt", erwiderte Nakayama und verbeugte sich ebenfalls.

Die Aufgabe, die vor Yaro lag, war gewaltig. Er war noch nie Zeuge eines Seppuku gewesen und hatte daher keinerlei Erfahrung als Sekundant.

Seppuku war der rituelle Selbstmord, der meist mit dem Tanto vollzogen wurde. Mit diesem Messer schneidet sich der Verurteilte waagerecht von links nach rechts tief in den Bauch. Bevor er die Besinnung wegen des hohen Blutverlustes verliert und sich unkontrolliert darbietet, führt der hinter ihm stehende Sekundant sein Schwert mit einem schrägen Schnitt von hinten so in das Genick, dass er zwar tödlich getroffen wird, der Kopf aber nicht abfällt, was sonst als

Beleidigung des Getöteten hätte ausgelegt werden können.

Der Schwerthieb muss in dem Moment erfolgen, in dem der Kopf nach dem Messerstich augenblicklich nach vorne fällt und der nun gestreckte Halsrücken im richtigen Winkel frei liegt. Verpasst der Sekundant den richtigen Moment und der Selbstmörder stirbt einen qualvollen Tod, läuft er selbst in Gefahr, wegen seiner fehlerhaften Ausführung zum Seppuku verurteilt zu werden.

Nach einer Weile des Schweigens fragte Nakayama: „Yaro-san, was denken Sie, ist es mein Schicksal, auf diese Weise zu sterben und meine Familie für immer zu verlassen? Hat das Schicksal mich für diesen Tod auserwählt? Wenn ja, dann sehe ich keinen Sinn darin."
Nachdenklich antwortet Yaro: „Von Mori-san, dem Abt des Klosters Sakuraji, habe ich erfahren, dass es außerhalb Japans Religionen geben soll, die einem göttlichen Wesen folgen, das unsere Welt erschaffen hat und das Leben jedes Einzelnen bestimmt. So dass alle Menschen wie Marionetten von einem Gott gesteuert werden. Diesem Gedanken kann und will ich nicht folgen.

Ich denke, wir sind geboren, weil die Natur es so gewollt hat. Wir werden in eine Welt mit vielen Gefahren hineingeboren, die unsere Existenz bedrohen. Deshalb müssen wir früh lernen, wie und woran wir Gefahren erkennen, um ihnen rechtzeitig ausweichen zu können. Viele Menschen geraten in Schwierigkeiten, weil sie nicht die Fähigkeit erworben haben, die festen Abläufe des Lebens zu erkennen, so dass die Schwierigkeiten oft auf ihr vorheriges falsches Handeln zurückzuführen sind.
Als Schicksal oder Pech würde ich den Moment bezeichnen, wenn man von einem Blitz getroffen wird. Es geschieht einfach, weil man sich im falschen Moment am falschen Platz befindet. Ich kann den Sinn jedenfalls nicht erkennen,

warum ein göttliches und gerechtes Wesen uns Menschen in voller Absicht großes Leid zufügen soll.

Als sie sich für das hohe Amt am Fürstenhof bewarben, hätten sie wissen müssen, dass ihre Arbeit auch von den Launen des Daimyo abhängen konnte. Unter Iroda Katsumura lief für sie alles in geordneten Bahnen, doch dann kam Kamaro und machte ihnen das Leben schwer. Hätten sie damals auf den hohen Posten am Fürstenhof verzichtet, wären sie heute nicht in dieser gefährlichen Situation.

Vielleicht wäre es besser gewesen, damals einen anderen Weg einzuschlagen. Aber egal, welchen Weg wir wählen, jeder birgt die Gefahr des Scheiterns in sich. Die Kunst besteht also darin, vorausschauend zu handeln und darauf zu vertrauen, dass alles so eintritt, wie man es sich erhofft."

Nakayama nickte nachdenklich. Dann sagte er: „Wenn ihr mich jetzt entschuldigt, ich möchte noch ein paar Zeilen an meine Lieben schreiben. Vielen Dank, dass ihr bei mir geblieben seid und mir die Wartezeit erleichtert habt."

Yaro verbeugte sich und zog sich in den Raum zurück, in dem er das erste Mal geschlafen hatte und von den Kindern geweckt worden war. Mit Wehmut dachte er daran zurück. In dem Raum hatten die Hausangestellten bereits eine Schlafmatratze für ihn ausgebreitet. Er legte sich noch nicht hin, sondern begann, sein Katana zu zerlegen, zu reinigen und zu schärfen. Erst spät legte er sich hin und schlief unruhig ein.

◇

Am nächsten Morgen traf er Nakayama, der an der offenen Schiebetür saß und Tee trank. Sie verbeugten sich und Yaro setzte sich zu ihm. Keiner hatte das Bedürfnis, sich zu unterhalten. Denn welches alltägliche Thema wäre in

der jetzigen Situation schon angebracht? Nakayama hatte einige Briefe vor sich liegen und bat Yaro, diese nach seinem Tod weiterzuleiten. Es waren Briefe an seine Frau und Kinder, an seinen noch lebenden Vater und Bruder. Yaro versprach, diesen Auftrag gewissenhaft auszuführen.
Während sie schweigend beieinander saßen, lauschten sie dem morgendlichen Vogelgezwitscher. Mit den Sonnenstrahlen erwärmte sich der Morgen und auch die Grillen ließen ihr vertrautes Zirpen hören. Wieder einmal wurde Yaro bewusst, wie erschütternd ein menschliches Schicksal auch sein mag, die Natur und das Treiben der fremden Menschen um einen herum nehmen davon keine Notiz. Sie halten keinen Augenblick inne. Alles geht weiter wie jeden Tag.

Dann hörten sie, wie jemand das Haus betrat und vor der Tür stehen blieb. Beide hatten Mühe, sich aus der tiefen Versenkung wieder auf die Gegenwart zu konzentrieren. Es war Polizeichef Nakamoto, der an der Tür stand und sich verbeugte.
„Sumimasen, verzeihen sie Nakayama-san, ich wollte mich erkundigen, ob sie für die Zeremonie bereit sind und ob ich noch etwas für sie tun kann."
„Arigato gozaimasu Nakamoto-san, danke für die Nachfrage, ich brauche nichts mehr und bin bereit meine Aufgabe zu erfüllen. Yamato-san wird mir als Kaishaku-nin zur Seite stehen."
„Das ist eine gute Wahl", antwortete Nakamoto. „Die Zeremonie findet links von der Residenz statt, es ist schon alles aufgebaut. Ich lasse ihnen noch genügend Zeit sich umzuziehen und hole sie persönlich ab."
„Danke", war Nakayamas kurze Antwort.

Yaro und Nakayama gingen leise in ihre Zimmer und bereiteten sich vor. Yaro überprüfte noch einmal sein Schwert und band sich die Ärmel seines Kimonos mit einer Kordel hoch, die gekreuzt über seine Schulter lief. So blieben seine Unterarme unbedeckt und die Ärmel konnten ihn bei der entscheidenden Abwärtsbewegung seines Schwertes nicht behindern. Als Yaro wieder in Nakayamas Zimmer kam, war dieser fertig gekleidet. Er trug einen weißen Kimono und einen weißen Hakama als Zeichen spiritueller Reinheit.

Dann erschien Nakamoto und fragte, ob der Verurteilte für die Zeremonie bereit sei. Nakayama antwortete nickend: „Hai, ich bin bereit."
Dann wandte er sich ein letztes Mal Yaro zu, legte ihm seine rechte Hand auf die Brust und sagte: „Arigato gozaimasu, vielen Dank für alles, was sie für mich und meine Familie getan haben."
Sichtlich gerührt konnte Yaro nur antworten: „ Es war mir eine Ehre euch kennengelernt zu haben."
Selbst Nakamoto, der die Szene beobachtete, war von der gegenseitigen Zuneigung der beiden tief berührt.
Dann verließen sie gemeinsam den Raum.

◇

'Ein schöner Tag zum Sterben', dachte Yaro, als sie aus dem Haus traten und die Morgensonne ihre Körper angenehm wärmte. Schon von weitem sahen sie den Ort der Zeremonie, der auf der linken Seite des Residenzgebäudes eingerichtet und mit weißen Paravents so umgeben war, dass nur die Seite zur Terrasse offen blieb.
Im Inneren lagen eigens angefertigte Tatami-Matten mit weißen Bordüren, die nach der Zeremonie verbrannt werden. Auf diesen Matten aus Reisstroh hatte man bereits einen kleinen Hocker aufgestellt, auf dem das Tanto lag. Die Klinge des Messers war mit einem Blatt aus Reispapier umwickelt, so dass nur noch ein kurzes Stück der Klingen-

spitze zu sehen war.

Auf der Terrasse stand im Schatten bereits ein Stuhl für den Daimyo, der es sich nicht nehmen ließ, sich am Tod seines Gegners zu erfreuen. Traditionell waren ein Shinto-Priester und ein Schreiber anwesend, ebenso der Polizeichef Nakamoto und Sugita mit seinem Sohn Kaito.

Der Polizeichef bat Nakayama, auf der Tatami Platz zu nehmen und mit der Zeremonie zu beginnen, wenn der Daimyo ihm die Erlaubnis erteile. Nakayama setzte sich mit versteinertem Gesicht im Seiza, worauf sich auch Yaro hinter ihm niederließ.
So warteten sie, bis Kamaro erschien. Dieser ließ lange auf sich warten, was die Nerven der beiden unerträglich strapazierte. Dann endlich hörten sie polternde Schritte auf der Terrasse. Vom Haupteingang kommend bog Kamaro mit seinen beiden Beratern um die Ecke des Hauses und steuerte auf den bereitgestellten Stuhl zu.

Yaro beobachtete Kamaro genau und bemerkte seinen unsicheren Gang, der ihn leicht ins Taumeln brachte. Sein Gesicht war bleich und seine Bewegungen waren unsicher. Er sah nicht gesund aus. Doch der Wille, sich am Schmerz seines Gegners zu ergötzen, trieb ihn an, sich die Zeremonie nicht entgehen zu lassen. Seine beiden Berater nahmen links und rechts von ihm Platz. Es war offensichtlich, dass sich die Geschäftsleute in dieser Umgebung als Beisitzer unwohl fühlten.

Von seinem Stuhl aus blickte Kamaro nach beiden Seiten, um dann seinen Blick auf Nakayama ruhen zu lassen und ihn lange wie im Delirium reglos anzustarren. Die Anwesenden auf der Veranda wunderten sich bereits über sein Verhalten und wurden unruhig. Dann wie aus einem Traum erwacht, sagte er mit brüchiger Stimme: „Möge es allen eine Lehre sein, was mit Leuten geschieht, die sich gegen mich stellen." Er lehnte sich dann weit in seinem Stuhl zurück. Mit einer fahrigen, unkontrollierten Handbewegung befahl er dann kaum noch hörbar: „Fangt an!"

Nach einigen Momenten des Innehaltens begann Nakayama, das Oberteil seines Kimonos auszuziehen, bis er mit nacktem Oberkörper in der Sonne saß. Die Ärmel seines Kimonos schob er auf beiden Seiten straff unter seine Unterschenkel, so dass sein Becken fixiert war. Dies sollte verhindern, dass der Verurteilte im Todeskampf unkontrolliert das Gleichgewicht verliert.
Während sich Nakayama auf diese Weise vorbereitete, erhob sich Yaro von seinem Platz und stellte sich leicht nach links versetzt hinter Nakayama. Dann zog er sein Schwert und rutschte mit dem linken Fuß nach vorne in die Hidarikamae-Stellung. Dann stellte er sein Schwert an seiner rechten Schulter senkrecht auf, um von dort aus einen schrägen Schwertschnitt auszuführen.

Nakayama griff das Tanto mit der linken Hand und hielt es mit ausgestrecktem Arm von sich weg. Mit der rechten Hand nahm er den Hocker, auf dem das Messer lag, drehte ihn und schob ihn quer unter sein Gesäß, um ein Zurückfallen zu verhindern.
Während dieser Aktion konnte Yaro, trotz seiner Konzentration auf Nakayamas Bewegungen, beobachten, wie Kamaro langsam von seinem Stuhl nach vorne auf die Knie rutschte und dann ungeschützt mit dem Oberkörper auf den harten Boden der Terrasse aufschlug. Er blieb reglos liegen. Der Kopf und der rechte Arm hingen über dem Rand der Veranda.

Nakamoto reagierte blitzschnell und rief Nakayama laut zu: „Hört auf! Aufhören!"

Aber Nakayama war schon so in sich gekehrt, dass er gar nicht wahrnahm, was um ihn herum geschah. Er hatte das Messer bereits mit beiden Händen umfasst und die Spitze auf seine Haut gesetzt, um nach einigen konzentrierten Atemzügen zuzustechen.

Als Yaro sah, dass Nakayama das Messer ansetzte, stürzte er nach vorne. Mit seinem ausgestreckten linken Arm blockierte er Nakayamas Bewegung. Dies war nur möglich, weil er seinen linken Arm als „unbeugsamen Schwertarm" einsetzte. Nur so konnte er dem Druck standhalten, den Nakayama mit beiden Armen ausübte. Yaro ignorierte jede Form von Etikette und ließ sein Schwert hart auf den Boden fallen, um mit beiden Händen zugreifen zu können. Nun, Schulter an Schulter, nebeneinander kniend, sagte Yaro immer wieder mit leiser Stimme: „Es ist vorbei, es ist vorbei, wir haben es überstanden." Erst dann spürte er, wie Nakayama aus seiner Starre erwachte und sein Druck auf das Messer nachließ, Yaro nahm ihm die Waffe mit einem Handdrehhebel ab und sank erschöpft neben ihm nieder.

Der sofort herbeigerufene Arzt konnte nur noch den Tod des Daimyo Iroda Kamaro feststellen. Bei einer späteren genaueren Untersuchung konnte keine Fremdeinwirkung festgestellt werden. Man kam zu dem Ergebnis, dass er mit seinem exzentrischen und ungesunden Lebensstil seinen Körper überlastet hatte und daran gestorben war.

Polizeichef Nakamoto ging zu Nakayama und bat ihn, in seinem Haus zu warten. Mit den bisherigen Beratern und mit Iroda Akira, der in der Erbfolge als nächster Daimyo nun in Betracht kam, sollte das weitere Vorgehen besprochen werden. Für den späten Nachmittag wurde eine Audienz angesetzt.

Ohne Euphorie, aber erschöpft von der mentalen Anstrengung, kehrten Nakayama und Yaro in dessen Wohnräume zurück.

„Das war knapp", begann Nakayama und schüttelte den Kopf, „war das Schicksal?"

„Ich weiß es nicht, aber es war ein glücklicher Ausgang für uns", antwortete Yaro nachdenklich.

Er war froh, dass sein Anschlag rechtzeitig zum Erfolg geführt hatte, ohne den Fürstenhof nach außen hin in ein schlechtes Licht zu rücken. Yaro war sich sicher, dass bei einer eventuellen Untersuchung des Todes des Daimyos kein Verdacht auf ihn fallen würde.

In Absprache mit Nakayama, der sich noch in der Residenz bereithalten musste, machte sich Yaro sofort auf den Weg zum Kloster, um dessen Familie von der erfreulichen Entwicklung zu berichten und sie nach Hause zu begleiten. Nachdem sich die Familienmitglieder erleichtert in die Arme fallen konnte, machte sich Yaro auf den Heimweg.

Als Ayumi erfuhr, dass Kamaro gestorben war und Nakayama überlebt hatte, fiel sie Yaro erleichtert um den Hals. Auch, weil Yaro seine Rolle als Sekundant nicht mehr ausfüllen musste. An einen mittlerweile engen Weggefährten, dem er viel verdankte und der ihm ans Herz gewachsen war.

Yaro erzählte, wie erschrocken er über Kamaros Erscheinen beim Seppuku war und dass er befürchtete, dass sein Attentat nicht die gewünschte Wirkung hatte. Ayumi konnte sich nicht mehr zurückhalten und sagte: „Ja, Samurai sollten eben nicht die Techniken der Ninja anwenden, wenn sie es nicht können. Wenn die Ninja diese Nadeln am Körper verwenden, werden sie vorher mit Gift behandelt, dann tritt der Tod schneller ein und es ist nicht so ein Glücksspiel wie bei dir."

„Danke, das ist genau die Aufmunterung, die ich von dir hören wollte", knurrte Yaro.

„Du hast Glück gehabt. Leugne nicht, dass du ein Glückspilz bist. Das Glück war dir schon hold, als du mich kennen und lieben gelernt hast", sagte sie und umarmte ihn liebevoll.
„Ich bin sehr froh, dass du wieder gesund hier bist und wir Kamaro nicht mehr fürchten müssen, der auch für dich immer eine Gefahr war. Und wenn du heute Abend nicht zu spät nach Hause zurückkehrst, bekommst du die Aufmunterung, die du brauchst und die dir gefallen wird", sagte sie lächelnd und gab ihm einen langen Kuss, bevor er sich wieder auf den Weg zur Residenz machte.

◇

Wie von Polizeichef Nakamoto am Morgen angekündigt, fand zur Stunde des Hahns, als die Dämmerung bereits hereinbrach, ein Treffen im Empfangssaal statt. Als Nakayama und Yaro den Saal betraten, bot sich ihnen ein neues Bild. Auf dem Podest saßen Iroda Akira und seine Schwester Kazumi, dahinter leicht versetzt Sugita Kaito.
Vor dem Podest nahmen die beiden ehemaligen Berater Platz, der Polizeichef Nakamoto und Sugita Masahiro, der Chef der Leibgarde. Nakayama und Yaro wurden Plätze neben diesen Personen zugewiesen.

Als Akira zu sprechen begann, war Yaro von seiner klaren und festen Stimme überrascht.

„Wir haben heute einen ereignisreichen Tag erlebt, der uns Trauer gebracht hat, aber auch Erfahrungen, die wir für unsere Zukunft nutzen sollten. Nur schlimme Ereignisse geben uns die Möglichkeit, unsere Persönlichkeit zu stärken, wenn wir sie überwunden haben. So blicken wir in die Zukunft und bereiten uns auf neue Aufgaben vor.
Wir alle wissen, dass mein Stiefbruder in seiner Zeit als Daimyo der Präfektur Tagai sein Amt in einer eigenwilligen Art

und Weise geführt und dabei Akzente gesetzt hatte, die sich so nicht wiederholen dürfen. Sein Tod wird manches verändern, aber auch manches wiederherstellen, was sich bewährt und als sinnvoll erwiesen hat."
Er nahm einen Schluck Tee und lächelte seine Schwester an, bevor er weitersprach.

„Als zweiter Sohn meines Vaters Iroda Katsumura werde ich gemäß der Erbfolge ab sofort als Daimyo die Regentschaft über die Provinz Tagai übernehmen. Gibt es Einwände dagegen?" Als keine Einwände erhoben wurden, fuhr Akira fort.
„Hiermit bestimme ich, dass Sugita Masahiro als Oberhaupt der Leibgarde und Nakayama Tamaro als Oberhaupt der Verwaltung ihre Aufgaben als erfahrene Berater für mich wieder aufnehmen." Die beiden Genannten verneigten sich tief.
„Bitte kommt zu mir und setzt euch auf eure angestammten Plätze", forderte er sie auf. Nachdem beide zur Linken des neuen Daimyo Platz genommen hatten, fuhr er fort: „Nakamoto-san, Sie werden wieder in die Polizeikaserne zurückkehren und als Polizeichef weiterhin für die Sicherheit im Stadtgebiet sorgen.
Sugita Kaito wird als Leutnant der Leibgarde für meine Sicherheit als Leibwächter sorgen. Da unser Richter Tada-san immer noch unter mysteriösen Umständen verschwunden ist, muss der Posten des Rechtsberaters neu besetzt werden."

Dann wandte er sich an die ehemaligen Berater seines Bruders: „Yakamito-san und Tusamo-san, sie haben sich meinem Bruder Kamaro als Berater zur Verfügung gestellt und haben sich trotz der eigenwilligen Vorgehensweise meines Bruders korrekt verhalten.
Dafür danke ich ihnen und entbinde sie von dieser Aufgabe. Ich hoffe auf weitere gute Geschäftsbeziehungen mit

dem Fürstenhof. Danke, sie können jetzt gehen."

Als beide den Raum verlassen hatten, blickte Akira zu Yaro, „Yamato-san, wir sind uns schon einige Male begegnet und ich habe den Eindruck gewonnen, dass sie ein Samurai sind, der seinen Weg in anständiger Weise geht.
Von verschiedenen Leuten habe ich gehört, dass sie ein Mensch sind, der sich tugendhaft verhält und seine Wertvorstellungen nicht zum eigenen Vorteil aufgibt. Sie sind nicht egoistisch, sondern hinterfragen sich ständig, ob ihre eigenen Vorgehensweisen immer richtig sind.
Sie verhalten sich wohlwollend und respektvoll auch gegenüber Personen, die von ihnen abhängig und die ihnen geistig und körperlich unterlegen sind. Sie zeichnen sich aus, durch einen widerstandsfähigen Körper und einen wachsamen Geist.
Solch einen Menschen hätte ich gerne an meiner Seite.
Daher frage ich, wären Sie bereit, neben Ihrer Tätigkeit als Leiter des Speicheramtes, mir auch als Berater für besondere Aufgaben zur Verfügung zu stehen?"

Yaro war einen Moment sprachlos über das Lob und das Angebot, er schien zu zögern, was er in dem fragenden und erwartungsvollen Gesicht seines Gesprächspartners erkannte. Dann verbeugte er sich tief und lang. Als er aufblickte, sagte er: „Ich fühle mich sehr geehrt und kann nicht in Worte fassen, wie sehr. Gerne stelle ich Ihnen mein bescheidenes Wissen zur Verfügung, Arigato gozaimasu."
„Das freut mich zu hören" sagte Akira und schlug sich leicht mit der Hand auf den Oberschenkel.

Dann rieb er sich die Hände, wie aus Freude über eine gelungene Arbeit, und sagte: „Zum Schluss möchte ich noch bekanntgeben, dass sich meine Schwester Kazumi mit Leutnant Sugita Kaito verlobt hat."
Nachdem die beiden die herzlichen Glückwünsche aller ent-

gegengenommen hatten, beendete Daimyo Iroda Akira die Audienz.

◇

Ein Jahr war seit diesem wichtigen Tag vergangen und die Machtübernahme des Daimyo Iroda Akira erwies sich als eine gute Entscheidung für die Menschen in seiner unmittelbaren Umgebung und für die Präfektur.

Wenn wichtige Entscheidungen anstanden, zog er stets seine erfahrenen Berater zu Rate, um gerechte und den jeweiligen Situationen angemessene Regelungen zu treffen. Uneigennützig unterstützten die Berater den jungen und noch unerfahrenen Daimyo. Er nahm ihre Ratschläge gerne an, weil sie verständlich und nicht belehrend vorgetragen wurden. Auch weil Yaro und Akira fast gleich alt waren, suchte Akira oft das Gespräch mit ihm.

In Yaros Gegenwart fühlte er sich unbeschwert und konnte jedes Thema ansprechen, denn er wusste, dass sie alles Gesprochene für sich behielten.
Akiras Bestreben, ein tugendhafter Mensch und ein gerechter Fürst zu werden, wurde durch Yaros vorbildliches Verhalten gefördert. Unterstützt wurde sein Eifer durch das fast tägliche, gemeinsame Waffentraining und das Üben der waffenlosen Verteidigung, dem Taijutsu.
Dieses Training lehrte ihn Toleranz, Ausdauer und gerechtes Handeln und formte ihn zu einem Mann mit einer starken und aufrichtigen Persönlichkeit.

Yaro und Ayumi heirateten in aller Bescheidenheit noch vor der Geburt ihres Sohnes. Sie nannten ihn Kiochi, in Erinnerung an seinen Sensei und Schwager in Satama, Okimoto Kiochi, dem Yaro viel zu verdanken hatte.
Mit einer aufwendigen Zeremonie heirateten dagegen Kai-

to und Kazumi und erwarteten bereits Nachwuchs. Da sich auch die Frauen gut verstanden, trafen sie sich alle öfter zu besonderen Anlässen, aber auch immer wieder zum gemeinsamen Essen oder einfach nur zum Unterhalten.

◇

So auch heute im Klosterwald, wo die Kirschbäume für kurze Zeit in voller Blüte standen. Um dieses nur einmal im Jahr wiederkehrende Ereignis der Blütenpracht zu erleben, ließen sich viele Menschen aus der Stadt auf den Wiesen unter den zahlreichen Bäumen nieder, um sich bei Essen und Trinken an der rosa-weißen Blütenpracht zu erfreuen.

Dort saßen auch Yaro und Kaito mit ihren Familien in guter Stimmung auf einem großen Tuch. Ebenso saßen auch Nakayamas Kinder bei ihnen, die sich mit Aiko über den Anblick des kleinen, noch schlafenden Kiochi freuten.
Nakayama Tamaro und Hina saßen in Sichtweite im Schatten eines Baumes und sahen schwermütig dem Spiel ihrer Kinder zu. Noch immer hatten sie nicht vergessen, wie groß die Gefahr war, die ihr Familienglück hätte zerstören können. Es wird wohl noch lange dauern, bis sie darüber hinwegkommen.

Auch Yaro belasteten die damaligen Ereignisse und sein notwendiges Handeln noch immer. Dennoch war er davon überzeugt, dass der von ihm arglistig herbeigeführte Tod Kamaros richtig und in dieser Form notwendig war, um großes Leid von seinen Angehörigen, Freunden und der Präfektur abzuwenden.
Um mit dieser seelischen Belastung leben zu können, erinnerte er sich an die Worte seines Meisters Okimoto Kiochi. Er hatte damals in Satama darauf hingewiesen, dass es auch für einen Samurai bedenklich wäre, wenn das Töten im

Kampf keine Spuren bei ihm hinterlassen würde. Eine solche Tat ist ein sehr bedeutsamer Einschnitt im Leben, der auch als solcher wahrgenommen werden muss. Verdrängt er dagegen diese notwendige Wahrnehmung und bewertet die Tat als weniger bedeutend, läuft er in Gefahr innerlich zu verrohen.

So nahm Yaro die momentane psychische Belastung durch Kamaros Tod als eine nicht ungewöhnliche Reaktion seines Körpers wahr. Er war zuversichtlich, dass die Symptome mit der Zeit zwar nie ganz verschwinden, aber in erträglicher Form nachlassen würden.

Denn in den unzähligen Stunden des Grübelns war er zu der Überzeugung gelangt, dass die Tat gegen Kamaro in dieser Weise der einzige und letzte Ausweg war, um die ihm nahestehenden Personen, insbesondere Nakayamas Kinder, vor der Gewalt eines unberechenbaren, gefühllosen und bösen Menschen zu schützen, der sich am Leid anderer ergötzte.

Der Anblick der Menschen, die nun unbeschwert und lachend unter den blühenden Kirschbäumen saßen, bestärkte ihn in dieser Überzeugung. Ein idyllisches Beisammensein in dieser ungezwungenen Form, hätte es unter Kamaros Herrschaft nicht gegeben.

Vereinzelt fielen bereits die ersten, kaum erwachten Blüten von den Bäumen. Dieses Bild erinnerte an die ersten zaghaften Schneeflocken, wie man sie im Norden Japans eher bewundern kann.

Dieses Fallen der Blüten hat im Laufe der Jahrhunderte eine starke Symbolkraft entwickelt. Denn er erinnert die Menschen an ihre Verletzlichkeit und an die Vergänglichkeit des eigenen Lebens. Ein Kommen und Gehen, ein Blühen und Vergehen. Zugleich soll die Blütenpracht dazu anregen, das Leben sinnvoll und tugendhaft in voller Blüte zu gestalten

und die kurze Lebenszeit, die uns zur Verfügung steht, nicht mit sinnlosem Tun zu vergeuden.
Denn der Sinn des Lebens ist, dem Leben einen Sinn zu geben.

In dieser Stimmung verabschiedete sich Yaro kurz von den anderen und entfernte sich. Ayumi und Aiko wussten, dass er manchmal ins Kloster ging, um innere Ruhe zu finden.

Yaro ging oft zu dem Zen-Garten des Klosters und verbrachte dort viel Zeit allein. Das Bild mit dem weißen, welligen Kiessand und den darauf aufgestellten, schwarzen Felsbrocken und das umgebende Grün des Rasens, berührten ihn immer wieder aufs Neue.

Die Schönheit, die davon ausging, machte ihn glücklich und regte ihn zu stiller Meditation an. So saß er im Seiza auf der erhöhten Holzterrasse und achtete zunächst auf seine Bauchatmung, die er dann verinnerlichte. Die warme Abendsonne, die er auf seinem Körper spürte, löste ihn vom Alltag.

So saß er eine lange Zeit scheinbar bewegungslos in der Stille, bis er eine zarte Berührung auf seiner Schulter spürte. Überrascht öffnete er die Augen und sah Aiko neben sich stehen.
Als er den Kopf hob und sie ansah, fragte sie: „Yaro, bist du traurig und sitzt darum hier so allein und bewegst dich nicht? Ich habe mir schon Sorgen gemacht."

„Du brauchst dir keine Sorgen machen, mir gefällt es, so zu sitzen und mich nicht zu bewegen", sagte er beruhigend.
„Ist das nicht langweilig?", fragte sie skeptisch.
„Überhaupt nicht, willst du es probieren?"
„Ja", sagte Aiko begeistert und setzte sich dicht neben Yaro.

Dann schlossen beide die Augen und spürten die noch warmen Sonnenstrahlen auf ihren Gesichtern. Dabei lauschten sie dem Zirpen der Grillen und dem abendlichen Vogelgesang und fühlten sich wohl in harmonischer Zweisamkeit.